LES DEMOISELLES DE BEAUNE

DU MÊME AUTEUR

Nina et ses sœurs, De Borée, 2009 (Prix de la ville d'Etretat), Terre de Poche, 2014
Le Secret d'Emma, De Borée, 2010
Les Mystères de Camille, De Borée, 2011 (Prix de la ville d'Aumale)
Loin de Margaux, De Borée, 2012
Les Sortilèges du Tremblay, De Borée, 2012, préface d'Yves Jacob, 2013
La Dame de Saïgon, De Borée, 2013, coll. « Terres de Femmes »
Les Ombres du palais, De Borée, 2014, coll. « Terres de Femmes »
Les Brumes de Vouvray, De Borée, 2014
Ce que Fanny veut..., Presses de la Cité, 2015
Les Saisons du mensonge, Presses de la Cité, 2016

Karine Lebert

LES DEMOISELLES DE BEAUNE

Roman

Terres de France

PRESSES DE LA CITÉ

ISBN 978-2-258-11854-6

Presses de la Cité | un département **place des éditeurs**

place des éditeurs

Merci à Patrick, précieux soutien depuis mes débuts.

Merci à Christel Mouchard, éditrice chez Omnibus, et à Bruno François, chargé des collections des Hospices de Beaune, pour leurs précieux conseils.

A Clarisse Enaudeau, éditrice de la collection Terres de France. Sans Clarisse, rien ne serait arrivé !

Et à mon préfacier, Michel de Decker. Sans Michel non plus, rien ne serait probablement arrivé !

Préface

Tout commence en 1443, l'année où la belle Agnès Sorel devient la maîtresse officielle du roi Charles VII. Et où la guerre dite de Cent Ans n'en finit pas de s'éterniser puisqu'elle en est déjà à sa cent sixième année !

Le 4 août de cette année-là, dans la Bourgogne du duc Philippe le Bon, un homme prend une décision qui va permettre à Karine Lebert d'écrire un passionnant roman historique. L'homme en question, le richissime chancelier Nicolas Rolin, associé à sa charmante épouse Guigone de Salins, décide en effet de créer un hôpital pour les pauvres, un hôtel-Dieu qui sera précisément construit à Beaune, une petite ville qui a si souvent été ravagée par les Ecorcheurs et dans laquelle on souffre particulièrement de misère et de famine. L'établissement vivra grâce aux salines, à la vigne, et fonctionnera avec quelques dévouées sœurs hospitalières.

Et c'est ici que, sortis de l'imagination de la romancière, les Joinville ou les Lanvalle apparaissent. On songe à Balbine, un pilier des Hospices, pour qui les plantes médicinales n'ont aucun secret ; on songe à sa jeune cousine Alix, aussi belle que malicieuse et généreuse, ou à la pauvre Jeanne. Et que dire de tous les hommes de la famille, Audouin le tourmenté ou Guillaume le mal marié ; Conrad l'arrangeant, ou Maurin le soudard ! Autant de personnages finement campés qui viennent évoluer au cœur de cette saga familiale aux parfums de pouilly, ou de meursault. Et si Balbine avait pu échapper à son destin en galopant à bride abattue tout comme se lit ce roman dans lequel la vie quotidienne et la grande histoire sont admirablement racontées et respectées ! Et si le chemin de Jeanne n'avait pas croisé celui du maraudeur grêlé ! Et si… et si… !

Mais il n'est nul besoin de « si » pour mettre les Hospices en bouteille. Résultat, un Lebert grand cru à consommer sans modération !

Michel de DECKER

PREMIÈRE PARTIE

1

Balbine n'écoutait plus. Bercée par la voix du chancelier de Bourgogne, elle sentait ses paupières s'alourdir. C'était bien long, pour une petite fille de sept ans, toutes ces cérémonies. Pourtant, même si elle ne comprenait rien, elle aimait la musique du latin et le ton grave de Nicolas Rolin. Il était si imposant dans son pourpoint rouge sombre, encadré par l'ombre rose du porche de Notre-Dame de Beaune. Des hommes en noir, à ses pieds, notaient tout ce qu'il disait.

Derrière le chancelier Rolin, assise, le dos bien droit, sur une chaire au dossier très haut, se tenait Guigone de Salins, son épouse.

On dirait une reine, pensa Balbine, béate d'admiration.

Guigone de Salins n'était pas une reine, mais elle en avait l'allure. Sa robe bleue éclatait de lumière, retenue par un large bandier serré sous la poitrine. Sa coiffe, surtout, était impressionnante, blanche, empesée, comme une paire d'ailes flottant au-dessus de sa tête.

Se laissant aller au sommeil qui la gagnait, Balbine posa la joue contre la hanche de sa mère. Elle caressa de la main la cotte neuve de celle-ci, taillée dans un joli lin couleur de beurre frais, et sentit par-dessous le ventre qui s'arrondissait. Marguerite Haubenois avait revêtu ses plus beaux atours, et sa fille était très fière d'elle. On voyait bien, à sa chemise fine et à son collier d'argent, qu'elle était mieux habillée que les autres femmes de paysans et qu'elle avait plus de biens.

Balbine se redressa pour rajuster le petit bonnet blanc brodé qu'elle avait, ce matin-là, noué sur ses tresses blondes. Elle devait se montrer digne de sa famille, et se tenir bien droite, elle qui était l'aînée.

Un peu plus loin, se tenait Achille Haubenois, son beau-père. Il avait l'air ravi. Un large sourire illuminait ses traits de rouquin, qui rutilaient sous son haut bonnet de feutre écarlate. Balbine savait pourquoi il était si heureux. Il l'avait expliqué, à l'heure du souper, la veille : l'événement célébré ce jour-là serait bénéfique pour la famille. Il aurait du travail pour longtemps.

Sur ses épaules, était assise sa fille Isabeau, toute ronde, toute rose. Balbine fit une grimace à sa demi-sœur, qui éclata de rire. Aussitôt retentirent des « Chuut ! » et les deux fillettes pouffèrent dans leurs mains.

Autour de la famille Haubenois, se pressaient les habitants de Beaune. Ils étaient tous là, bourgeois, vignerons, artisans, marchands et même les miséreux, sachant que, le lendemain, le chancelier Rolin ferait une grande distribution de pain, pour qu'ils n'oublient jamais cette journée si importante.

Plus haut, aux fenêtres des maisons, se tenaient les belles dames aux coiffes immenses et les messieurs en pourpoints éclatants. Malgré la chaleur de l'été, ils restaient dignes, attentifs, engoncés dans leurs soieries et leurs aiguillettes dorées.

Alors qu'elle les observait, Balbine sentit qu'un détail dérangeait leur bel ordonnancement. Parmi ces gens installés au-dessus de la foule, il y en avait un qui n'écoutait pas le chancelier Rolin. Son visage était tourné de l'autre côté, vers la masse des petites gens. Balbine plissa les yeux pour mieux voir l'inconnu sous son chaperon blanc. Et sursauta. C'était sur sa mère que le beau sire posait un regard insistant. Elle hésita : fallait-il alerter Marguerite ? Celle-ci n'y croirait pas, sans doute ; d'ailleurs, voyant qu'il avait été remarqué, l'homme avait détourné la tête.

Balbine l'oublia aussitôt et se serra plus encore contre sa mère, la joue contre son ventre, au point d'entendre les battements de son cœur – ou de celui du bébé à naître, imagina-t-elle en fermant les yeux. Elle avait beau faire, elle sentait la somnolence l'envahir.

Heureusement, les sonorités du latin s'éteignirent, et ce silence soudain sortit la fillette de sa torpeur.

Lentement, la foule bougea. Balbine prit la main de sa mère et se laissa emporter par le flot. Une procession commençait… Elle longea les remparts de Beaune dans lesquels Philippe le Bon venait d'ordonner le percement de cinq portes. Les travaux étaient en cours qui créaient un désordre supplémentaire pour les habitants de la ville, soulagés cependant que le duc ait à cœur la défense de leur cité. Là encore, Achille faisait partie de la main-d'œuvre, en plus des gens vivant à six lieues à la ronde, travail qui leur permettrait de se réfugier à l'intérieur de l'enceinte en cas de danger. Mais, comme le constata Balbine, en ce jour festif presque tous avaient déserté les remparts pour se regrouper autour du lieu des futurs hospices.

La fillette s'arrêta devant un auvent dressé au bord d'une fosse immense. Elle devait s'arracher le cou pour distinguer, entre les bliauds et les cottes des gens qui l'entouraient, ce qui se passait dessous. Elle entrevit le chancelier se pencher, prendre une truelle. D'un geste grave, il appliqua ce qui ressemblait à de la boue sur une pierre de Bourgogne proprement taillée. Autour de Balbine, hommes, femmes et enfants retenaient leur souffle… Qu'est-ce que ça veut dire ? se demandait la fillette, déconcertée.

Il y eut encore un chant, des prières, puis l'assemblée se dispersa. La cérémonie était terminée.

Marguerite entraîna Balbine à la suite d'Achille, qui marchait d'un pas vif vers la ferme – c'était bien, les discours, mais il y avait encore le travail de la journée à finir.

Les dernières maisons de Beaune furent bientôt derrière eux. Sous le soleil d'été, le chemin déroulait ses cailloux blancs entre des rangs de vigne où le raisin était jeune encore. Dans deux mois, il serait à maturité et les vendanges pourraient commencer. Balbine se mit à scruter le paysage où chaque domaine, chaque château était planté de vignes à perte de vue. Des personnes éparses, qui n'avaient pas eu la chance d'assister, comme elle, à la pose de la première pierre, songea la fillette avec fierté, œuvraient dans les champs, le dos courbé. Mais la plupart demeuraient invisibles, cachées par les haies, les murs ou les fossés qui délimitaient les clos de vignes, ainsi qu'on les désignait dans le duché.

Toujours souriant, Achille embrassa d'un grand geste les alentours et répéta en chantonnant ce dicton fameux : « A Beaune, il y a bon pain, bon vin, bonnes eaux et bonne pierre à faire chaux ! » Au même moment, comme pour lui répondre, les cloches de Notre-Dame retentirent au loin. Balbine se rappela alors que cette journée pas comme les autres gardait pour elle tout son mystère.

— Qu'est-ce qu'il disait, le chancelier ? demanda-t-elle à sa mère.

— Il dictait les règles des hospices à ses notaires.

— Sopices ?

— Hospices ! Un endroit où les pauvres pourront se faire soigner sans donner d'argent.

— Mais je n'ai rien vu ! Il n'y avait pas de hopsice ! Juste un grand trou !

— Hos-pices ! la reprit Marguerite en riant. C'est que les travaux n'ont pas commencé. Les terrassiers ont seulement creusé les fondations...

— Et pourquoi le chancelier a mis de la boue sur une pierre ?

— Ce n'est pas de la boue, c'est du mortier. Ainsi, il a scellé la première pierre pour marquer le début de la construction.

Achille se retourna, Isabeau toujours sur ses épaules.

— Par Dieu, les bâtiments seront immenses, les toits très hauts, très longs... De quoi nourrir tous les charpentiers du duché pendant des années et des années !

— Peut-être pas tous, s'amusa Marguerite, mais toi, en particulier, et c'est le plus important.

— Après ça, poursuivit son mari dont les joues flambaient, Beaune aura les plus magnifiques des hospices de toute la Bourgogne, et peut-être même de la chrétienté !

A ces mots, Isabeau éclata de rire en battant des mains. Balbine sentit son cœur se gonfler de félicité : tout était si beau autour d'elle. Sa mère, sa famille, sa ville, son pays… tout resplendissait sous le soleil d'été.

Certes, elle avait du mal à imaginer ce que représentaient ces fameux hospices mais elle savait déjà qu'elle n'oublierait jamais cette journée, les joues rouges d'Achille, la gaieté de sa mère, le rire d'Isabeau, les battements de cœur du bébé. Et même le regard insistant de l'inconnu au chaperon blanc…

Une fois devenue une très vieille dame, longtemps après, elle se le rappellerait : c'est en ce jour du 4 août 1443 que s'était jouée toute sa vie.

Malgré la chaleur lourde, ni Marguerite ni Achille ne prirent le temps de se reposer durant le trajet de retour. Balbine haletait en suivant le pas rapide de sa mère dont le front se couvrait de sueur. En dépit de sa grossesse de cinq mois, Marguerite se montrait vaillante et sa fille devait imiter son rythme sous peine d'être réprimandée. L'oisiveté n'avait pas cours chez les Haubenois.

Toute la famille vivait dans une ferme modeste dont ils cultivaient les vignes. Rien qui leur appartienne, ces biens étant la possession du seigneur dont ils dépendaient. Ce dernier n'était pas un mauvais bougre et les liens encore féodaux qui régissaient les rapports entre lui et ses paysans ne souffraient pas de cruauté ni d'injustice.

Au fil des années, Marguerite avait réussi à amasser un pécule. Son père était en effet propriétaire d'un clos de vignes dont elle avait hérité. Ce lopin de terre était à elle, même si son mariage l'avait contrainte à le partager avec Achille, et elle n'en était pas peu fière. Au moins quelque chose que le seigneur ne pouvait s'enorgueillir de posséder !

La ferme se situait en dehors de la ville, un peu éloignée des remparts, créneaux, chemins de ronde, tourelles, beffroi, ponts-levis, douves et échauguettes qui protégeaient Beaune mais assez proche toutefois pour que ses occupants obtiennent la protection de la cité en cas d'attaque. Au-delà du duché, les versants formaient un océan de vignes aux crus prestigieux où Achille travaillait la plupart du temps, quand il ne pratiquait pas son métier de couvreur. La ferme était en réalité une maison de vigneron en pierre, constituée de trois pièces auxquelles s'ajoutaient plusieurs dépendances, poulailler, grange, écurie, construite sur une vaste cave. Son toit était en laves, taillées dans le calcaire de Bourgogne, bien loin de la majestueuse tuile vernissée présente sur les bâtiments de prestige.

Tandis qu'Achille partait aux champs, Marguerite prit la petite Isabeau dans ses bras pour traverser la cour de la ferme, suivie de Balbine. Coqs, poules, canards, oies s'y promenaient en émettant toutes sortes de cris qui faisaient tellement partie de la vie en ce lieu que ni la femme ni les fillettes n'en percevaient plus la cacophonie. La porte de l'écurie était ouverte, la mule broutant l'herbe des pâtures qui entouraient la bâtisse. Il n'y avait ici ni étable ni bergerie puisque les revenus étaient assurés surtout par la vigne. La basse-cour leur assurait œufs et volailles, alors que la mule servait aux déplacements, attelée à la charrette gardée dans la grange. Les Haubenois ne se plaignaient pas de leurs conditions d'existence à présent qu'Ecorcheurs et peste avaient déserté la région. La perspective de posséder au sein de Beaune un établissement hospitalier aux règles non régies par l'Eglise représentait un bienfait de plus dans un duché de Bourgogne qui marquait son vif désir de renouer avec son influence et son essor d'antan.

A leur arrivée, une jeune fille sortit sur le pas de la porte, une main en visière pour se protéger du virulent soleil. Céleste se doutait bien qu'il s'agissait de sa maîtresse et de ses filles mais elle restait méfiante depuis ce jour terrible où les Ecorcheurs avaient ravagé la petite ferme de ses parents et violenté sa mère. Céleste se souvenait avec horreur des tortures dont la brave femme avait été victime afin de lui faire avouer où elle cachait un magot inexistant. A moitié inconsciente, elle avait dû encore subir des viols multiples avant que son corps ne soit jeté dans un feu. La petite fille, cachée dans l'épaisseur de la forêt, avait été épargnée mais elle en conservait un traumatisme indélébile.

Quand Marguerite l'avait recueillie, Céleste n'était encore qu'une enfant. Balbine n'était pas née, et le maître de la maison n'était pas Achille. La servante gardait du premier mari de Marguerite un souvenir précis, mais empreint de merveilleux. Elle se souvenait d'un étranger au sourire lumineux et aux mains blanches, qui ne travaillait pas aux champs. Ses cheveux étaient blonds, ses yeux d'un bleu très pâle. Tout cela paraissait invraisemblable. C'est que ce maître-là était mort vite, pendant la peste de l'année 1436, et Céleste n'était même pas sûre de ne pas avoir simplement imaginé l'allure d'un homme qui ne devait être, somme toute, qu'un vigneron comme les autres. Dans la grande douleur qui avait suivi, elle s'était encore rapprochée de Marguerite, et depuis, toutes deux étaient inséparables.

— Tout va bien ? s'enquit cette dernière.

Elle remarqua un panier de prunes près de Céleste.

— Oh, tu as déjà récolté les mirabelles ?

— Oui-da ! Avec cette chaleur, elles sont mûres. J'ai fait une tarte pour votre mari.

Achille ne rentrerait que le soir. Dans la cuisine, sur la longue table en chêne, Marguerite disposa du lard fumé accompagné de pain, de chèvre et de raisin. Céleste commença à préparer un panier de victuailles afin qu'Achille ne perde pas de temps à revenir à la ferme pour se sustenter. Elle le lui porterait dans quelques heures. Tout en vaquant à ses occupations, Marguerite décrivait la cérémonie à Céleste.

— Quelle aubaine pour notre bonne ville ! Evidemment, l'édification de l'hôtel-Dieu va prendre un certain nombre d'années, quatre à cinq d'après l'échéancier. Ce n'est pas demain que les pauvres pourront profiter de ses bienfaits. Il faut savoir être patient.

Puis s'adressant à Balbine :

— Achille sera chargé, entre autres, d'acheminer les matériaux jusqu'au lieu de construction, quand le labeur de la vigne lui laissera un peu de loisir. C'est un artisan, travaillant à temps complet sur le site, qui l'a recruté. Il est vrai que les finances des fondateurs des hospices sont florissantes, ils peuvent se permettre de fournir du travail à tout le duché !

Légistes réputés, les Rolin s'étaient encore enrichis grâce au blé, au vin et à la pierre, mais les Salins n'étaient pas en reste. Les ancêtres de Guigone possédaient un haut lignage. Le couple bénéficiait de solides appuis, aussi bien dans le clergé et la noblesse que parmi les élus municipaux.

Balbine n'écoutait plus sa mère depuis un moment. Elle dégustait un morceau de fromage en caressant l'un des chats tigrés de la maison qui quémandait des miettes de la collation. Perdue dans ses pensées, Marguerite ne s'aperçut pas que le matou avait droit à davantage que du pain, sans quoi elle aurait grondé sa fille. Si les Haubenois n'appartenaient pas à la classe maudite des pauvres, ils n'étaient pas non plus assez aisés pour gâcher la nourriture afin de la distribuer à un animal, fût-il leur meilleur ami, comme l'était son chat pour Balbine !

Balbine grandissait en même temps que s'échafaudait l'hôtel-Dieu de Beaune. Elle croisait sur les routes des files de chariots portant des blocs de pierre des carrières de Rochetain et des Coucherias. Les roues soulevaient des nuages de poussière qui faisaient tousser les enfants. Puis ce fut le tour des tombereaux de sable et de chaux en provenance de Savigny et de Bouilland. Le chantier progressait et attirait les curieux. Comme les autres, Balbine contemplait les pierres, taillées et numérotées par des mains expertes, et voyait s'élever les fondations tandis qu'elle-même avançait en années. La fillette avait dix ans révolus quand les combles de l'hôpital commencèrent à être érigés. Les forêts ducales aux environs de Beaune fournirent le bois et Achille, parmi d'autres bûcherons, fut d'un grand secours pour choisir les arbres les plus vieux, séchant grâce au vent et au froid hivernal avant d'être transportés en ville au printemps. Lorsque les beaux jours revinrent, ce fut donc des charrois remplis de billes de chêne que les enfants croisèrent sur les chemins, issues des forêts d'Argilly, de Borne, de Champjarley et de l'Epenôt.

Deux ans plus tôt, Marguerite avait donné un petit frère, prénommé Jacquemin, à Balbine et Isabeau. Elle voulait encore agrandir la famille, néanmoins elle n'y parvenait pas depuis cette dernière naissance, à son grand regret. Maladies et accidents engendraient trop de décès, il fallait faire beaucoup d'enfants pour espérer en garder quelques-uns en vie. Quant à Céleste, elle avait fini par se marier avec un veuf sans descendance, bien plus âgé qu'elle. Elle avait déjà mis au monde deux solides gaillards et travaillait toujours chez les Haubenois.

L'existence de Balbine se résumait principalement à la ferme. Elle apprenait lecture, écriture et calcul avec Marguerite. La fillette utilisait une tablette abécédaire, planchette de bois sur laquelle étaient inscrits l'alphabet, ainsi que des textes, souvent des prières. Les livres étaient bien trop chers pour la bourse des Haubenois. Leur achat aurait coûté le prix d'un troupeau !

Achille s'étonnait régulièrement de cette obstination de sa femme à faire étudier Balbine.

— A quoi cela peut-il servir à une fille de vigneron de savoir lire le latin ?

Marguerite ne répondait pas, si bien qu'une fois son mari grogna, irrité par son silence :

— Je sais bien pourquoi. C'est à cause de sa naissance !

Marguerite fit sortir en toute hâte la petite fille de la pièce, mais Balbine avait entendu. Le soir même, après la prière, elle demanda à sa mère :

— Quelle « naissance » ? Que voulait dire papa ?

— Rien du tout. Tu es fille de paysans, comme moi, comme Achille, souviens-t'en. Et quant à savoir lire, tous mes enfants sauront lire, parce que c'est ça qui distingue l'homme de la bête, voilà tout.

Quand la fillette sut lire, écrire et compter, Marguerite la retint à la maison. Elle l'initia alors au filage, au tricotage, à la broderie, au tissage et à la couture. Balbine se mit aussi à aider Céleste dans les tâches quotidiennes, aussi occupée que la servante, ne bénéficiant d'aucun traitement de faveur. Le fait qu'elle ait assimilé ce semblant de savoir était déjà extraordinaire pour une jeune personne de son milieu.

Avant Achille, Marguerite avait été unie à un homme qui était le géniteur de Balbine. La famille de feu son premier mari vivait au nord de Beaune mais ne cherchait pas à établir de liens avec elle. Marguerite ne parlait jamais de son passé et Balbine ne posait pas davantage de questions, bien qu'elle se soit à plusieurs reprises étonnée du mutisme de sa mère. Elle savait cependant qu'Achille n'était pas son père, même si elle le considérait comme tel. Son jeune âge la portait vers des centres d'intérêt plus légers comme un colifichet à son goût ou la dernière portée de la chatte rousse, compagne du matou de la maison.

Dans le pays siégeait alors Philippe le Bon, fils de Jean sans Peur. L'assassinat de ce dernier l'avait hissé à la place enviée de chef de la maison de Bourgogne. Celui que l'on considérait comme l'homme le plus puissant du XVe siècle montrait son goût pour l'art dans des domaines aussi variés que la littérature, la musique, la peinture et même la mode. Bien que ne pouvant se vanter du titre de souverain, il régnait bien sur une sorte de royaume, une cour jalousée, imitée dans toute l'Europe, qui allait du comté de Bourgogne et des places fortes de Dole, ainsi que de Montbéliard, surplombées par les montagnes du Jura, jusqu'à la mer du Nord.

Balbine et Isabeau se rendaient souvent sur le lieu du chantier pour admirer l'assemblage de la charpente et surtout la mise en place de tuiles vernissées et d'ardoises.

Balbine était éblouie. La lumière était si forte, les couleurs si brillantes qu'elle ne discernait d'Achille qu'une silhouette noire accroupie au milieu des tuiles rouges et jaunes, tout là-haut, sur un toit vaste comme une colline. Elle n'avait jamais rien vu d'aussi grandiose. Son beau-père lui fit un grand signe de la main, au risque de perdre l'équilibre. Balbine retint son souffle – on lui avait raconté que plusieurs couvreurs étaient tombés pendant les travaux. Mais Achille se rétablit avec souplesse et Balbine sentit son cœur se gonfler de fierté. Son beau-père était un artisan recherché.

— Fasse le Seigneur Dieu que tout soit achevé dans les temps ! cria-t-il.

Quelques ardents défenseurs des hospices se signèrent. Balbine faillit les imiter puis se ravisa : elle était certaine que tout se passerait bien et sûre aussi que cet établissement jouerait un rôle important dans sa vie.

— Dieu vous entende ! renchérit une jeune femme dans le voisinage de la fillette.

A Beaune, tout le monde communiait dans une même ferveur dédiée à l'achèvement de cette bâtisse qui faisait la fierté du duché.

L'armature du toit se matérialiserait à une hauteur vertigineuse qui fascinait Balbine, tout en lui inspirant de la crainte. Ses touches de couleur ressemblaient parfois à de la matière en fusion, pas loin des flammes de l'enfer aux yeux de la gamine. Son père lui avait expliqué que le faîtage serait ourlé de trèfles de plomb doré et qu'au sommet de chaque pignon les statues de la Vierge et du Christ se dresseraient. Ce qui l'intéressait davantage était le coq d'or que l'on disposerait sur une flèche, surgissant des combles comme pour défier le ciel. Mais tout cela restait encore flou dans son esprit.

Il y avait maintenant presque deux mois que Guigone avait réuni tous les bâtisseurs pour fêter la fin de la première tranche des travaux. Balbine avait maintenant douze ans. Le chantier lui paraissait évoluer avec une insupportable lenteur… Quel âge aurait-elle donc quand les hospices seraient achevés ?

L'établissement ne pourrait accueillir des malades que trois ans plus tard, presque le double de la durée prévue.

***

Imitant l'hôpital avec modestie, la maison de vigneron des Haubenois avait aussi accru sa surface grâce à la restauration de deux dépendances servant à présent de pièces d'habitation pour une famille qui, pour autant, n'avait pas augmenté. Si les terres appartenaient toujours au seigneur, selon un système féodal n'ayant guère évolué depuis des siècles, les

Haubenois avaient amassé assez d'argent pour améliorer leur qualité de vie. C'était le cas de nombreux paysans de la région qui savaient concilier travail et sens des affaires. Si Achille ne rechignait pas à l'ouvrage, il se sentait plus démuni pour faire prospérer ses économies et laissait ce soin à Marguerite, laquelle avait beaucoup appris de son père dans le domaine des finances.

Au fil des années, Balbine vit donc l'hôpital s'ériger et prendre de l'ampleur tandis que la ferme familiale semblait suivre plus humblement sa trace et que le duché de Bourgogne se relevait d'une longue maladie.

A trente ans, Marguerite n'était plus considérée comme une jeune femme, même si elle en possédait encore quelques grâces. Ainsi, sa chevelure blonde évoquait une jouvencelle alors que les rides qui sillonnaient déjà ses traits, en raison de l'air champêtre et du soleil, la rapprochaient de la maturité ; cependant, ses cheveux demeuraient dissimulés sous une coiffe blanche qu'en aucun cas elle ne pouvait négliger d'arborer dès qu'elle sortait. Un tablier de toile recouvrait sa robe, de couleur bleue, rouge ou verte, portée sur une cotte, pourvue de manches amovibles et d'un léger décolleté suivant les saisons. Une ceinture en fils de corde tressés marquait sa taille. Cette parure mettait en valeur une silhouette plutôt attrayante puisque seules trois maternités l'avaient alourdie. Toujours à la tâche, elle ne s'occupait guère de ses enfants, sauf quand elle leur enseignait les rudiments du savoir. Ils étaient laissés sous la surveillance de Céleste qui, bien que plus jeune que Marguerite, s'apparentait à présent à une débonnaire matrone aux larges hanches et à la poitrine digne de celle d'une nourrice.

— Tout va bien ? demandait Marguerite d'un ton distrait à la brave Céleste.

Cette dernière répondait toujours par l'affirmative ; elle savait que sa maîtresse ne voulait pas être importunée sauf si un fait grave survenait ; son interrogation était de pure forme et à peine écoutait-elle sa servante.

Balbine était très proche d'Isabeau et de Jacquemin ; en sa qualité d'aînée, elle les avait toujours protégés et même en partie élevés avec l'aide de Céleste. Isabeau avait six ans de moins que sa grande sœur, Jacquemin neuf. Quand Balbine atteignit ses quatorze ans, tous deux appartenaient encore au monde de l'enfance.

Du moment qu'elle effectuait le travail qui lui était dévolu, la fillette profitait d'une liberté qui faisait son bonheur ; elle aimait se promener dans la campagne en compagnie de sa sœur et de son frère. Elle ne manquait jamais non plus de prendre soin des animaux blessés, oiseaux, lapereaux et même souris, qu'elle s'efforçait de sauver au grand dam de ses parents. Mais surtout elle adorait suivre les venelles de Beaune jusqu'à l'hôtel-Dieu dont la construction s'achevait. Ayant grandi de concert avec l'édifice, elle interprétait la fin du chantier comme un signe du destin.

2

Campée face au majestueux bâtiment, une main dans celle de sa sœur, l'autre accrochée à celle de son frère, la jeune fille contemplait avec émerveillement les trente-six toises de longueur de la façade. Si ses yeux exprimaient de l'admiration face à cet ouvrage titanesque, elle ne se rendait pas compte que la même expression se lisait dans bien des regards masculins sur sa personne. Ses cheveux blonds et longs étaient encore libres sur ses épaules, semblables à un champ de blé mûr sous le soleil d'été. La délicatesse de ses traits, la finesse de sa peau blanche, la rondeur de ses pommettes, l'éclat de ses yeux bleus, tout concourait à attirer les hommages. Sous le manteau et la robe de brocatelle, plus finement brodée qu'il n'était d'usage dans son milieu, se devinait un corps en devenir, où les voluptueux appas hésitaient encore à trop se dévoiler.

La jeune fille n'avait cure de sa beauté et l'insistance des hommes la mettait souvent mal à l'aise. L'apparence se révélait trompeuse, elle était encore une enfant.

— Isabeau, Jacquemin, vous pouvez être fiers de ce qu'a accompli votre père ! s'exclama-t-elle.

— C'est père qui a construit tout ça ? demanda le gamin, éberlué.

Isabeau éclata de rire.

— Mais non, que tu es bête !

Remarquant l'air vexé du garçonnet, Balbine se hâta d'intervenir :

— Il a aidé à l'édification avec d'autres artisans, Jacquemin.

Enfin, les hospices étaient achevés ! Elle avait sept ans à la pose de la première pierre, quinze à présent. Jamais, elle n'aurait cru que cela prendrait autant de temps !

Décembre de l'année 1451 fut donc capital pour Balbine puisque le 31 l'inauguration eut lieu, une date pour le moins symbolique. Achille souligna que les travaux continueraient, Rolin souhaitant acquérir de nouveaux terrains qui lui permettraient d'étendre davantage encore la surface de l'hôpital. Toutefois, une page se tournait avec l'ouverture des lieux aux pauvres. Pour un peu, Balbine aurait souhaité tomber malade afin de devenir le témoin privilégié de la vie au sein de l'établissement.

Ce jour-là, le toit attirait aussi l'attention de l'assemblée en raison de ses huit toises de pente revêtues de ce matériau noble, la tuile vernissée polychrome, présente sur les riches demeures privées, les bâtiments officiels ou religieux. Achille et Marguerite discutaient avec leurs voisins tandis que Céleste surveillait leur progéniture tout en admirant l'endroit. Comme le regard de la servante balayait la foule, elle fut la première à remarquer un homme d'une trentaine d'années, vêtu avec élégance, dont les yeux étaient rivés sur les trois enfants. Un sentiment de malaise s'empara de Céleste qui ne céda pourtant pas à la peur. A la fois méfiante et calme, elle observa plus attentivement la direction du regard de l'inconnu et se rendit compte qu'il observait Balbine avec une application confinant à la concupiscence. Désireuse de montrer que la jeune fille ne manquait pas de protection, elle la prit par les épaules, tout en jetant un œil noir à l'individu qui, démasqué, détourna la tête. Quelques minutes plus tard, en se retournant, Céleste constata qu'il avait disparu et il lui sembla que son cœur devenait plus léger dans sa poitrine. Elle ne tarda pas à l'oublier.

Si Céleste s'était montrée inquiète, c'est que Balbine se transformait en jeune fille. Son manteau brodé, décoré de pois, parvenait encore à dissimuler ses premières formes d'adolescente mais elle promettait d'être aussi belle que sa mère au même âge. Céleste n'ignorait pas combien Marguerite avait eu du succès ; la joliesse de son apparence lui avait d'ailleurs valu d'être remarquée par son premier époux.

Le souvenir de Charles de Joinville fit sursauter Céleste. L'homme entraperçu tout à l'heure lui ressemblait à présent qu'elle y pensait. Se pouvait-il qu'il appartienne à cette lignée, ce qui expliquerait sa curiosité à l'égard de la jeune fille à laquelle il était apparenté ? L'inauguration de l'hôtel-Dieu avait attiré beaucoup de monde ; or La Rochette, le fief des Joinville, se situait au nord de Beaune. Céleste décida qu'elle toucherait un mot de ses réflexions à Marguerite dès que possible.

Quelques personnalités auraient le droit de pénétrer dans les lieux à la suite de Nicolas Rolin et de Guigone de Salins. Achille n'en faisait pas partie. Balbine contemplait l'auvent d'ardoises abritant l'entrée, ainsi que le chapiteau, avec un sentiment de regret, tandis qu'Isabeau et Jacquemin commençaient à traduire leur impatience par quelques bêtises vite réprimées. Marguerite les rejoignit, annonçant qu'il était temps de rentrer à la maison. Déçue, Balbine se disposait à obéir quand un homme s'approcha du petit groupe. Céleste reconnut aussitôt celui qu'elle avait identifié comme un Joinville et son cœur se serra d'appréhension, d'autant plus que Marguerite était devenue toute pâle. La zibeline et la soie parant les habits de l'inconnu, de même que les poulaines à bouts pointus, témoignaient de son haut rang. Son visage était plutôt agréable bien que trahissant une émotion étrange face à Balbine qu'il fixait à nouveau avec insistance.

Marguerite chercha Achille et fut soulagée de constater qu'il bavardait avec des amis et n'avait pas remarqué le nouveau venu. Elle se tourna alors vers son voisin en arborant une expression réservée, peu coutumière à sa nature.

— Par mon âme, quelle surprise de vous trouver là, Guillaume !

— Bonjour, Marguerite. Vous êtes surprise, vraiment ? Je suis curieux de l'œuvre accomplie comme tout le monde. De plus, j'ai été invité à visiter l'hôpital.

A cette nouvelle, Balbine considéra l'inconnu avec bienveillance. Il lui rappelait quelqu'un. Ne l'avait-elle pas déjà rencontré ?

Marguerite s'adressa à sa fille :

— Balbine, voici ton oncle, Guillaume de Joinville.

Guillaume se pencha vers elle en souriant.

— Je suis enchanté de vous connaître, charmante damoiselle.

Interloquée, elle rougit. Elle était stupéfaite de se découvrir un parent dont elle ne conservait aucun souvenir et les sentiments exacerbés de sa mère se communiquaient à sa nature émotive, lui ôtant son assurance.

— Moi aussi, messire. Grand merci.

Il reprit son souffle et ajouta comme si l'idée lui venait d'une façon soudaine :

— Si j'osais, je vous proposerais de m'accompagner à l'intérieur des hospices.

L'espoir rendit sa hardiesse à Balbine qui coula un œil interrogatif vers sa mère dont le visage demeurait indéchiffrable.

— Vous le permettez ?

Certes, elle n'avait pas le droit de suivre un étranger mais cet homme était le frère de feu son père, quelqu'un en qui elle pouvait avoir confiance, et la perspective de pénétrer dans le bâtiment se révélait vraiment trop tentante.

Marguerite hésita. Elle aurait aimé demander à faire partie de la délégation, néanmoins il aurait fallu aussi inclure Achille, et la situation se révélait déjà assez compliquée. Laisser Balbine à Guillaume présentait cependant un risque qu'elle se refusait à envisager, aussi s'apprêtait-elle à dire non quand son mari apparut, jovial et importun.

— Nous y allons, Marguerite ?

Le léger sourire de Guillaume s'étira sur ses lèvres face à Achille qu'il salua, sans laisser le temps à Marguerite d'intervenir.

— Je me présente, Guillaume de Joinville, le frère de Charles.

— Achille Haubenois, l'époux de Marguerite, bredouilla Achille en le contemplant avec un mélange d'étonnement et de déférence.

Il n'ignorait pas combien la famille du premier mari de Marguerite était illustre dans la région. Soudain conscient de son infériorité, du vide de son rang subalterne, il rentra les épaules, comme écrasé par une charge invisible.

Guillaume de Joinville opina de la tête avec une sincérité qui désarma Achille. Marguerite comprit vite que son beau-frère s'évertuait à établir une complicité avec son mari afin de s'en faire un allié. Stratagème qui risquait de manquer son but puisque Marguerite prenait seule les décisions qui s'imposaient touchant l'éducation de Balbine.

Bien qu'encore intimidé, Achille ne se faisait plus prier pour répondre à Guillaume dont l'intérêt à son égard le flattait, aussi son épouse ne put-elle masquer la réprobation que lui inspirait une telle attitude. Les deux jeunes enfants du couple jouaient non loin de là, surveillés par Céleste, tandis que Balbine assistait à l'échange avec l'unique espoir que sa mère accepte la proposition de ce Guillaume. Elle s'appliquait à rester sage et silencieuse dans l'attente d'un oui providentiel, en dépit de l'impressionnant et énigmatique personnage que représentait son oncle. En revanche, rien ne lui échappait.

— Le hasard m'a remis sur le chemin de ma belle-sœur et surtout de ma nièce que je n'ai pas vue depuis tant d'années, expliquait Guillaume à Achille.

Puis il se tourna vers Marguerite.

— Je dois vous faire part de la mort de mes parents il y a de cela deux mois.

La jeune femme tressaillit. Mortes, les deux personnes qui avaient tout tenté pour empêcher son mariage avec Charles, disparues à jamais celles qui avaient toujours refusé de connaître leur petite-fille. Elle répugna à témoigner d'une peine qu'elle ne ressentait pas et se contenta de présenter ses condoléances à Guillaume. Lui n'était pour rien dans ces conflits du passé. Bien que trop jeune à l'époque, il avait essayé de les convaincre d'accepter la mésalliance par amour pour leur fils, son frère qu'il adorait et dont le départ le désespérait.

Perdue dans ses pensées, Marguerite s'efforça de revenir au présent. Guillaume parlait toujours à Achille.

— J'ai le privilège de très bien connaître notre chancelier, ainsi que son épouse, et je suis donc autorisé à pénétrer dans les lieux. Me ferez-vous l'honneur de me laisser Balbine une petite heure afin de lui montrer les merveilles de cet hôpital et, par la même occasion, de renouer avec ma chère nièce ?

Alors qu'Achille ne semblait pas réticent à cette demande mais, par courtoisie, se tournait vers Marguerite afin d'obtenir son assentiment, les atermoiements de celle-ci n'en finissaient pas. Aussi crut-elle bon de préciser :

— Il se peut, Guillaume, à condition que je vienne aussi, ainsi qu'Achille. Je ne vous imposerai pas la présence d'Isabeau et de Jacquemin qui, de toute façon, en auront vite assez. Ils rentreront à la maison avec Céleste. Merci, Guillaume, c'est une offre qui ne se refuse pas !

Les yeux de la jeune fille pétillèrent de joie à l'idée de faire la visite tant espérée en compagnie de sa mère et de son beau-père car avoir à l'effectuer seule avec ce parent l'intimidait.

Guillaume de Joinville ne pouvait refuser l'accès aux hospices à Marguerite et Achille sans laisser sous-entendre que son influence auprès des puissants n'était pas si considérable qu'il le disait. Marguerite fit donc quelques recommandations à Céleste et le trio passa la porte du chapiteau pour s'enfoncer dans une première pièce qui était le réfectoire. Balbine ne se préoccupa plus de la conversation des adultes et admira la longue table de bois posée sur huit piliers de pierre, assortie aux bancs qui permettaient de prendre place face à la cour. Elle observa chacune des toiles pieuses accrochées aux murs puis inspecta l'intérieur des arches-bancs qui renfermaient la vaisselle, le luminaire de cuivre ou d'étain ainsi que le linge de chanvre ou de lin, attentive aux moindres détails, scrutant tout comme si elle était chargée de vérifier la propreté de l'endroit.

Achille, Marguerite et Guillaume arpentaient la vaste pièce en échangeant leurs impressions. Guillaume remarqua combien sa nièce se passionnait pour les lieux et il s'ouvrit de sa surprise à Marguerite.

— Ma fille veut soigner les malades. Pour cela il lui faudra prendre le voile, ironisa la jeune femme.

La figure de Guillaume se rembrunit.

— Tudieu, doit-on prendre ce vœu au sérieux ? Certes, il peut être rompu si la dame hospitalière désire se marier et fonder une famille...

Son interlocutrice émit un rire moqueur.

— Craignez-vous donc que votre lignée s'éteigne, cher ami ? J'ai ouï dire qu'Hermione, l'épouse de votre frère, ne parvient pas à mener une seule de ses grossesses à terme et vous n'êtes pas pressé de vous remarier, dirait-on...

Il haussa les épaules.

— La peine engendrée par la mort de ma femme est toujours présente, se justifia-t-il. Il est vrai que je regrette de tout mon cœur qu'elle ne m'ait pas donné d'enfants...

Achille était entré dans l'office et examinait la grande huche, près de la fenêtre, qui contenait le pain de l'aumône. Il ne pouvait les entendre.

— Je vous comprends d'autant mieux que j'ai vécu la même perte. Guillaume, je sais bien que vous n'attendez pas Balbine pour perpétuer la descendance des Joinville. D'abord parce que c'est une fille mais surtout en raison de sa basse extraction dont je suis responsable, n'est-il pas vrai ? Vous n'êtes pour rien dans les querelles qui m'ont opposée à vos parents. Que leurs âmes reposent en paix.

— Merci pour votre franchise, Marguerite. J'espérais que vous ne refuseriez pas que Balbine se rende parfois à La Rochette. Ce geste n'aurait-il pas valeur de réparation à vos yeux ? A présent que mes parents ne sont plus de ce monde, ne souhaitez-vous pas oublier les drames du passé ?

— Balbine n'a pas été préparée à vivre dans un château au milieu de personnes de votre rang. Elle s'y sentirait mal à l'aise, perdue. Vous pouvez venir la voir à la ferme aussi souvent que nécessaire.

Achille revenant, ils furent contraints d'abandonner leur échange. Marguerite en éprouva du soulagement et elle s'efforça de retenir son époux auprès d'elle. Ils se dirigèrent tous ensemble vers le cellier dans lequel les religieuses entreposaient les fûts de vin ou encore les cuirs destinés à leurs sandales. Puis ils montèrent l'escalier du clocher, situé au sein du vestibule, vers le premier étage.

— Le cadre se veut ici à la fois monacal et sublime, déclara Guillaume en s'adressant à sa nièce. Seules les sœurs auront le droit d'exercer dans cet hôpital, assistées de chirurgiens-barbiers et de médecins. Tiens, regarde par ici, tu vois l'échauguette ? C'est de là qu'elles surveilleront le sommeil des souffreteux durant la nuit.

Surmontant sa timidité, Balbine demanda :

— Pourquoi ne puis-je pas moi aussi assister les miséreux ?

— C'est ainsi. Il est essentiel que le règlement soit respecté, les sœurs uniquement peuvent endosser ce rôle.

— J'aimerais aider les malades quand même ! protesta la jeune fille.

— Ce serait dommage de sacrifier à une vocation un si joli minois…

Trop peu habituée aux compliments pour comprendre l'allusion, Balbine était sur le point d'enchaîner sur des arguments qui lui semblaient imparables quand sa mère la coupa :

— Ça suffit ! D'ailleurs, nous allons rentrer.

— Déjà ? se récria-t-elle, en pleine déconvenue.

— Ne désirez-vous pas mieux admirer la salle des pauvres ? s'enquit Guillaume, contrarié.

Marguerite soupira mais se ravisa ; elle était curieuse de tout voir en dépit de l'embarras qu'elle éprouvait au contact de son beau-frère. Et Achille paraissait si heureux de pouvoir contempler l'œuvre à laquelle il avait modestement contribué. Elle s'efforça d'oublier ses griefs afin de profiter de la prérogative offerte par le destin, même si elle empruntait les traits et la silhouette d'un Joinville. Après tout, une telle occasion ne se présenterait plus : à moins d'être très malade ou tombée dans la misère, jamais elle ne reviendrait en ces lieux.

L'espace de la « salle des pauvres » ne mesurait pas moins de vingt-trois toises de long sur sept de large avec une hauteur de dix toises, autant dire que ses proportions faisaient forte impression. Toutefois, ce qui frappa Marguerite fut le faste et l'élégance imprégnant une pièce destinée à recevoir des souffreteux sans le sou. Devant sa mine surprise, Guillaume expliqua que le projet majeur de Rolin et de Guigone avait été d'édifier un hôpital pour les miséreux dont l'aspect s'apparentait à un palais, tout en offrant le confort et les meilleurs traitements ; de conjuguer le plaisir des yeux à la paix de l'âme au sein d'un cadre à la fois chaleureux et fonctionnel. Une idée tellement novatrice qu'elle avait fait parler bien au-delà du duché de Bourgogne.

Tout en admirant l'ampleur du travail accompli, pas peu fière que son beau-père y ait participé, Balbine continuait à rêver. La vie dans le monde rural l'avait familiarisée avec le sang, les excréments, toutes ces choses sordides dont la vue ne la faisait pas défaillir comme d'autres jeunes filles du même âge. Elle se sentait capable d'apporter son aide lors de soins donnés aux grabataires. Lucide quant à son avenir, Balbine savait qu'il existait peu de chances qu'elle assouvît la vocation ancrée en elle depuis plusieurs années. Elle s'abîmait donc avec ferveur dans la contemplation des lieux, faute de pouvoir un jour y travailler. Elle s'intéressa en particulier aux lits en chêne pourvus de courtines blanches, étonnée par l'intimité que leur alcôve autorisait, ainsi qu'à la qualité des oreillers et des draps. Comme elle effleurait d'une main précautionneuse un coussin rebondi, elle sentit Guillaume s'approcher et lui parler, si près de l'oreille que son haleine chargée de coriandre la réchauffa.

— Petite damoiselle, voyez ces armes. Ce sont celles du chancelier. Le tissu a été tissé dans sa draperie de Pont-sur-Sambre. Touchez ces couvertures rouges, comme elles sont moelleuses ! Et ces édredons en plumes d'oie, en avez-vous déjà vu de pareils ?

Soudain intimidée, Balbine n'osait réagir. La suite du discours de son oncle la bouleversa encore davantage.

— Il y en a de semblables au château de La Rochette, là où votre père est né et où vous auriez dû aussi venir au monde si le sort avait été plus juste… si nos parents avaient été plus compatissants.

Un air décontenancé s'inscrivit sur le visage de Balbine. Jamais Marguerite n'avait fait mention d'un château que posséderait son père ; elle-même avait peu connu son géniteur qui s'était éteint alors qu'elle était toute petite ; elle se souvenait d'un homme simple et affectueux, à l'image d'Achille, pas de quelqu'un qui aurait vu le jour dans une famille distinguée et aisée.

— Aimeriez-vous connaître ce lieu qui vous appartient un peu aussi ? poursuivit Guillaume, les traits empreints de gravité.

Balbine sursauta et leva vers lui un regard incrédule.

— Oh, oui ! Dieu vous entende, messire !

C'était un cri du cœur. Guillaume sourit. Marguerite, qui s'était éloignée afin d'observer les bassinoires réchauffant les matelas et les bouteilles d'étain pour les pieds des malades, revenait vers eux, intriguée par leur conversation. Balbine pensait qu'elle n'approuverait peut-être pas la proposition de cet oncle – un homme providentiel puisqu'il lui proposait de visiter un château, elle, une fille de vignerons !

Guillaume se tourna vers sa belle-sœur.

— Balbine désirerait beaucoup voir le fief de ses ancêtres. M'autorisez-vous à venir la chercher, disons dans un mois, afin de l'emmener à La Rochette ?

Marguerite était en colère qu'il se servît ainsi de sa fille pour la contraindre à accepter sa requête. Elle était aussi consciente de la chance qui s'offrait à Balbine. Elle hésitait, cherchant des arguments en faveur du refus.

— Balbine n'a pas l'habitude de partir ainsi seule à l'aventure. C'est une jeune fille convenable. Or, Guillaume, j'ai bien trop de travail pour envisager de passer des jours hors de chez moi dans le but d'admirer un château…

— Qui ne vous est pas inconnu, la coupa Guillaume.

— C'est vrai ? s'exclama Balbine. Tu es déjà allée au château de père ?

Exaspérée, Marguerite pinça les lèvres. Ses yeux lançaient des éclairs.

— Je n'ai pas eu cette chance, répliqua-t-elle, mais j'en ai entendu parler. Balbine, peux-tu nous laisser un instant ?

La jeune fille obéit à contrecœur et rejoignit Achille qui faisait mine d'inspecter la cloche avertissant de l'heure des repas, conscient qu'il était de trop entre son épouse et Guillaume de Joinville.

Quand elle fut seule avec ce dernier, Marguerite se montra franche et laissa libre cours à son courroux.

— A quel jeu jouez-vous ? Il n'est pas question de vous laisser ma fille ! Je tiens à connaître vos véritables intentions, Guillaume. Je vous demande d'être loyal dans notre intérêt à tous les deux.

— D'accord, soupira le jeune homme après quelques secondes durant lesquelles il dévisagea sa belle-sœur comme pour juger de sa bonne foi. Cependant, mes intentions sont louables. Je n'ai rien à cacher. Ne pouvons-nous pas cesser les hostilités à présent que mes parents ne sont plus de ce monde ? Vous savez que, tout comme moi, mon frère Audouin était trop jeune pour s'interposer entre eux et Charles quand ce dernier a décidé de s'unir à vous. Qu'y pouvons-nous si nos géniteurs se sont montrés inflexibles ? Je désire réparer et mieux connaître Balbine, la fille de Charles. Vous n'ignorez pas que j'adorais ce dernier…

Amadouée par la sincérité de ses propos et l'émotion qui y perçait, Marguerite demanda d'une voix plus douce :

— Si j'autorise Balbine à vous accompagner au château, j'aimerais avoir des garanties : quels sont les plans que vous dessinez pour elle ?

Un élan d'enthousiasme souleva Guillaume face à la capitulation de Marguerite.

— Il n'est pas trop tard pour l'éduquer. Un précepteur y veillera.

— Elle sait déjà lire, écrire et compter.

— Ce qui prouve qu'elle a de bonnes dispositions. Il faudrait compléter par la pratique de l'équitation, de la danse, du clavecin...

— Guillaume, vous me volez la vie de ma fille ! Comment pourrais-je donner mon assentiment ? Elle risque même de devenir une étrangère...

— Elle ne vous laissera pas sans nouvelles et vous serez la bienvenue à La Rochette aussi souvent que vous le souhaiterez. La vraie question est de savoir quel destin vous désirez pour la fille unique de Charles.

Marguerite avait besoin de réfléchir. Elle lui ferait porter un message avec sa réponse d'ici quelques jours. Guillaume parut satisfait.

La visite se termina par une rencontre avec Nicolas Rolin et son épouse. Guillaume les salua et leur présenta Achille, Marguerite et Balbine, sa nièce. A la mention de ce titre, Guigone regarda la jeune fille avec plus d'attention et Balbine rougit d'être observée d'une manière peu conventionnelle par une personne d'un rang si élevé. En dépit d'une volonté de fer qui l'avait aidée dans sa scolarité, à la faveur aussi de ses dons pour les études, elle se révélait plutôt timide quand il s'agissait de côtoyer un milieu qui ne correspondait pas au sien. Durant les années précédentes, nombre de conversations entre sa mère et Achille avaient eu comme sujet cet hôpital, et par conséquent leurs fondateurs, Nicolas et Guigone. Sans connaître cette dernière, Balbine lui avait voué d'emblée de l'admiration pour l'indépendance et le courage dont elle faisait preuve en s'associant à son mari dans cette entreprise alors que la place des femmes était plutôt reléguée à la maison, à surveiller le personnel et à élever la marmaille. Elle ne parvenait plus à détacher les yeux de la chancelière qui, à dix-huit ans, était devenue la troisième épouse de Rolin et lui avait donné trois enfants. Aussi bonne que simple, elle souriait à Balbine puis elle n'hésita pas à la prendre à part, tandis que son mari bavardait avec Guillaume, afin de lui demander si les hospices lui avaient plu.

— Oh oui, beaucoup, dame ! s'exclama la jeune fille.

Sentant que la chance s'offrait à elle, Balbine ajouta, si bas qu'elle dut se rapprocher de son interlocutrice afin qu'elle perçoive ses paroles :

— Je rêve de travailler ici à soigner les malades.

Elle s'écarta et considéra Guigone d'un œil plein d'espoir. Le sourire de celle-ci s'élargit.

— Tu te sens des dispositions pour cette tâche ?

— Oui, dame. Depuis toujours.

Guigone paraissait réfléchir. Elle coula un regard vers son mari comme pour quêter son avis. Balbine l'imita et contempla un visage émacié, aux cheveux coupés à l'écuelle, aux yeux à la fois ardents, sagaces et remplis d'humanité. Elle détourna les siens pour les poser à nouveau sur Guigone dont les traits étaient en partie dissimulés par une coiffe blanche divisée en deux ailes amidonnées, lui tombant sur les épaules. Elle n'apercevait donc que son teint clair, son regard en amande, ses lèvres bien ourlées et, à l'image de son époux, son air de profonde mansuétude. Elle portait une robe noire fourrée et bordée de zibeline.

— Quel âge as-tu, Balbine ?

— Quinze ans, énonça la jeune fille d'une voix hésitante, pressentant ce qui allait suivre.

— Alors, tu es trop jeune. Il te faudra attendre encore trois ans avant de pouvoir postuler. Nous ne prenons pas de sœurs en dessous de dix-huit ans. Cependant, tu pourras devenir novice bien avant.

— De plus, poursuivit Balbine d'un ton misérable, je ne souhaite pas entrer dans les ordres.

Guigone haussa les sourcils de surprise.

— Mais tu n'en auras pas besoin ! Certes, il y a des vœux révocables à prononcer, d'obéissance, de chasteté et de pauvreté par exemple, néanmoins ils ne sont pas religieux. C'est même le principe majeur du fonctionnement de cet hôpital, n'en déplaise à certains.

Balbine aurait aimé en apprendre davantage mais le couple ne pouvait s'éterniser en ce jour d'inauguration, et la conversation prit fin sur ces explications. La jeune fille se jura d'en apprendre plus sur la fonction de dame hospitalière qui l'obsédait au point qu'elle se dessinait un nouvel avenir sous le voile de ces soignantes dévouées.

Nicolas et Guigone s'éloignèrent tandis que Guillaume précédait Marguerite, Achille et Balbine dans la cour d'honneur où la visite s'achevait. La jeune fille examina une dernière fois la fabuleuse géométrie des tuiles vernissées avant de rejoindre sa mère et son beau-père qui faisaient leurs adieux à Guillaume. Elle entendit Marguerite évoquer une réponse qu'elle donnerait sous peu à son beau-frère, sans deviner que, de son contenu, dépendrait son destin.

3

Jamais Balbine n'avait entrepris un tel trajet. Après mûres réflexions et longs conciliabules avec Achille, en dépit de la réticence de ce dernier à intervenir dans les affaires concernant sa belle-fille, Marguerite accepta que Balbine séjourne seule au château de La Rochette. La jeune fille se mit alors à envisager le voyage. Certes, les Ecorcheurs avaient déserté la région mais parcourir seule à son âge les lieues qui séparaient la ferme de La Rochette lui inspirait un mélange de plaisir et d'effroi. Elle regrettait de ne pas pratiquer l'équitation car se déplacer à cheval permettait d'aller plus vite. Une mule aurait peut-être fait l'affaire mais Achille refusait de prêter la sienne, pas assez familiarisée avec les routes de la contrée. En définitive, Guillaume régla le problème en proposant les services d'une litière couverte, ainsi que de son conducteur.

Le départ se fit tôt. La stupeur était générale face au spectacle de cette fille du peuple s'installant dans une voiture qui allait l'emmener vers un fief aussi illustre que le château de La Rochette ! Balbine en était très embarrassée. Pourtant, le véhicule ne possédait rien de luxueux et Marguerite savait gré à Guillaume de cette discrétion. Il était plutôt petit, ne comportant que deux places, recouvert d'une bâche et tiré par deux alezans musclés. Alban, le cocher, vêtu avec simplicité, savait mener à sa destination un tel moyen de transport, bien qu'il ne fût que valet de ferme, comme il finit par l'avouer à la mère de Balbine.

En ce début d'année 1452, en plein cœur de l'hiver, ce n'était pas le meilleur moment pour entreprendre un tel trajet sur les routes verglacées. Néanmoins, il se déroula sans encombre. Alban maniait les rênes avec dextérité et les chevaux avançaient vite. Retranchée sous la protection de la toile, Balbine ne voyait presque rien du paysage qui lui semblait d'ailleurs immuable : un défilé de forêts, de champs nus, de vignes tristes. A l'heure du déjeuner, elle quitta avec reconnaissance l'habitacle dans lequel elle commençait à étouffer afin de pénétrer dans une taverne. Jugeant que la condition de sa passagère valait la sienne, Alban choisit de s'asseoir à la même table qu'elle et engagea aussitôt la conversation.

Balbine répondait par monosyllabes à ses remarques anodines, tout en observant la salle avec intérêt. Consciente de la chance qui s'offrait à elle, en dépit de son chagrin d'être éloignée des siens, elle s'efforçait de très vite s'intégrer à ce monde. A ses yeux, il s'agissait de s'adapter à la nouveauté en la considérant comme une expérience positive et une manière d'accéder à ses aspirations, toujours les mêmes : devenir sœur aux hospices de Beaune. A présent qu'elle avait compris qu'il n'était pas nécessaire de prendre le voile à vie, son rêve devenait possible. Madame la chancelière avait souligné que Balbine devrait encore attendre trois ans avant de pouvoir postuler, le temps nécessaire pour exercer son noviciat ; autant les mettre en pratique pour acquérir les notions qui lui faisaient défaut en raison de sa naissance et de son éducation ; en cela, l'aide des Joinville serait providentielle.

La cacophonie ambiante, faite de bavardages, de cris, de rires, d'exclamations, de jurons et parfois d'échauffourées, l'amusait plutôt, même si elle restait méfiante, se rappelant les conseils de sa mère qui redoutait autant les « hosteliers » que les intempéries et les brigands de grands chemins. D'atroces histoires circulaient sur des imprudents laissés pour morts au fond de leur lit lors d'une nuit chez un aubergiste tortionnaire. La jeune fille, qui n'ignorait pas qu'il s'agissait de légendes, appréhendait surtout d'être dépouillée plutôt que tuée, et elle redoutait que son manque d'expérience pousse le tavernier à pratiquer un prix plus élevé. Au siècle dernier, le roi Jean le Bon avait rendu une ordonnance suivant laquelle le tarif d'une journée et d'une nuit, repas compris, ne pourrait excéder trois sols. Or, depuis janvier 1351, les aubergistes avaient eu le temps de passer outre à ce décret du monarque, les prix flambaient à nouveau au détriment du pauvre voyageur. Cependant, Alban rassura Balbine en lui certifiant que le dîner serait pris en charge par son oncle et qu'ils continueraient leur voyage sitôt le repas avalé.

Ils mangeaient tous deux sur une longue table commune en bois, au milieu des autres hôtes de la taverne, marchands, pèlerins, ecclésiastiques, étudiants, ouvriers et artisans, très peu de femmes et aucun enfant. Quelques hommes buvaient de la bière en jouant aux dés ; la plupart des clients prenaient un vrai repas, comme Balbine et Alban, composé de pâtés en croûte farcis au saumon et à la bécasse, de légumes, de fromages, de fruits, de gâteaux au beurre et aux œufs, le tout arrosé de cervoise, de vin et d'hydromel, de quoi affronter le froid et le labeur du quotidien. En observant et écoutant ses voisins, Balbine se rendit compte que les nouvelles circulaient ici plus vite qu'ailleurs. Cela lui donna l'idée de mettre Alban à contribution afin d'en savoir davantage sur ce qui l'attendait au château de La Rochette.

— Guillaume de Joinville est-il un bon maître ? demanda-t-elle à Alban, un instant décontenancé.

Il ne cessait de monologuer sur le contenu de son assiette et cette question l'arracha, avec une brusquerie qu'il ne goûta guère, à ses considérations culinaires.

— Messire Guillaume ? Pour sûr !

La jeune fille s'interdit de poursuivre trop vite son interrogatoire de peur d'éveiller les soupçons du valet de ferme. Elle laissa place au silence qu'il ne tarda pas à briser, trop heureux de monopoliser la conversation sur un thème connu. Ainsi, il pouvait fanfaronner.

— Je suis encore jeune mais mon père et mon grand-père avant moi ont travaillé sur les terres de cette famille, alors c'est comme si nous étions un peu liés, vous comprenez ? Mon grand-père est mort. Mon père est toujours de ce monde et il a connu messire Guillaume enfant. Ça a toujours été quelqu'un de bien pour ses serviteurs. Par tous les diables, nous avons enduré des temps difficiles avec ces maudits Anglais qui nous ont pillés ! Malgré les privations et les malheurs de la peste, nos maîtres se sont toujours efforcés de nous protéger. Quoique je ne parle pas de messire Audouin. Il est bien différent de son frère…

Ces louanges réconfortèrent Balbine qui ne se préoccupait guère du dénommé Audouin, le mari d'Hermione. Son cœur ne s'en serra pas moins d'angoisse quand elle aborda le sujet de son père.

— Alban, vous souvenez-vous du frère de Guillaume, Charles de Joinville ?

Le jeune homme se redressa avec fierté comme s'il portait lui-même le patronyme de la dynastie qu'il servait.

— Oui-da, je me rappelle de messire Charles. Il est vrai que j'étais petit mais il a marqué mon esprit.

Balbine fit un calcul approximatif pour vérifier si Alban ne se payait pas sa tête. Elle doutait qu'il ait côtoyé son père, cependant elle demeura à l'écoute dans l'espoir de récolter quelques renseignements sur ce géniteur dont Marguerite ne disait jamais rien. Jusqu'à ces dernières semaines, elle ne souffrait pas de son absence, Achille y remédiant fort bien, mais la situation avait changé avec l'apparition de Guillaume.

— C'était un homme très bon, déclara Alban d'un ton sentencieux.

Balbine venait de comprendre que, Charles ayant quitté son clan puis épousé Marguerite sans jamais reparaître au château en raison de l'opposition de ses parents, Alban n'était pas en mesure de l'avoir croisé, ne serait-ce qu'une seule fois. Elle poussa un léger soupir mais renonça à tancer le garçon qui cherchait à endosser le rôle du pourvoyeur d'informations.

— Avez-vous fini, Alban ? Il serait temps de se lever si nous voulons être à La Rochette avant la tombée du jour.

— Oh, il fera bien nuit noire quand nous arriverons !

Ils n'avaient pas fait attention à l'état du ciel durant le repas et furent surpris de voir quelques flocons dans la cour de la taverne, rien de propre à inquiéter Alban qui haussa les épaules avec désinvolture. Balbine était davantage troublée parce qu'elle pensait que le garçon simulait le détachement afin de l'impressionner ; néanmoins, comme ils étaient à mi-parcours, autant continuer leur route jusqu'à son but. Cette fois-ci, la jeune fille fut soulagée de se retrouver sous la protection de la bâche et, bien que toujours un peu oppressée, elle qui était habituée aux vastes espaces, elle se nicha sous la couverture en fourrure.

A mesure que la voiture avançait, la neige devenait plus drue et les quelques flocons qui n'effrayaient pas Alban menaçaient de se transformer en tempête. La neige s'accumulait sur la voie, freinant la progression des chevaux. En dépit de la beauté du cadre, Balbine éprouvait une sourde angoisse à l'idée de rester prisonnière de cette campagne figée par la glace. Plus aucun bruit ne parvenait à percer le silence et même les toits des fermes au loin disparaissaient sous une couche d'un blanc immaculé. Un vent glacial se mit alors à souffler, s'infiltrant dans le refuge de Balbine qui ne laissa pas une partie de son corps visible afin de conserver un maximum de chaleur. Ecartant le rideau, elle découvrit que le givre occultait à présent la vue sur les alentours. Comme elle avait hâte d'arriver saine et sauve au château !

Impossible de sommeiller, la température polaire l'empêchant de sombrer dans l'inconscience ; ses mains et ses pieds lui semblaient d'ailleurs gelés. Elle se demandait comment Alban pouvait résister, lui qui fournissait une cible de choix aux intempéries. Enfin, au bout de deux longues heures, elle sentit que les chevaux ralentissaient et espéra que la raison en était l'approche du château. Quand le véhicule stoppa, Alban sauta à terre. Le visage du valet présentait une carnation rouge, proche du violet, qui fit pousser à sa passagère un petit cri d'épouvante au point qu'elle en oublia de vérifier s'ils étaient parvenus à destination. Il la rassura d'un sourire contraint tant ses traits demeuraient pétrifiés par la froidure.

— Nous avons échappé aux loups, c'est le principal.

— Par tous les diables, je n'avais pas songé à eux...

— J'ai entendu quelques hurlements dans la forêt.

Balbine ne savait pas s'il se vantait à nouveau ou s'il disait vrai. Elle se contenta donc de le remercier pour l'avoir conduite à bon port sans incident. Détournant ensuite son regard du garçon, elle le dirigea vers La Rochette.

Elle eut alors la sensation très nette que son propre souffle se suspendait aussi tant la vision s'offrant à ses yeux la stupéfiait. La bâtisse, composée de quatre tourelles, d'un donjon et d'une enceinte pourvue de remparts formant un carré sinistre, livrait l'intimité de sa basse-cour grâce à un pont-levis en bois et d'une herse en fer ouverts, au-dessus de douves remplies d'eau, aujourd'hui glacée, sur laquelle glissaient des canards. Il y avait quelque chose de grossier dans cette architecture destinée avant tout à repousser une attaque ennemie. Toutefois, la disposition de l'ensemble du bâtiment contribuait à lui donner, en plus de son rôle défensif, une unité finissant par contrebalancer la première impression de la jeune fille, peut-être parce que la neige adoucissait la masse et la rugosité des pierres. La Rochette culminait sur une butte naturelle, surplombant le village de façon à voir les assaillants arriver et à leur rendre l'assaut plus ardu en raison de la côte qu'ils devaient grimper. Par ce temps, personne ne s'était aventuré à l'extérieur de l'enceinte et Balbine s'interrogea sur les motivations d'Alban à lui faire parcourir sous la neige et dans le froid les quelques toises la séparant du château. Il justifia son geste de la manière nonchalante et prétentieuse à la fois qui semblait le caractériser :

— Voyez comme le fief de mes maîtres est superbe.

— Certes, convint la jeune fille, un peu agacée et toujours frigorifiée. J'aurais bien le temps de l'admirer durant mon séjour. Je souhaiterais gagner l'intérieur au plus vite.

Réalisant qu'il outrepassait les limites de sa fonction, Alban s'empressa d'aider Balbine à rejoindre la voiture. Elle entendit claquer le fouet. Quelques secondes plus tard, elle dédaignait le soutien du valet pour bondir sur le sol enneigé où quelques poules et coqs picoraient le blé qu'on leur avait lancé. Serviteurs et animaux circulaient sur cette place cernée par des maisons en bois aux toits de paille. Balbine n'ignorait pas que ces gens travaillaient pour celui qu'il était courant d'appeler le seigneur. Les Joinville appartenaient à la noblesse de province, ils étaient les seigneurs de La Rochette.

Quelqu'un avait dû prévenir Guillaume de leur arrivée ou bien il avait distingué le véhicule du haut du donjon, toujours est-il qu'il accourait vers eux en compagnie d'un serviteur portant une torche qui s'efforçait de protéger la flamme des bourrasques de neige. L'oncle de Balbine se hâta de la mener dans la haute cour, réservée aux propriétaires des lieux. Il dirigea sa nièce vers des bâtiments orientés sud et ouest afin de profiter du meilleur ensoleillement. Il la fit pénétrer au sein d'une vaste pièce blanchie à la chaux où une gigantesque cheminée permettait d'entretenir une chaleur que la jeune fille accueillit avec gratitude. A peine avait-elle laissé tomber son manteau sur un banc de pierre encastré dans l'épaisseur d'un mur que le reste de sa famille entrait, des inconnus appartenant à une société qui lui était étrangère. Leur vue fit naître en elle un brusque sentiment de vulnérabilité. Elle n'avait même pas eu le temps d'admirer les multiples tapisseries qui décoraient les murs.

Le visage mis en lumière par la chandelle suspendue à la voûte au sein d'une couronne de cuivre, une femme s'avançait dans une robe verte bordée d'hermine. Elle tendit les mains vers Balbine dans un geste rempli de convivialité.

— Chère petite, nous attendions ta venue avec une telle impatience ! Heureuse enfin de te connaître... Je suis Hermione de Joinville, ta tante par alliance puisque j'ai épousé Audouin, le frère de Guillaume et de feu ton père.

Etourdie par la fatigue et l'émotion, la jeune fille se rappela cependant que sa mère avait évoqué cette belle-sœur dont le ventre refusait de procréer au bout de plusieurs années de mariage. Sans doute avait-elle fait un effort de toilette en l'honneur de la visiteuse car la richesse du tissu importé d'Orient attira le regard de Balbine autant que les opulents bijoux qu'elle arborait. Sous la guimpe dissimulant sa chevelure et tombant en deux pans gracieux de chaque côté de son visage, la jeune fille lut une expression bienveillante à son égard mais empreinte d'une infime tristesse.

Balbine fit une légère révérence tandis que ses joues s'empourpraient de timidité.

— Je suis enchantée de vous rencontrer, dame.

Derrière Hermione, venait son mari, Audouin, un grand gaillard au teint rubicond dont l'œil s'allumait d'une pointe de grivoiserie qui déstabilisa encore plus la jeune fille. Tout le temps que durèrent les présentations, il ne cessa de la fixer avec une insistance qui la gêna. Puis une ribambelle de gens suivit et elle mit plusieurs minutes à comprendre qu'il s'agissait de domestiques à la fois curieux et empressés à la servir. D'ailleurs, son coffre se tenait à ses pieds sans qu'elle ait remarqué qui l'avait déposé. Balbine était attendue, bien accueillie, et fort résolue à saisir cette chance qui s'offrait d'améliorer sa destinée.

Pressentant le trouble qui l'habitait, Hermione s'empara du bras de sa nièce et la conduisit vers un banc sur lequel elle l'invita à s'asseoir. Les serviteurs s'emparaient de son bagage et de son manteau pour les monter à sa chambre située à l'étage. Son hôtesse lui demanda si elle désirait boire et manger ; la jeune fille répondit qu'elle n'avait pas faim après le copieux dîner de la taverne mais elle accepta un verre de vin de Beaune. Tandis qu'Hermione prenait place en face d'elle, Balbine sentit ses pieds glisser sur la paille fraîche jonchant le sol. De grands coffres s'alignaient le long des murs, renfermant vêtements et objets précieux. Sinon, la décoration de la salle se révélait plutôt épurée.

Après ce voyage, la jeune fille ressentait le besoin de se rendre aux latrines, cependant elle n'osait en faire la demande et s'efforçait de réprimer son envie pressante. Le vin qu'on lui apporta ne devait pas arranger son état.

Guillaume, Hermione et son mari, Audouin, tous trinquèrent avec elle avec une bonhomie qui la surprit autant qu'elle l'enchanta. En dépit du cadre fastueux dans lequel ils vivaient et de la nuée de domestiques les déchargeant des tâches du quotidien, ces gens paraissaient cultiver la simplicité et la gentillesse, recevant cette fille du peuple comme une des leurs.

Hermione désigna alors un tableau que Balbine n'avait pas remarqué.

— Ton père à vingt ans.

N'étant que la belle-sœur, elle se garda de poursuivre, laissant la parole à Guillaume.

— Nos parents ont demandé à un peintre de faire le portrait de chacun de leurs enfants. C'est ainsi que nous avons un souvenir de Charles parti trop tôt.

Guillaume encouragea sa nièce à se lever afin de contempler le tableau. Son cœur se mit à battre un peu plus vite à mesure qu'elle s'en approchait car, la tradition du portrait n'ayant pas cours dans son milieu, elle ignorait totalement l'apparence de son géniteur. Ce dernier présentait un profil au nez busqué et à l'œil vif, sous la masse de cheveux blonds tombant sur les épaules à l'image du roi Charles VI. Le peintre ne l'avait pas reproduit en entier, aussi ne pouvait-elle voir la manière dont il était habillé, néanmoins il portait un bonnet en feutre rouge où quelques fils d'or trahissaient l'aisance de la société à laquelle il appartenait. Son teint pâle était rehaussé d'un éclat rose sur les joues et ses sourcils ainsi que ses lèvres bien dessinés donnaient à penser qu'il avait été bel homme. Toutefois, Balbine savait combien les peintres s'évertuaient à enjoliver leur modèle dans le but de les contenter et de recevoir davantage que leur dû. La jeune fille chercha sans succès une similitude avec ses propres traits, même si elle avait maintes fois entendu dire qu'elle ressemblait à Marguerite.

Comme la nuit était tombée depuis longtemps et que le souper se préparait dans les cuisines, Hermione la conduisit à sa chambre. A peine se trouvaient-elles hors de portée d'oreille des hommes restés dans la salle que la jeune fille avoua à son hôtesse qu'elle devait se rendre aux latrines. Hermione sembla confuse de ne pas y avoir pensé plus tôt et la guida au premier. Balbine s'assit sur le siège en pierre recouvert, pour le confort et contre le froid, d'une bande de feutrine verte. Tout ce qui tombait de là arrivait dans les douves. Sur le sol, les herbes odorantes permettaient de masquer les odeurs. Elle fut soulagée de constater que l'hygiène n'était pas un vain mot, ici comme chez elle. Elle avait connu des lieux putrides qui la faisaient encore frémir de dégoût et d'indignation, les miasmes pouvant se transmettre à l'homme. Poursuivant toujours le même but, entrer un jour aux hospices de Beaune, Balbine s'intéressait autant à la salubrité qu'à la médecine balbutiante de l'époque, même si sa condition et son sexe l'entravaient dans sa soif de savoir.

Les amples proportions de sa chambre la conquirent, bien qu'à l'opposé Hermione exprimât des excuses pour leur étroitesse. Balbine lui jeta un regard étonné, sans répliquer. Le lit était surmonté d'un dais, entouré de courtines, et de nombreux coffres permettraient à la jeune fille de ranger ses affaires. Comme dans la grande salle, de somptueuses tapisseries ornaient les murs. Tout ici lui paraissait grandiose en comparaison de sa propre maison.

Hermione quitta la pièce en précisant que la cloche annoncerait le repas du soir. Seule dans le silence environnant, des ombres dansant autour d'elle, animées par les flammes de l'âtre, Balbine se sentit soudain désemparée. Sa mère, Achille, Isabeau et Jacquemin lui manquèrent avec une force qui fit vaciller son courage et sa maîtrise d'elle-même. Tout à coup, elle ne désirait plus rien que les retrouver et renouer avec l'existence qui hier encore était la sienne. Quelle folie d'avoir accepté l'invitation des Joinville ! Ce château surdimensionné était lugubre, triste, funèbre. Le souvenir du regard plein de convoitise d'Audouin sur sa personne lui laissait un sentiment de malaise que, dans son innocence, elle ne s'expliquait pas. Elle se laissa choir au sol, sur un tapis précieux, face au feu qui crépitait, son estomac se tordant en un spasme douloureux. En proie à la panique, elle suffoquait. La crise ne dura pas longtemps car elle parvint à se ressaisir en songeant que son vœu de devenir sœur nécessitait cette étape sur la voie du savoir. Par rapport aux femmes embauchées à l'hôpital, elle n'était qu'une ignorante vouée à travailler dans les vignes. Durant ce séjour, si elle restait attentive, elle pourrait engranger un maximum de connaissances profitables à sa vie future qu'elle n'imaginait pas ailleurs qu'aux hospices de Beaune. Elle s'enrichirait, se nourrirait de tout ce qui passait à sa portée jusqu'à emmagasiner assez d'expérience et d'érudition pour, le moment venu, demander à entrer au sein de cet établissement prestigieux.

Le son d'une cloche l'arracha à ses rêveries. Elle sursauta et se demanda si elle aurait dû se changer avant de descendre. C'était trop tard à présent et elle ne disposait pas non plus de multiples tenues à faire admirer. En comparaison d'Hermione, sa mise semblait même pitoyable et elle espérait que sa nouvelle famille remédierait vite à ce désavantage.

La longue table avait été dressée et des effluves appétissants parvenaient jusque dans la salle où tout le monde s'était rassemblé. Sans façon, Hermione s'empara du bras de la jeune fille afin de la guider jusqu'à sa place. Balbine était impressionnée par l'étalage de vaisselle, sans se douter qu'il s'agissait là d'un souper simple, ne brillant pas par son apparat comme lors des banquets et réceptions durant lesquels les Joinville recevaient des hôtes importants. Faisant remarquer les odeurs alléchantes, elle se vit proposer par Hermione une visite des cuisines et fut présentée aux domestiques, une importante brigade sous les ordres du « maître queux », le cuisinier, toujours un homme dans les milieux aisés. Effarée, la jeune fille le contempla, juché sur une chaire haute, observant tout ce qui se passait en dessous et autour de sa personne, une grande louche de bois à la main, destinée à tester brouets et potages mais aussi à corriger l'enfant qui s'aviserait de pénétrer dans son antre pour chaparder de la nourriture et perturber le travail. A leur entrée, la domesticité ne s'était pas arrêtée de vaquer à ses occupations pour autant, saluant d'un simple hochement de tête Hermione et Balbine. Cette dernière se sentit plus proche de la fillette vidant une volaille dans un coin sombre que du « maître queux » qui se tenait trop en grande estime. Elles ne s'attardèrent pas en ces lieux où elles n'étaient d'ailleurs pas les bienvenues, le personnel détestant être ainsi épié lors de l'accomplissement de ses tâches et considérant les cuisines comme un territoire qui lui était propre, presque inviolable. Aussi regagnèrent-elles assez rapidement la salle où les hommes les attendaient pour pouvoir s'asseoir selon l'ordre de préséance.

Le repas dura plusieurs heures et se déroula dans une ambiance agréable. Les hôtes de Balbine lui posèrent des questions pertinentes sur son existence à Beaune et se montrèrent fort intéressés par ses explications au sujet de l'hôpital. A leur tour, ils évoquèrent leur quotidien à La Rochette et parlèrent de Charles, son père, avec nostalgie et émotion, lui dépeignant un homme bon, à la fois réservé et rebelle puisqu'il était passé outre à la volonté de ses parents pour épouser la femme qu'il aimait, se moquant de la mésalliance et du scandale qui s'ensuivit, n'hésitant pas à changer radicalement de vie pour sa bien-aimée. En écoutant ces louanges, Balbine fut bouleversée ; elle ne s'attendait pas à un tel accueil, à tant de simplicité, de gentillesse, de compréhension.

Seuls, l'œil froid, calculateur, et la parole avare de son oncle Audouin contredisaient l'harmonie régnant autour de la tablée.

De retour dans sa chambre, étourdie par l'alcool qu'elle n'avait pas su boire avec modération, Balbine fut surprise par la présence d'une jeune fille de son âge, dévolue à son service afin de l'aider à ôter ses vêtements et à se coucher. Elle éprouva alors de la confusion à laisser cette Mathilde toucher le tissu médiocre de ses effets ; néanmoins, la fatigue s'abattait de tout son poids sur Balbine qui en oublia sa gêne et sombra bientôt dans un sommeil profond.

Dans la nuit, elle en fut tirée par un bruit que, tout d'abord, elle n'identifia pas. Les yeux ouverts sur les ténèbres, le cœur battant la chamade, l'ouïe en alerte, elle écouta le silence. A mesure que les secondes s'égrenaient, elle perçut des sons, comme des pas dans le couloir qu'on s'efforcerait d'étouffer. Convaincue qu'elle n'était pas la proie d'une divagation, Balbine sut avec une certitude angoissante qu'il y avait quelqu'un derrière la porte. La pensée que cette dernière n'était pas fermée à clé lui inspira de la terreur, amplifiée par l'obscurité propice aux songes oppressants. Que ferait-elle si l'inconnu pénétrait dans sa chambre ? Livrée à lui, elle devrait crier pour donner l'alarme, et son arrivée au château commencerait sous de bien sombres auspices. Mais il finit par s'éloigner, rien ne vint plus troubler les heures que les cris des oiseaux nocturnes. Balbine plaça une chaise devant la porte, maigre défense, puis trouva du réconfort dans la prière. Ce château possédait quelque chose de maléfique qu'elle ne s'expliquait pas, lui inspirant une terreur que seul le recours à la religion pouvait contrer.

4

Il faisait grand soleil quand elle se réveilla. Elle n'avait même pas entendu les coqs chanter. Quelqu'un, sans doute Mathilde, était entré dans sa chambre pendant qu'elle dormait afin d'entretenir le feu, preuve que le rempart de la chaise ne valait rien. Cette dernière avait d'ailleurs réintégré sa place initiale. Une douce chaleur se diffusait jusqu'au lit et la jeune fille ne sentit le froid que lorsqu'elle posa un pied sur le parquet. Ses yeux s'agrandirent de stupeur face à la magnifique robe déployée sur un coffre, vraisemblablement un prêt d'Hermione afin de parer Balbine comme il seyait à son nouveau rang. Elle consistait en une houppelande bleue prolongée d'une traîne, bordée de fourrure le long des manches et du décolleté triangulaire ainsi que le voulait la mode, large aux hanches et ajustée sur le buste – ce qui fit sourciller Balbine lorsqu'elle s'en revêtit car elle mettait en valeur un corps dont elle n'appréciait guère les voluptueux contours. Un peu mal à l'aise mais fière aussi de la richesse de sa toilette, elle descendit au rez-de-chaussée où Hermione s'exclama en la voyant :

— Chère Balbine, tu es splendide ! On croirait que tu évolues dans ces atours depuis toujours…

— Merci beaucoup, dame.

— Appelle-moi Hermione, je t'en prie.

Après s'être sustentée, Balbine se vit proposer une visite des lieux en compagnie de sa tante. La veille, elle avait déjà été étonnée par la taille du château. A présent que le jour était levé, elle se rendait compte combien il s'agissait là d'une majestueuse, ample et confortable bâtisse. Outre la famille, de nombreux serviteurs des Joinville logeaient ici, du maréchal-ferrant au jardinier, et même un prêtre qui officiait dans la chapelle.

— Si nous avions des enfants, avoua Hermione, évoquant pour la première fois son drame personnel, le père Henriot aurait aussi revêtu le rôle de précepteur, hélas, il n'en est rien. C'est pourquoi il a été mis à contribution afin de t'enseigner plusieurs matières que tu ignores. Cet homme est très érudit et d'une bonté sans égale. Il cultive les plantes, ce qui rend bien service quand l'un de nous est malade.

L'intérêt de Balbine s'en trouva renforcé.

— J'aimerais savoir comment soigner.

— Dans ce cas, je vais te le présenter sans tarder.

Hermione fronça soudain les sourcils.

— Il faut que je demande à Mathilde de débarrasser la pièce de ses décorations de Noël, murmura-t-elle en désignant le houx et les résineux qui ornaient la salle de réception. Les festivités sont bel et bien terminées, conclut la jeune femme en soupirant.

Balbine la sentait habitée par un chagrin dont elle devinait la cause.

Elles se dirigèrent vers le parc situé près de la chapelle, triste et nu à cette époque de l'année. On y voyait une dizaine de carrés où, à la belle saison, on cultivait différentes plantes qui, associées entre elles et parfois combinées avec des ingrédients animaux ou minéraux, recelaient des propriétés capables de vaincre certains maux. Hermione frappa à la porte du logis. Le prêtre l'ouvrit presque aussitôt puis les invita à se réchauffer à l'intérieur, observant Balbine avec un mélange de curiosité et de bienveillance. C'était un homme grand et maigre, au visage anguleux doté d'un regard ardent, tout chez lui prônant l'ascétisme. S'il n'avait pas eu cette expression chaleureuse, la jeune fille l'aurait jugé impressionnant.

La maison ressemblait à celle d'un paysan avec son unique pièce utilisée à la fois pour recevoir, manger et dormir. Le mobilier était rare : un simple lit, quelques bottes de paille pour s'asseoir, deux coffres, des étagères sur lesquelles le curé avait posé quelques brocs et des livres, une perche horizontale où voisinaient un jambon et une chemise rapiécée, rien du confort et du luxe qui prévalaient dans le donjon. Imitant Hermione, Balbine prit place sur la paille puisqu'il n'existait pas de siège plus traditionnel. Le prêtre se mit à ranimer le feu et leur proposa de boire quelque chose ; Hermione refusa pour elle et sa nièce puis en vint très vite à la raison de leur venue.

— Je vous présente Balbine de Joinville...

— Enchanté de connaître ma future élève, déclara le curé avec un sourire engageant.

Balbine le salua, n'osant pas parler de sa passion pour les plantes. La situation était à la fois grisante et déroutante, et des bouffées de timidité l'empêchaient par moments d'être complètement elle-même. La jeune fille préférait laisser à sa tante le soin d'argumenter en sa faveur.

— Balbine a quinze ans. Elle sait déjà lire, écrire et compter, souligna Hermione avec fierté.

L'homme d'Eglise parut s'en féliciter. Balbine lui en fut reconnaissante car la plupart des curés désapprouvaient une éducation trop poussée chez les filles, destinées avant tout au mariage et à l'enfantement.

— Néanmoins, comme elle a été élevée par sa mère remariée à un vigneron, de nombreuses lacunes sont à déplorer auxquelles vous saurez remédier, je n'en doute pas.

Cet échange devait déjà avoir eu lieu car le prêtre se contenta d'obtempérer d'un mouvement de tête silencieux, tout en contemplant Balbine avec une insistance qui commençait à l'embarrasser.

— Ce qui est nouveau, c'est que ma nièce m'a avoué il y a un instant combien elle désirait aussi apprendre le secret de cette science que vous pratiquez pour apaiser nos souffrances.

Le père Henriot haussa les sourcils ; cette fois-ci, la surprise se peignit sur ses traits. Il sembla même décontenancé.

— Puis-je être mis au courant des raisons qui vous guident, mademoiselle ?

Balbine se racla la gorge d'une façon bien peu distinguée.

— Mon rêve depuis toujours est de soigner les pauvres. Or, l'existence des hospices à Beaune, où j'habite avec ma famille, me permettrait de concrétiser ce rêve. J'aimerais postuler dans les meilleures conditions et, si je me présentais avec des connaissances médicinales, ce serait mieux pour devenir sœur hospitalière.

Le père Henriot sembla rassuré par ses propos ; avait-il soupçonné quelque extravagance ? A l'opposé, Hermione manifesta de la contrariété.

— Je n'ai jamais eu l'occasion de voir de près ce nouvel établissement mais j'en ai entendu dire du bien, répondit le prêtre. Je ne peux que me réjouir de rencontrer quelqu'un qui souhaite se dévouer aux miséreux et je suis prêt à vous inculquer ma modeste science si tout le monde est d'accord.

Il s'était tourné vers Hermione, guettant son assentiment. Cette dernière pinça les lèvres.

— Nous reparlerons de tout cela plus tard, ma chère nièce. Je ne savais pas que tu désirais connaître les vertus des plantes dans le but de devenir soignante ! En attendant, père Henriot, quelles matières enseignerez-vous à notre protégée ?

Chapitré par le ton autoritaire d'Hermione, l'homme d'Eglise fit entendre un discours plus convenu :

— L'amour de la chasteté et de l'humilité avant tout.

Balbine en resta pétrifiée de dépit. Ce n'était pas ce qu'elle était venue chercher au château de La Rochette. Avec plus de nuance, il ajouta, non sans un regard malicieux vers la jeune fille trahissant l'amusement qu'il prenait à la désorienter :

— Votre savoir est déjà louable. Mon rôle n'est pas de vous apprendre les travaux d'aiguilles. J'améliorerai vos dons en latin, en histoire et, bien entendu, en religion.

— Quant à moi, je serai chargée de t'initier aux bonnes manières, intervint Hermione avec assez de gentillesse pour que Balbine ne s'offusque pas. Par exemple, une jeune fille honorable ne se racle pas la gorge avant de parler, ajouta-t-elle avec un sourire complice.

Balbine n'en rougit pas moins. Elle commençait à comprendre que rien ne serait facile ; il lui faudrait se jouer de trop d'orgueil dans une situation aussi peu favorable à la paysanne qu'elle était pour les Joinville. Les dehors affables de ces derniers l'avaient rassurée mais aussi trompée ; elle ne devait pas oublier d'où elle venait et quel dessein elle poursuivait. Le prêtre avait évoqué l'humilité, qualité nécessaire à l'apprentissage de sa nouvelle vie.

— Je suis désireuse de m'améliorer, déclara-t-elle avec sincérité.

Quelqu'un cogna alors contre le chambranle comme si la colère l'animait. Le père Henriot se hâta d'aller ouvrir, pensant à une urgence concernant l'une de ses ouailles. Sur le seuil, se tenait Audouin de Joinville, la mine impatiente, presque mauvaise. Il rebutait toujours autant Balbine, sans qu'elle s'en expliquât le motif profond.

— Bonjour, mon père, dit-il en dardant un œil dédaigneux sur l'homme d'Eglise, puis s'adressant à son épouse : Guillaume vous cherche.

Hermione se leva aussitôt.

Tandis qu'Audouin s'éloignait, elle se tourna vers le prêtre.

— Quand les leçons peuvent-elles commencer ?

— Dès demain, si cela vous sied.

— Parfait. A dix heures, ici.

— Dieu vous garde, dame.

Elles prirent congé. Balbine jeta un dernier regard de regret au jardin avant de suivre sa tante qui la ramenait au donjon. En cette période de l'année, il offrait peu d'attraits. Pourtant, la jeune fille ne pouvait ignorer sa vastitude impressionnante constituée de différents espaces dont elle ne démêlait pas bien l'usage. Hermione lui déclara qu'outre l'endroit voué aux plantes, l'œuvre du père Henriot, plusieurs autres surfaces contribuaient au bien-être des habitants du château, notion qui paraissait bien abstraite aux yeux de la petite paysanne. On s'y reposait, on s'y promenait, on y admirait la délicatesse des fleurs, lui expliqua Hermione en se dépêchant.

De nombreuses personnes circulaient dans la basse-cour et les saluèrent en s'inclinant bien bas, à la grande confusion de Balbine.

— Pressons-nous, dit Hermione. Nous avons trop perdu de temps.

Balbine ignorait ce dont elle parlait mais elle hâta le pas afin d'imiter le rythme de la jeune femme. La chaleur de la maison seigneuriale lui rosit le teint. Les flammes montaient en puissance grâce au tisonnier que brandissait un domestique et les tentures murales préservaient des vents coulis. Guillaume se tenait au centre de la pièce, figé comme une statue.

— As-tu bien dormi, Balbine ? s'enquit-il, après avoir demandé la permission de la tutoyer.

— Oh, oui ! Je vous remercie… La couche et les draps étaient très confortables.

— Nous utilisons des draps de flanelle et surtout, l'hiver, des canadas, ces épaisses couvertures de laine qui maintiennent la chaleur. Nous faisons venir cette laine de qualité d'une manufacture de Rouen.

Impressionnée par tant de luxe, Balbine écoutait, subjuguée par ce monde si dissemblable du sien.

— Tu as beaucoup à apprendre, remarqua Guillaume. Nous allons passer aux choses sérieuses dès à présent. Il y a un poney qui t'attend dans les écuries. Es-tu déjà montée à cheval ?

— Juste sur une mule.

— Ta première leçon d'équitation va donc commencer dans quelques instants !

Ce fut le début d'un ardu mais passionnant apprentissage. Au bout d'une semaine, un messager galopa jusqu'à Beaune prévenir les siens que Balbine devait prolonger son séjour en raison de cette longue étude. Il lui fallut quelques jours avant de profiter pleinement de l'enseignement inespéré, le temps d'effacer les souvenirs de sa vie d'autrefois que Guillaume souhaitait qu'elle occulte durant le temps de son passage au château. Elève douée, Balbine n'éprouva pas de difficulté à assimiler les leçons du père Henriot qui la couvrait de compliments et avec lequel elle entretenait des liens très amicaux. De même, son corps, habitué aux travaux physiques, s'acclimata vite aux leçons d'équitation auxquelles elle prit beaucoup de plaisir. Moins aisées furent celles inculquées par Hermione, danses et bonnes manières qui malmenaient sa patience. Elle était consciente de la nécessité de savoir se tenir en société, néanmoins elle rageait du peu de considération qu'on prêtait aux femmes et de l'absence de liberté qui pouvait enlever tout éclat à leur existence. Au moins, dans son propre milieu, elles travaillaient, ce qui n'était pas le cas au sein de la bourgeoisie et de la noblesse où elles se voyaient reléguées dans le rôle restreint d'épouse et de mère. Balbine n'était pas venue ici pour se voir mariée de force à un inconnu et mettre un enfant au monde tous les ans. Cependant, elle taisait ses desseins, se consacrant avec bon sens à son éducation, décidée à obéir jusqu'à devenir une jeune fille accomplie ; alors, elle parlerait de ses motivations profondes, quitte à décevoir.

Sa seule entorse au programme avait consisté à quémander auprès du prêtre quelques cours supplémentaires sur les plantes en lui demandant de n'en pas toucher mot à Hermione. Constatant combien son élève se pliait avec facilité à sa formation et la passion qu'elle professait pour l'art d'accommoder les simples, il avait agréé sa prière. Et Balbine s'investit comme jamais dans cette transmission captivante qui, de toute évidence, la servirait au moment de postuler aux hospices.

— Ce que nous mangeons n'est pas anodin pour nos organes, d'où l'importance accordée au contenu de nos assiettes, déclara le père Henriot. Ainsi, je m'efforce de peu souper car j'ai remarqué que mon sommeil s'en trouvait amélioré. Les aliments doivent être adaptés au patient suivant son âge, son état de santé, sa façon de vivre mais aussi son tempérament…

Comme Balbine semblait perplexe, il poursuivit ses explications :

— Prenons quelqu'un sujet à des crises de colère… Mieux vaut lui éviter l'absorption d'épices et plus généralement d'aliments qui nécessitent une cuisson à très haut degré, alors qu'on les réservera à une personne léthargique. Voyez-vous la différence ?

— Oui, mon père.

— Je regrette de ne pouvoir vous montrer le jardin dans toute sa splendeur. Reviendrez-vous à la belle saison ?

— Je l'espère !

— Encore un exemple : je cultive le persil. Cette plante possède de multiples vertus, en plus d'assaisonner les plats. Elle favorise la digestion et ôte les humeurs du ventre. Je vais vous faire une liste des principaux simples dont j'use souvent, accompagnés des maux qu'ils soulagent.

— Je l'apprendrai par cœur.

Après cette phrase qui remplit son précepteur de satisfaction, Balbine quitta la maison du curé pour rejoindre le logis principal et sa chambre qui avait été réaménagée. On y avait adjoint une table sur tréteaux, aux piétements de style gothique, faisant office de bureau, et un lutrin à deux tablettes sur lequel Hermione avait déposé une bible épaisse à la couverture en cuir, pourvue de ferrures et d'une chaîne qui la rendaient encore plus lourde. Le texte sacré n'était qu'un alibi destiné à l'œil aiguisé des domestiques et des visiteurs ; en fait, si Balbine s'y plongeait parfois pour approfondir ses connaissances en matière de religion, la plupart du temps elle préférait le remplacer par les romans classiques qui s'étageaient dans la bibliothèque de Guillaume. Hermione avait marqué sa désapprobation à la voir lire de tels sujets par un échange incisif avec son beau-frère. Sa bienveillance avait laissé place à un courroux qu'elle estimait légitime, une jeune fille à la réputation sans tache n'étant pas censée se délecter de l'histoire de Tristan et Yseut telle que la racontait Thomas d'Angleterre dans son *Tristan*. Toutefois, Guillaume s'était montré inflexible et la jeune femme avait dû accepter sa défaite, son avis comptant pour rien dans les décisions prises par les mâles de la famille. Afin de la rassurer, Guillaume lui avait affirmé que la maturité de Balbine lui permettrait de faire la part des choses entre la réalité et le ressort romanesque de certaines œuvres, ce en quoi il avait en partie raison. Néanmoins, Balbine n'avait même pas seize ans et, en dépit du discernement qui la caractérisait, elle n'était pas insensible aux vapeurs sulfureuses distillées par certains ouvrages dans lesquels les sentiments amoureux s'enflammaient jusqu'à la démesure.

Il arrivait encore à la jeune fille de se réveiller en sursaut. La résonance des pas perçus la première nuit la gardait longtemps consciente, captive de son effroi. Le nœud familier dans son estomac se rappelait toujours à elle lors de ces insomnies. Son cœur était près d'éclater dans sa poitrine et sa bouche sèche réclamait de l'eau. Jamais elle n'avait connu une telle anxiété, atténuée cependant par la certitude que l'individu ne pourrait pas s'introduire dans sa chambre ; dès le lendemain de sa venue, non sans rougir de fournir une explication mensongère en prétendant être sujette aux peurs nocturnes, Balbine avait demandé à s'enfermer à clé. Bien que surprise, Hermione avait accepté. Mais même ainsi, l'aiguillon de l'angoisse la tenait plusieurs heures aux aguets et la fatigue s'emparait trop souvent d'elle durant la journée. Elle devenait irritable à force de manquer de sommeil.

Le soir tombait et Balbine resserra la capuche de sa cape autour de son visage, sentant le vent la cingler comme un camouflet. A sa grande surprise, Hermione avait demandé à sa servante de lui préparer un bain. De tout temps, la jeune fille avait fait montre d'une hygiène rigoureuse, tenant pour acquis que la saleté allait de pair avec l'émergence de maladies de toutes sortes. Cependant, de sa vie, elle n'avait eu l'occasion de prendre un bain, habitude d'une élite dont elle ne faisait pas partie jusqu'à aujourd'hui.

D'ailleurs, les Joinville eux-mêmes en usaient rarement mais Hermione avait insisté pour que la jeune fille connaisse toutes les facettes et tous les bienfaits de son nouveau milieu.

Hermione l'accompagna dans sa chambre. Balbine ne se lassait pas du confort de son lit, isolé de la froidure du sol par une estrade en bois et de la même fraîcheur régnant sur les murs par une tête de lit également en bois mais ornée d'images pieuses. Le dais et les courtines la garantissaient aussi des courants d'air et empêchaient son sommeil d'être perturbé par la lumière du jour ou les rayons de la lune réputés dangereux. Cela la changeait de la paillasse de Beaune garnie de végétaux secs, de paille et de cosses de pois dont elle ne s'était pourtant jamais plainte jusqu'à ce jour ! Avisée, la jeune fille réalisait qu'en prolongeant son séjour chez les Joinville, elle s'accoutumait au luxe ; plus dur serait le retour dans son modeste foyer, même si sa mère, son frère, sa sœur et Achille lui manquaient, ainsi que ses animaux.

Une surprise l'attendait qui lui arracha un cri d'émerveillement. Un cuvier tapissé d'un drap et rempli d'eau très chaude trônait au milieu de la pièce, surmonté d'une sorte de tente préservant la chaleur.

Hermione souriait d'un air espiègle comme si elle jouait un bon tour à sa nièce.

— Je te laisse, dit la jeune femme.

Elle sortit et descendit broder dans la salle de réception avant le souper.

Même si elle savait cultiver les plaisirs de la vie, la jeune fille n'avait pourtant jamais connu pareille béatitude. La sensation se révélait très différente de la joie qu'elle prenait à goûter un bon plat. Elle s'apparentait à celle éprouvée le soir dans son lit, juste avant de s'endormir, quand une douce torpeur s'emparait peu à peu de tout son être. D'ailleurs, il lui fallait rester vigilante si elle ne voulait pas somnoler dans son bain et risquer d'y périr noyée. En cet instant, comme elle enviait la liberté et le confort dont bénéficiait Hermione ! Et cependant, elle n'avait pas renoncé à sa vocation de soignante, même si cela sous-entendait d'y sacrifier la magnificence et la volupté du présent.

Comme elle fermait les yeux, le corps submergé jusqu'au menton dans le liquide encore fumant qui marbrait sa peau de plaques rouges et lui vidait l'esprit de toutes ses préoccupations, un bruit attira son attention. Ce devait être le pas de sa tante venue constater que tout allait bien. Balbine lui ferait bonne figure même si sa chemise trempée dévoilait ses formes d'une manière troublante. Mais elle réalisa vite sa méprise.

Devant elle se dressait la haute et lourde silhouette d'Audouin de Joinville, souriant avec concupiscence. Dans ses yeux, elle lisait une avidité proche de la démence comme si ses sens le dominaient, comme s'il ne parviendrait jamais à les maîtriser et se livrerait à la pire des bestialités. Balbine rougit encore plus, si cela était possible ; elle ne savait comment camoufler ses appas sans sortir du cuvier. Ses mains se plaquèrent sur les endroits où sa pudeur était mise à mal, s'efforçant d'en dissimuler un maximum tandis qu'elle s'exclamait :

— Je vous prie de sortir de ma chambre !

Un rictus mauvais aux lèvres, Audouin ferma la porte à clé et s'avança vers le cuvier où se tenait la vulnérable jeune fille...

Hagarde, les cuisses souillées de sang, des traces de coups sur le corps, le visage tuméfié, Balbine aurait voulu mourir. Pourquoi Audouin ne l'avait-il pas achevée après son forfait ? Sans doute comptait-elle si peu à ses yeux qu'il ne craignait même pas le danger qu'elle pouvait représenter pour sa réputation, la parole d'une fille de paysans ne valant rien. Il n'avait pas peur des représailles. Ayant assouvi ses bas instincts, depuis le temps qu'il convoitait cette jeunesse, elle n'existait plus désormais pour lui. Balbine était pareille à un objet dont il aurait usé un moment puis abandonné derrière lui sans se soucier de ce qu'il deviendrait. Elle se sentait aussi misérable que si elle avait été jetée au rebut.

Sa première pensée fut de tout avouer à Hermione quand elle remonterait après le bain – ce bain qui était à l'origine du crime car Balbine avait oublié toute prudence dans le plaisir suscité par l'eau, dévoilant à Audouin sa quasi-nudité, achevant de lui faire perdre le sens commun. Puis la jeune fille songea au scandale qui résulterait de ses accusations. A peine arrivée dans cette famille qui, à l'exception d'Audouin, l'avait accueillie avec gentillesse et compréhension, voilà qu'elle la faisait voler en éclats en proclamant que le mari d'Hermione s'était jeté sur elle comme les Ecorcheurs sur la mère de Céleste. La croirait-on seulement puisque, de toute évidence, Audouin nierait les faits ? Sans compter qu'elle éprouverait une honte cuisante à décrire ce qu'elle venait de subir. Son oncle l'avait violée à même le sol, la rouant de coups en sus. Dans sa volonté d'effacer les traces de cette humiliation, Balbine avait jeté sa chemise mouillée et tachée de sang dans un coffre. Elle s'était vite rhabillée afin de ne plus voir les marques violacées sur sa chair. Le tissu de sa robe dissimulait les preuves tangibles de l'agression. Elle avait agi sans réfléchir, empressée à cacher son infortune, et maintenant elle se disait qu'au contraire il fallait en témoigner afin qu'Audouin soit puni pour ses actes. Et subitement, avec la même célérité qui trahissait la déroute de son cerveau, elle décida de se taire. Si ce crime était rendu public, elle ne trouverait plus de mari ; pire, elle ne pourrait plus jamais prétendre à la fonction de dame hospitalière puisque ces dernières se devaient d'être chastes et de bonne réputation. Personne aux hospices ne se porterait garant d'une femme à laquelle la virginité avait été ravie lors d'un viol dont toute la ville se ferait l'écho.

Oscillant entre la volonté d'en découdre avec Audouin et la peur de nuire à sa famille ainsi qu'à sa propre réputation, elle n'avait pas encore pris de décision quand Hermione reparut.

Celle-ci fut surprise de trouver Balbine debout et déjà revêtue de sa robe pour le souper.

— Tout va bien ? Par Dieu, tu es aussi rouge qu'un coquelicot !

Balbine avait l'impression que la scène précédente s'imprimait sur ses traits tel l'emblème des sorcières ou des ribaudes, cependant Hermione ne semblait rien trouver d'anormal chez sa nièce. Ses joues cramoisies, ses yeux fiévreux paraissaient les conséquences du bain et non les stigmates d'une agression dont l'instigateur était le mari d'Hermione. Sans remarquer le désarroi de Balbine, ni même son mutisme, elle appela d'une voix autoritaire une servante afin qu'elle remît de l'ordre dans la pièce.

Lorsque Mathilde entra, Balbine comprit qu'elle ne posséderait pas assez de forces pour se comporter avec la raison qui la caractérisait. Elle finirait par se trahir d'une manière ou d'une autre ; peut-être même sombrerait-elle dans la prostration ou l'hystérie suivant la façon dont son esprit réagirait. Jamais plus, du moins dans les heures ou les jours suivants, elle ne pourrait cohabiter avec les Joinville comme si rien de grave n'était arrivé, participer à la conversation, répondre aux questions, rire, se sustenter. Alors qu'elle n'avait qu'une envie : se coucher et pleurer. La nécessité de se confier à Hermione devenait donc impétueuse.

Juste au moment où elle s'y résignait, un cri résonna dans la chambre. Mathilde venait d'ouvrir le coffre et de découvrir le linge ensanglanté. Elle braquait sur sa maîtresse un regard effrayé. Hermione contempla durant quelques secondes le contenu du meuble sans un mot, le visage crispé. Puis elle plaqua un sourire sur ses lèvres et prit une profonde inspiration comme pour se donner du courage avant une prise de parole publique.

— Chère Balbine, il semble que tu sois devenue une vraie jeune fille ici, à La Rochette. N'est-ce pas là un signe du destin ? Mathilde, retire-toi. J'ai à parler à ma nièce.

La servante, qui avait cru à quelque malheur à l'image d'un assassinat perpétré au sein même du château, traduisit son soulagement par un gloussement et obéit à Hermione en se traitant de sotte.

— Oui, dame.

Une fois seule avec Balbine, Hermione se métamorphosa. D'avenante, sa figure se fit sévère.

— J'exige que tu fasses toute la lumière sur ce mystère !

Face à ce masque de réprobation, la volonté de Balbine flancha. Elle se sentait encore si faible, où aurait-elle pu puiser le courage de résister à cette femme ? Son bas-ventre se consumait de douleur et, à bout de fatigue, tout son être commençait à défaillir.

— Ça s'est produit par terre, bafouilla-t-elle en se retenant à une poutre pour ne pas tomber.

— Tout ce sang ? s'écria Hermione. Tu te moques de moi ?

Constatant que la jeune fille était sur le point de s'évanouir, son expression se radoucit. Elle oublia ses griefs et se porta à son secours. Elle l'aida à s'allonger sur le lit, et posa une main sur son front.

— Tu as de la fièvre... Une mauvaise idée que cette étuve...

— Au diable le bain ! s'exclama Balbine qu'une vague de colère submergeait. C'est votre mari ! Il m'a violée ! Vous comprenez ? J'ai été violée par votre mari, Audouin de Joinville ! accusa Balbine, les yeux voilés par l'épouvante car elle revivait la scène.

Hermione la considéra en silence, stupéfaite, égarée, incapable encore de réaliser ce que les aveux de Balbine impliquaient. Quand elle s'y contraignit, elle songea que la petite pouvait mentir. Mais pourquoi, dans quel but ? Et comment expliquer la présence du sang ? A présent, la jeune fille montrait à sa tante les ecchymoses et les coupures sur ses bras, sa poitrine, et même ses cuisses entre lesquelles Hermione crut apercevoir... Mon Dieu ! Elle arrêta d'un cri la démonstration de sa nièce. Nul doute que la pauvrette disait vrai. Et qui, sinon son pervers d'époux auquel on l'avait forcée à s'unir à treize ans, pouvait être à l'origine de ce péché monstrueux ?

— Ma famille me manque, dit Balbine à Guillaume en un pieux mensonge. Je désire rentrer à la maison.

Tassée sur sa chaise, elle se forçait à manger et refusait de croiser le regard sarcastique de l'époux d'Hermione qui ingurgitait chaque aliment avec une gloutonnerie répugnante.

— C'est normal, répondit-il bien que son visage ait trahi de la déception. Nous n'allons pas te retenir mais nous espérons que tu reviendras bientôt.

— Ce sera une joie de connaître le château aux beaux jours, déclara Balbine en songeant qu'elle ne reviendrait jamais en ce lieu où un sacrilège s'était produit sur sa personne.

— Pas avant ? demanda Guillaume avec un froncement de sourcils.

La jeune fille sentit la tension monter chez les convives. Elle paniqua, se disant qu'on ferait fi de ses états d'âme pour la garder prisonnière à La Rochette. Aussi coupa-t-elle vite court à toute tergiversation en décidant de la date de son départ d'un ton volontaire, alors que la confusion régnait en réalité dans son esprit.

— Croyez-vous que je puisse voyager après-demain puisque le temps se maintient au beau ? Ce serait plus commode sans la neige qui a accompagné le trajet durant l'aller. Par ailleurs, cela me laisserait le loisir de dire au revoir à tout le monde et de préparer mes bagages.

Un silence morose accueillit ses paroles ; seul, Audouin paraissait s'amuser.

— Très bien, si tu l'as décrété ainsi, finit par maugréer Guillaume, mécontent.

Mal à l'aise, Balbine les remercia pour leur accueil et le soin qu'ils avaient pris à lui prodiguer un enseignement qu'elle espérait accroître lors de ses prochains séjours. Ce petit discours eut le don d'alléger l'atmosphère. Soulagée, Balbine prit une cuillerée du miel que les paysans du château produisaient en abondance. Ce mets sucré était si prisé que celui qui était surpris à en dérober devait s'acquitter d'une grosse amende. Audouin continuait à la dévisager avec ironie tout en léchant sa cuillère d'une manière grossière qui la fit rougir de colère et de honte.

Le lendemain, elle s'efforça de fuir la présence d'Audouin de Joinville. Elle ne possédait pas la force physique de s'opposer à cet individu s'il lui prenait l'envie de la violer à nouveau. Il était donc préférable de ne plus attirer la convoitise de cet être lubrique.

Son coffre était prêt à la suivre jusqu'à Beaune, bien plus rempli qu'à son arrivée puisque Hermione et Guillaume lui avaient fait de nombreux cadeaux : jambons, fromages, lait, beurre, miel, cidre, cervoise, mais aussi deux robes dont elle n'aurait pas l'usage à la ferme, et quelques canadas pour la réchauffer sur sa paillasse car ils avaient noté combien elle avait apprécié leur confort. Ils auraient pu offrir bien davantage, néanmoins Guillaume avait mis un frein à la générosité de sa belle-sœur en soulignant que Marguerite et Achille se froisseraient face à trop de prodigalité. Quant au père Henriot, il avait laissé des livres et des parchemins à son élève en lui faisant promettre qu'elle continuerait à s'instruire, même loin de lui.

La nuit précédant son départ, Balbine dormit très mal ; son sommeil fut hanté par des cauchemars terrifiants où la Vouivre lui apparut, serpent volant qui arborait sur le front un énorme diamant, l'escarboucle, et dont les yeux fixés sur elle lui rappelèrent ceux de l'époux d'Hermione. Le lendemain tôt, elle était prête, heureuse de s'éloigner du château et déterminée à n'y revenir que si elle avait l'assurance de ne plus y côtoyer le débauché Audouin de Joinville.

A nouveau, le jeune Alban faisait office de cocher. Les conditions climatiques étant plus favorables, il espérait voyager avec diligence et parvenir à son but assez tôt dans la journée pour pouvoir profiter de quelques heures de liberté avant de s'en retourner. Balbine soupira d'aise sous sa couverture dès que les chevaux s'ébranlèrent, oubliant presque de saluer de la main Guillaume et Hermione qui lui souhaitaient bonne route tant elle était impatiente de partir. A mesure que le véhicule avalait les lieues, l'apaisement la gagnait car la perversité d'Audouin l'apeurait davantage que les dangers attendant les voyageurs. Le ciel affichait un bleu franc d'hiver, sans un seul nuage, ce qui laissait augurer d'un trajet tranquille. Comme sa nuit avait été troublée par des images de sorcellerie dont elle frémissait encore, Balbine chercha le sommeil, bien abritée du froid sous sa fourrure.

A mi-chemin, elle demanda à Alban de faire une halte aux hospices de Beaune. Elle avait besoin de parler à quelqu'un d'étranger à sa famille et peut-être aussi, se disait-elle, de recevoir des soins car ses blessures lui causaient encore des souffrances.

Elle était si épuisée à son arrivée à l'hôtel-Dieu qu'elle tomba dans les bras de la sœur qui l'accueillit.

Balbine sentit qu'on l'installait tout habillée sur une couche puis qu'on procédait à l'inspection de son corps, à la recherche des plaies et des ecchymoses à soigner. Sœur Adèle, la dame hospitalière qui l'avait prise en charge, ne tarda pas à comprendre qu'elle avait été violée. Elle nettoya la peau, violette par endroits, là où les poings de son agresseur s'étaient acharnés, avec la même douceur dont aurait témoigné sa propre mère. La victime s'en sortirait, rien ne laissait apparaître qu'elle était gravement blessée. Sœur Adèle espérait que le temps finirait par adoucir, sinon effacer, le choc de l'outrage.

Bien que familière des souffrances d'autrui, elle était bouleversée par la vue de la chair meurtrie de cette jeune fille. Sans le dire à personne, elle se procura un mélange de lis sauvages réduits en poudre et d'eau de rose dont elle enduisit la peau violacée de Balbine ; ce remède de beauté n'avait pas vraiment sa place ici mais la sœur était persuadée qu'il participerait au bien-être de la victime. Puis, comme la nuit tombait, elle souffla la bougie pour lui permettre de dormir ; elle sentit combien la malade avait besoin de cette lumière, elle devina sa peur de l'obscurité mais elle ne pouvait passer outre les ordres. Et malgré les suppliques de Balbine, la dame hospitalière refusa de lui laisser une chandelle. La peur des incendies, de leur propagation si rapide, l'exigeait. Toutefois, sœur Adèle demeura longtemps à son chevet afin de la rassurer.

Avertis par un messager, Marguerite et Achille vinrent chercher la jeune fille aux hospices avant l'aube. Sur leurs instances, Alban repartit vers La Rochette, sans bien avoir compris le déroulement des événements. Les parents de Balbine ne le savaient pas encore mais la jeune fille insouciante et encore naïve qu'ils avaient quittée quelques semaines auparavant avait été reléguée dans l'ombre par le drame. Une nouvelle Balbine était née de cette tragédie.

5

Si Balbine pensait que le pire était derrière elle, c'est qu'elle n'imaginait même pas que, de cet acte infâme, puisse découler un événement aussi magnifique que la naissance d'un enfant. A ses yeux, un viol demeurait sans lendemain de par sa nature bestiale. Avoir un bébé de son agresseur lui semblait insupportable. Jamais elle ne parviendrait à l'aimer et à le chérir comme s'il était né d'un mariage harmonieux. De plus, son existence était terminée, trop entachée de honte et de déshonneur. Elle abandonnerait le nourrisson et finirait ses jours dans un couvent, c'était la seule issue. Ainsi, sa faute ne rejaillirait pas sur les siens. Certes, elle pouvait tenter de cacher sa grossesse au voisinage et accoucher en secret avant de prendre le voile. Ni sa sœur ni son frère ne pâtiraient d'un outrage rendu public. En revanche, si cela finissait par se savoir, nul ne serait en mesure de témoigner en sa faveur comme quoi elle avait bien été forcée et elle doutait qu'Hermione le fasse. Dès lors, elle pouvait être accusée d'être une ribaude.

En dépit de tout, Balbine possédait un tempérament volontaire. Son destin ne serait plus le même, son caractère non plus. Mais elle surmonterait cette épreuve. Elle ne céda ni à l'affolement ni à l'angoisse. Certaines jeunes filles ayant subi les mêmes affres étaient devenues folles de désespoir. Elles n'avaient plus jamais retrouvé ne serait-ce qu'un semblant de normalité, l'esprit irrémédiablement en déroute. Ce ne fut pas le cas de Balbine qui, il est vrai, était bien entourée. Dès qu'elle confia à sa mère qu'elle se croyait grosse, celle-ci entreprit de l'aider et de la soutenir. Isabeau et Jacquemin devaient rester dans l'ignorance, elle ne préviendrait qu'Achille. Elles convinrent de garder son état secret. Il serait facile à Balbine de s'absenter le temps de mettre le petit au monde puis de le confier à un établissement de charité avant de reprendre sa vie comme si de rien n'était. Même si des bruits circulaient, personne n'aurait le pouvoir de prouver leur véracité. Si en plus, la jeune fille choisissait la protection d'un couvent, on ne trouverait rien à redire. Elle serait en sécurité et à l'abri des malveillances jusqu'à son dernier souffle. Mais elle ne deviendrait jamais dame hospitalière, ne put-elle s'empêcher d'objecter à Marguerite qui soupira. Cette ambition-là n'avait plus lieu d'être. Il fallait l'oublier. En revanche, Balbine n'était pas obligée de se consacrer à Dieu. Pourquoi ne pas emprunter la voie classique d'une femme, s'unir à un être honnête et porter ses enfants ? Malgré sa force de caractère, il était bien une chose qui était morte en Balbine depuis le viol : son désir des hommes. Jamais elle ne laisserait l'un d'entre eux la toucher à nouveau, l'avilir comme Audouin se l'était permis.

Même s'il s'agissait d'un époux doux et gentil, la jeune fille ne le supporterait pas.

Après sa nuit à l'hôtel-Dieu, il avait bien fallu fournir une explication et Balbine était de toute façon trop bouleversée pour mentir. Sa mère et son beau-père avaient donc été mis dans la confidence. Ce dernier avait proféré des menaces à l'encontre d'Audouin qu'il n'avait jamais concrétisées sous la pression de Marguerite et de Balbine. Cette dernière ne voulait pas être un objet de railleries ou de pitié et sa mère espérait toujours la marier ; mieux valait que le promis ne sache pas que sa future épouse n'était plus une innocente. En charge de famille, conscient que son acte le rendrait passible de la corde, Achille n'insista pas non plus. C'est ainsi que le scandale n'éclata pas, que l'affaire ne fut jamais jugée.

Hermione et Guillaume conservèrent néanmoins le souvenir de Marguerite qui, de rage et de désespoir, avait fait le voyage jusqu'à La Rochette pour leur lancer au visage la nouvelle de l'agression dont sa fille avait été victime. Elle espérait y trouver le coupable, cet Audouin qui l'avait violentée. Cependant, le lâche s'était enfui dès que la mère outragée avait pénétré dans l'enceinte de la forteresse, image à ses yeux plus dangereuse qu'une horde de soldats cherchant à en découdre. A moins que l'idée de devoir s'expliquer face à son épouse et son frère l'ait poussé à déserter. Marguerite se heurta à l'expression incrédule et bouleversée de Guillaume alors qu'Hermione baissait les yeux de honte.

Plusieurs solutions s'offraient à Balbine mais sans doute n'était-elle pas assez courageuse pour les envisager. Car le viol était puni par la loi et elle pouvait essayer de faire condamner Audouin, même si le fait qu'une fille du peuple porte devant les tribunaux une affaire qui incriminait un noble semblait préfigurer un échec. Elle n'appartenait pas à la haute société, elle n'était pas religieuse, deux statuts qui auraient plaidé en sa faveur. Le fait qu'elle ait été vierge était un point positif. Dans un cas comme le sien, qui interdisait à la victime un mariage convenable et donc un avenir, des sanctions exemplaires pouvaient être requises contre les violeurs. Néanmoins, quelle que soit l'issue d'un procès, tous les Joinville en pâtiraient. Tandis que Balbine n'aurait voulu punir que son oncle, pas les autres membres de sa lignée. Et elle n'ignorait pas non plus que sa réputation ne sortirait pas indemne d'un tel scandale.

Si en temps de guerre, le viol collectif des femmes était pratique courante, la plupart des soudards s'attaquaient, la paix revenue, à de jeunes créatures démunies, isolées, dépourvues de famille et d'appuis, si bien qu'elles n'osaient porter plainte. Toutefois, la justice n'était pas sourde à leur tourment et bien des violeurs avaient enduré un procès au terme duquel les attendait une longue peine de prison. Parce qu'elle ne souhaitait pas voir divulguer son infortune ni faire souffrir Hermione et Guillaume, parce qu'elle songeait de plus en plus à renoncer à se retirer dans un couvent pour intégrer les hospices de Beaune, son rêve depuis toujours, Balbine choisit de laisser le crime d'Audouin impuni. Et malgré sa répugnance profonde envers un acte qu'elle jugeait méprisable, la jeune fille résolut aussi d'abandonner son bébé. Mais elle avait son idée là-dessus.

Son ventre s'arrondissait à peine quand, quelques semaines plus tard, un nouveau fait se produisit qui ne lui rendit pas la paix de l'âme : Audouin se manifesta à nouveau.

La première pensée de Balbine fut qu'il désirait s'assurer de son silence mais elle comprit vite qu'elle se trompait. Il pouvait d'ailleurs être tranquille. Si le crime de l'époux d'Hermione avait été révélé à Guillaume, ce dernier s'était gardé de divulguer l'ignominie entachant sa lignée. Même si elle soupçonnait ses motivations, Balbine n'avait pas l'intention de parler à son tortionnaire, encore moins de le rassurer en lui promettant le silence. Elle refusait tout bonnement de le voir et même d'entendre prononcer son nom. Quand elle aperçut son regard avide qui l'observait alors qu'elle jetait du blé aux poules, cet homme qui la dominait encore, juché sur son cheval, elle courut se réfugier dans sa maison, en proie à une panique qui l'empêchait de respirer. Son émotion fut telle qu'elle poussa un meuble contre la porte et ferma les volets, décidée à demeurer enfermée là, dans l'obscurité, jusqu'à ce qu'il disparaisse. Il n'y avait personne ici pour la défendre au cas où il s'aviserait d'approcher. Le voir, échanger avec lui était intolérable ; elle le tuerait plutôt de ses propres mains en dépit de la terreur qu'il lui inspirait, du moins si elle en était capable. Comment osait-il reparaître devant elle après avoir souillé son innocence ?

Une heure plus tard, quand elle eut la force de quitter la pièce pour jeter un regard vers la cour, elle constata qu'il n'y avait plus trace d'Audouin. Un moment, elle crut avoir été la proie de son imagination. Puis elle se rappela les yeux déments rivés sur elle comme lors de la scène du viol : elle n'avait pas rêvé, Audouin était de retour.

Balbine nourrissait plus que jamais le projet de travailler aux hospices, à présent que l'idée de partager la couche d'un homme la révulsait. Cette vocation, une idée fixe, avait un peu réussi à l'apaiser. Voilà qu'Audouin détruisait cette amorce de guérison en faisant renaître le passé. Elle s'évertua à vivre comme avant, dissimulant colère, peine et humiliation sous un vernis de réserve qui n'existait pas auparavant dans ses relations avec autrui. Sans nouvelles d'Audouin, elle s'efforçait de réapprendre à vivre. Son ambition d'exercer à l'hôtel-Dieu, sa jeunesse, son énergie, le soutien et l'amour de ses proches, tout cela lui permit de retrouver, sinon son insouciance d'antan, du moins une certaine sérénité. La réapparition d'Audouin compromettait gravement son équilibre. Devait-elle avertir sa mère ou bien attendre ? Il était possible que le mari d'Hermione ait été mis sur son chemin par hasard et qu'elle ne le rencontre plus de sa vie. Néanmoins, s'il fomentait une nouvelle attaque, comment s'en prémunir ? Après avoir réfléchi, Balbine opta pour le silence, à moins qu'Audouin ne se présente une seconde fois ; dans ce cas, elle se confierait à Marguerite.

Voyager était si hasardeux qu'elle doutait de revoir vite Audouin. Elle avait reconnu son regard féroce, implacable, et ce corps tout en muscles et en puissance que soutenait le cheval dont la robe noire était prisée dans son milieu. Rares étaient les seigneurs de la trempe d'Audouin qui ne s'entouraient pas d'une escorte nombreuse et bien armée pour se déplacer mais il avait besoin de solitude afin d'accomplir ses forfaits sans témoins ; Balbine devinait qu'elle n'avait pas été sa première victime.

La jeune fille trembla pendant plusieurs semaines. Elle croyait distinguer Audouin dans chaque silhouette d'homme grand et fort. Puis elle commença à se calmer. Et elle finit par ne plus penser à ce danger auquel elle était exposée.

Lorsque l'état de Balbine devint trop visible, elle fut conduite par Marguerite dans un couvent de Beaune où les sœurs acceptèrent de la loger jusqu'à la délivrance, contre rétribution. La mère de Balbine aurait pu s'adresser aux Joinville pour régler la note mais elle ne voulait pas qu'ils sachent que sa fille était grosse d'Audouin. Aussi dut-elle puiser dans ses économies.

Les derniers mois furent pénibles pour Balbine, privée de la chaleur de son foyer et cible du mépris de certaines religieuses qui ignoraient qu'elle avait été forcée. Des malaises et beaucoup de fatigue s'ajoutaient à sa détresse et elle fut bien soulagée d'accoucher avant terme. Marguerite fut prévenue et la veilla durant les interminables heures de souffrance qu'elle endura. Elle lui massait le ventre avec un onguent préparé par les sœurs qui ne diminuait guère les douleurs. Le bébé, une fille qu'on lui enleva sans qu'elle ait même le temps de distinguer son minois, s'insinua brutalement dans le passage étroit, lui arrachant des gémissements alors qu'elle se tenait debout, les jambes écartées, un bâton entre les dents et les mains accrochées à un montant du lit. Marguerite reçut le nourrisson qu'elle tendit à une religieuse, laquelle sortit avec précipitation de la pièce pour le nettoyer et le frotter avec du sel avant de le parer de linge blanc. Une nourrice l'attendait chez elle, une maison au cœur de la forêt où elle gardait une ribambelle d'enfants en plus des siens. Car au lieu d'abandonner le bébé sur les marches d'une église ou devant un établissement de charité, Balbine avait voulu le faire élever à la campagne, à la manière d'une aristocrate qui aurait fauté. La jeune fille ne savait pas quel serait l'avenir de cette pauvrette. Mais un jour, son père, ce bourreau, achèverait sa vie ; il serait temps alors de revendiquer une place pour sa fille au sein du clan Joinville.

— Je veux qu'elle porte le prénom de Jeanne, murmura-t-elle.

Puis elle sombra dans une sorte d'inconscience qui lui épargna le supplice du vide.

De retour chez elle, Balbine s'efforça d'oublier l'épreuve qu'elle venait de vivre. Dans ce but, il fallait nécessairement tirer un trait temporaire sur l'existence de Jeanne.

En attendant de se consacrer aux malades, elle souhaita se rendre utile. Dans l'idéal, elle aurait aimé mettre en pratique sa connaissance des plantes pour soigner les souffreteux mais elle n'ignorait pas combien son jeune âge la pénalisait. L'Eglise risquait même de s'offusquer de cette initiative mal interprétée. Il ne manquerait plus qu'on la prenne pour une sorcière ! Alors l'idée plus raisonnable lui était venue de faire la classe à quelques enfants des environs. Elle disposait d'une heure dans la journée durant laquelle elle pouvait dispenser sa science. Marguerite avait hésité puis donné son accord. Peu d'élèves s'étaient présentés, seulement cinq. Marguerite affirmait que c'était préférable car le prêtre de la paroisse, qui tenait école dans son presbytère, pouvait prendre ombrage de cette concurrence. Heureusement, elle le connaissait assez pour ne pas redouter sa réaction car c'était un homme compréhensif, n'intimidant pas ses ouailles avec les foudres du ciel à la moindre peccadille ni ne frappant trop souvent les enfants au moyen de sa baguette. Toutefois, Marguerite s'était enquise des raisons poussant sa fille à enseigner. Celle-ci ne pouvait répondre qu'à défaut de guérir, ce qu'elle ferait plus tard, elle se bornerait à éduquer. Prise au dépourvu, elle répondit qu'elle ressentait le besoin de rendre à moins favorisé qu'elle la culture qu'elle avait si facilement assimilée. Dubitative, sa mère se contenta cependant de cette explication. Mais elle craignait que Balbine ne cherchât la présence des enfants que pour combler le vide laissé par Jeanne.

Un simulacre de salle de classe avait été mis en scène à l'intérieur d'une dépendance. Achille refusant d'entretenir un feu ou d'installer des lampes à huile pour des gamins qui n'étaient pas les siens, il fallut vite se rendre à l'évidence : l'école ne pourrait avoir lieu qu'aux beaux jours. Durant ces derniers, le travail aux champs était à son apogée et Balbine déchanta vite en se rendant compte que ses meilleures intentions se heurtaient au mur des réalités de la vie ; il n'y eut bientôt plus personne pour suivre ses cours quand la période des moissons s'annonça, de même lorsque le temps des vendanges retint les enfants. Elle dut aussi s'adapter à leurs vrais besoins. La plupart de ces enfants de paysans nécessitaient davantage d'apprendre les bases de l'hygiène que les règles de grammaire. D'ailleurs, cela ne déplaisait pas à la jeune fille qui renouait avec sa vocation première, même si elle espérait aussi vaincre l'illettrisme et l'obscurantisme.

Lucide, Balbine limita son enseignement à l'essentiel. Trois enfants avaient six ans et n'étaient jamais parvenus à étudier l'alphabet. Afin de les instruire tout en les amusant, elle utilisa une méthode reconnue, consistant par exemple à prétendre que le *r* grognait comme un chien en produisant le son *rrrr.* Les gamins riaient et comprenaient mieux. Deux autres, plus âgés, désiraient parfaire leurs connaissances en mathématique. Pour ce faire, elle se munit de dés, de billes, de jetons et d'anneaux pour le calcul mental. Son procédé obtenait des résultats malgré les absences répétées des élèves.

Ce fut dans ce contexte qu'Audouin surgit pour la deuxième fois. Elle était en train d'indiquer un passage de la Bible à un élève, seul support acceptable de lecture, quand elle avisa sa haute stature sur une sente, au loin. Il y avait du monde dans la cour et le mari d'Hermione assurait sa sécurité en restant aux abords d'un champ, peut-être prêt à s'enfuir sur sa jument noire si quelqu'un s'étonnait de sa présence. C'est du moins ainsi que Balbine vit les choses, ce mélange de force et de lâcheté qui caractérisait Audouin ne lui ayant pas échappé. Il s'attaquait à plus faible que lui, certain de ne pas être inquiété. Elle nota qu'il avait troqué son expression de concupiscence et de rapacité contre un air égaré, fiévreux, aux frontières de la démence, qui n'était pas moins angoissant. La lubricité et la folie suintaient de lui comme chez d'autres la mauvaise sueur. La jeune fille fut parcourue d'un frisson, l'affolement et le désespoir l'envahirent à l'idée que son calvaire n'était pas terminé. Ses gestes, ses paroles, ses regards, tout inspirait le désir d'Audouin, sa personne même le portait à braver une fois encore les interdits. Elle savait cependant qu'elle ne risquait rien à cet instant, contrairement à la fois précédente où elle était seule. Pour ne pas alerter les enfants, elle poursuivit son enseignement en cachant son trouble et lançant vers Audouin des coups d'œil furtifs. Elle mettrait sa mère au courant le soir même. Marguerite la conseillerait sur la conduite à adopter. Elle ne pouvait continuer à vivre dans la terreur, aux abois, harcelée et traquée par son tortionnaire.

Quand la classe s'acheva, Audouin était reparti. Balbine rangea les lieux et regagna la maison où Marguerite concoctait le souper. Sans un mot, elle se mit à l'aider tout en élaborant son discours.

— J'ai à te parler.

— Je t'écoute, ma fille.

La phrase sortit de sa bouche, indépendante de sa volonté. Tout ce qu'elle avait ourdi pour préparer Marguerite à l'affligeante nouvelle fut réduit à néant. Et Balbine en ressentit un réconfort indicible.

— Audouin est revenu.

Sa mère suspendit son activité et tourna vers elle un visage soucieux.

— Par Dieu, que veux-tu dire ?

— Je l'ai aperçu par deux fois aux alentours de la ferme, regardant dans ma direction.

Marguerite s'approcha et demanda d'une voix tremblante :

— A-t-il tenté quelque chose contre toi ?

— Non ! s'exclama Balbine. Mais j'ai peur qu'il le fasse ! J'ai si peur ! s'écria-t-elle en se jetant dans les bras de Marguerite qui l'enlaça.

Ces démonstrations d'affection étaient rares dans la famille et, malgré sa panique, Balbine en goûta la douceur.

— Calme-toi. Je vais parler à cet individu et le menacer.

— A quoi cela servira-t-il ? Il est tout-puissant !

— Tu oublies qu'il s'agit de mon beau-frère, rétorqua Marguerite en soupirant. C'est à la fois un malheur et une chance car j'ai un moyen de pression sur lui.

— Lequel ?

— Celui de me plaindre à Guillaume.

La jeune fille eut un mouvement de révolte.

— En quoi mon oncle nous a-t-il soutenus jusqu'à présent ?

— Tu ne désirais pas que l'affaire s'ébruite et donc justice n'a pas été rendue. Il est vrai qu'elle nous aurait sans doute été défavorable, convint Marguerite. Nous sommes des petits. Néanmoins, Guillaume a dû admonester son frère.

— Et voilà le résultat !

— Je ne m'explique pas non plus l'insistance d'Audouin.

La porte s'ouvrit sur Achille et la conversation fut interrompue. Balbine s'évertua à croire que l'intervention de sa mère éloignerait le triste sire. Et en effet, ce dernier ne donna plus signe de vie pendant longtemps. La jeune fille oscillait cependant entre soulagement et appréhension, sûre qu'il n'en resterait pas là.

La troisième fois, Audouin fit en sorte qu'elle soit vulnérable, à sa merci. Balbine revenait de Beaune où elle s'était procuré des plantes médicinales pour sa sœur fiévreuse quand il se dressa sur sa route et l'accosta. Elle ne pouvait pas courir, sachant qu'il la rattraperait vite, et personne ne se trouvait à proximité pour entendre ses cris. De plus, il fallait beaucoup de courage pour s'opposer à un seigneur tel qu'Audouin.

Dissimulant son émotion, Balbine l'examina d'un air méfiant, attentive à ses moindres gestes et laissant délibérément une distance entre elle et lui.

— Que me voulez-vous à la fin ? Ne m'avez-vous pas fait assez de mal autrefois ?

Les yeux d'Audouin brillaient de convoitise et d'une sorte de folie qui avait déjà frappé Balbine.

— Tu hantes mes nuits, petite, je ne parviens pas à t'oublier.

Cet aveu l'interloqua.

— Comment est-ce possible ? Avec toutes les femmes dont vous disposez à votre guise ?

— Tu n'es pas semblable aux autres. Il y a chez toi quelque chose de pur que je rêve de détruire. Je n'ai pas réussi jadis. J'ai une tâche à achever.

Pour parler ainsi, Audouin devait avoir sombré dans la démence. Sachant qu'il serait vain de chercher à le raisonner, Balbine songea que son ultime recours était la fuite, même avec le danger d'être pourchassée et rejointe. C'est alors qu'une mule conduite par un homme, un jeune garçon plutôt, apparut à l'horizon. Ils étaient loin encore mais Balbine éprouva un sentiment de libération. Audouin n'abuserait pas d'elle devant quelqu'un, fût-il un manant. Lui aussi avait repéré le nouveau venu et son visage exprimait une vive contrariété. La jeune fille projetait de suivre l'inconnu, où qu'il se rendît, afin d'échapper aux viles intentions de son oncle. Son oncle ! Elle n'arrivait pas à croire qu'il existait un lien de parenté entre eux, ni surtout que cet odieux individu soit le frère de son propre père.

A mesure que le garçon et sa bête se rapprochaient, Audouin se décomposait. De rage, il entreprit de décapiter les coquelicots sur le bas-côté au moyen de sa dague ; dans ce geste, Balbine perçut tout le délire qui l'animait et combien le mari d'Hermione était redoutable du fait même de la déraison de son esprit hors de contrôle. Il semblait réfléchir à ses futurs agissements, s'il en était encore capable dans l'état où la frustration l'avait mis. Quand le garçon fut tout près, Balbine se rendit compte avec dépit qu'il n'avait sans doute pas davantage d'une douzaine d'années. Elle avait espéré la maturité et la force d'un jeune homme pour la défendre et il lui fallut convoquer toute sa volonté pour demander de l'aide.

D'ailleurs, elle n'osa pas évoquer sa périlleuse situation par crainte de provoquer l'ire d'Audouin contre ce pauvre innocent. Réglant son pas sur celui du garçonnet qui les avait salués d'un air anxieux, étonné de cet aparté entre une fille du peuple et un puissant, elle s'éloignait peu à peu de son bourreau.

— Je ne me sens pas tranquille à faire la route seule, souffla-t-elle à l'enfant. Comment t'appelles-tu ? ajouta-t-elle en constatant qu'il s'arrêtait, en proie à l'indécision.

— Honoré.

— Continue de marcher à mes côtés, Honoré. Crois-moi, il est préférable de m'obéir.

Effrayé, le dénommé Honoré fit mine de se retourner mais Balbine le retint en lui broyant le bras.

— Continue, je te dis !

Il obtempéra, non sans demander :

— Qui est cet homme ?

La jeune fille ne répondit pas.

Ils avançaient avec précipitation à présent et la mule aussi avait accéléré l'allure malgré les lourds sacs qu'elle portait aux flancs. Balbine aurait aimé savoir si Audouin les suivait, toutefois elle avait bien trop peur pour le vérifier. Et subitement, elle sentit une présence derrière elle comme l'ombre qui voile la lumière. D'un geste impulsif, elle s'empara du fouet d'Honoré qui lui servait à guider sa bête et, faisant volte-face, assez proche d'Audouin pour ne pas rater sa cible, elle le cingla en plein visage. Le sang gicla aussitôt car la lanière avait touché l'arcade sourcilière. Surpris, Audouin chancela et porta une main à ses yeux. Le sang l'aveuglait et il se croyait peut-être plus atteint qu'il ne l'était en réalité. Balbine devait profiter de ce répit pour fuir. Lâchant son semblant d'arme, elle se mit à courir en direction de Beaune, sans même songer à regagner plutôt sa maison. Elle allait si vite que la respiration ne tarda pas à lui manquer, d'autant plus que l'épouvante la gagnait à l'idée d'être poursuivie. Elle avait oublié Honoré à la merci des représailles de son oncle. Une douleur lui vrillait le côté droit du ventre, elle n'en ralentit pas pour autant avant d'être à proximité des remparts de la ville.

Pliée en deux par sa course effrénée, Balbine se retourna enfin. Son soulagement fut intense de constater qu'il n'existait plus aucune trace d'Audouin. Aussi réjouissant fût ce constat, il s'accompagnait de l'inquiétude d'être à nouveau seule, une proie facile pour son oncle quand la douleur de sa blessure s'estomperait. Ses joues étaient rouges, son front brillait de sueur, ses jambes ne la soutenaient plus. Les passants lui jetaient des regards soupçonneux. Une femme de l'âge de Marguerite s'enquit gentiment de son état. Balbine la tranquillisa comme elle put d'une voix à peine audible. Plusieurs minutes s'écoulèrent avant que son cœur reprenne un rythme normal ; cela lui laissa le temps de réfléchir et elle trouva l'endroit où se réfugier en attendant que quelqu'un de sa famille vienne la chercher.

Les hospices de Beaune... Là, elle renouerait avec la sécurité. En cet hôpital dont elle avait rêvé depuis la pose de la première pierre, la fin de ses tourments était possible, le repos de son âme conforté par la dévotion et l'altruisme qui y régnaient. Jamais Audouin ne serait assez bravache pour pénétrer dans un lieu voué à la guérison du corps et de l'esprit, proche de l'Eglise, et y perpétrer un délit qui lui vaudrait l'enfer. Les sœurs seraient sans pitié face à un individu violant leur sanctuaire, tout seigneur qu'il soit, et les hautes instances de l'hôtel-Dieu le jugeraient à la hauteur de ses crimes. Audouin ne pouvait l'ignorer. De plus, sous ses airs fanfarons, c'était un pleutre. Le seul danger résidait dans cette folie qui pouvait obscurcir sa raison au point de lui faire commettre l'irréparable, sans prendre conscience qu'il sacrifiait son honneur, sa liberté, sa vie peut-être. Cette conviction donna à Balbine la force de marcher jusqu'aux hospices.

Elle hâta le pas le long des maisons à pans de bois, les étages supérieurs formant un encorbellement, si serrées les unes contre les autres que, dans certaines sentes, la jeune fille ne voyait même plus le ciel. Elle craignait cette absence de lumière, propice à tous les outrages, et jetait de fréquents coups d'œil dans toutes les directions. A son grand effroi, elle tomba sur un début d'incendie, vite circonscrit, dont la répétition poussait de plus en plus les habitants qui en avaient les moyens à construire en pierre.

Balbine s'engouffra enfin dans la cour de l'hôtel-Dieu avec l'impression d'avoir vacillé longtemps au bord d'un précipice. Haletante, elle se coula dans l'angle de deux bâtiments, le temps de reprendre son souffle et ses esprits avant qu'une dame hospitalière lui demande la raison de sa présence. Comment se justifier sans trahir son secret ? Devait-elle feindre d'être malade ? Elle y répugnait, ayant surtout besoin d'une accalmie avant que Marguerite soit avertie et ne la récupère. Aussi bonnes soient-elles, les sœurs n'accepteraient pas de la garder sans un motif valable. Elle décida de ne pas mentir, à défaut de tout dévoiler : elle dirait qu'elle avait été agressée par le même homme que lors de son premier séjour ici et que, dans la crainte de retomber sur cet individu abject, elle désirait demeurer au sein de l'hôpital. Si un messager pouvait prévenir sa mère, cette dernière viendrait au plus vite la chercher. Ce serait l'affaire de quelques heures.

Rassérénée, Balbine coula des regards aux alentours où régnait un peu d'agitation. Quatre sœurs se dirigeaient d'un pas vif vers un escalier tandis que des cris retentissaient quelque part dans l'édifice. La jeune fille imagina un malade en proie à la souffrance et son cœur se serra. Néanmoins, elle était à même de profiter de cette effervescence pour se réfugier à l'intérieur de l'hôtel-Dieu, à l'abri d'Audouin. En effet, elle suivit les dames hospitalières sans se faire remarquer puis se faufila dans une salle qui se révéla être la chapelle. Emue, la jeune fille s'agenouilla sur un prie-Dieu et s'abîma dans la prière.

Ne disait-on pas que le roi tenait son pouvoir de Dieu ? La religion faisait partie intrinsèque de la vie de ses sujets. L'Eglise était toute-puissante. Malgré les dangers, les pèlerins n'hésitaient pas à se lancer sur les routes en direction de Saint-Jacques-de-Compostelle ou de Jérusalem. Toutefois, la vocation de Balbine prenait sa source dans le désir de soigner les corps plus que celui d'apaiser les âmes, voilà pourquoi les règles prévalant aux hospices de Beaune répondaient à toutes ses attentes.

Or, tandis qu'elle invoquait le ciel pour lui donner la force de lutter contre Audouin, elle éprouva comme une révélation, quelque chose qu'il lui fut impossible d'expliquer par la suite, qui se matérialisa par une lumière et une chaleur tombant sur elle comme si elle quittait un cachot après de longs moments passés dans les ténèbres. Elle ne put jamais dire combien de temps la scène dura. Quelques minutes, une heure ? Un grand calme, une profonde sérénité s'emparèrent d'elle. La certitude d'avoir été entendue et d'être délivrée des assiduités d'Audouin lui rendit le sourire. Son esprit avait retrouvé la paix. Elle ne craignait plus rien, sans pour autant être en mesure d'apporter des éclaircissements à cette nouvelle tournure de pensée. C'était ainsi. Quand elle se releva, la jeune fille savait qu'elle pouvait quitter les hospices sans escorte, rentrer chez elle sans redouter une mauvaise rencontre. Elle était libérée. A son désir de soigner s'ajoutait à présent une foi presque dévorante. Balbine satisfaisait tous les critères pour devenir dame hospitalière et elle ne laisserait personne la détourner de son but.

Dès lors, Audouin ne la tourmenta plus. Il disparut de sa vie. Ne resta que le souvenir odieux du viol, imprimé à jamais dans sa mémoire. La jeune fille attendit patiemment d'avoir l'âge requis pour entrer aux hospices. Bien que déçue, sa mère ne s'opposait plus à ce projet. Et les mois passèrent sans remettre en question cette apparente sérénité. Son amour de Dieu et sa vocation bientôt concrétisée l'aidèrent à accepter les vicissitudes du passé.

DEUXIÈME PARTIE

6

La grande crainte de Balbine était que le viol lui ferme à jamais les portes des hospices. Marguerite lui conseilla donc de taire l'agression dont elle avait été victime.

— Même en confession ? protesta-t-elle.

— Non. Aucun prêtre ne trahira le secret de la confession. En revanche, personne à l'hôtel-Dieu, à l'exception du confesseur, ne doit savoir pour Audouin.

— C'est péché de ne rien dire…

— Sans doute, convint Marguerite. A toi de voir si tu préfères être sincère et t'exposer à un refus ou omettre certaines choses et obtenir ce pour quoi tu t'es toujours battue.

Paroles pleines de sagesse qui n'en jetèrent pas moins Balbine dans les affres de l'indécision.

Pourtant, quand elle se présenta à la maîtresse, Alardine Gasquière, pour devenir novice, Balbine avait pris sa décision.

— Vous remplissez bien des critères, avoua la mère supérieure en la considérant d'un air scrutateur et froid qui démentait ses mots bienveillants. Rien à redire sur votre santé florissante et l'honorabilité de votre famille… J'ai ouï dire que vous étiez une Joinville ?

Balbine rougit, pas du tout sensible à cet argument et aussi peu désireuse de s'épancher là-dessus.

— Quant à la soumission de votre caractère, il faudra voir à l'usage… Par ailleurs, on m'a dit que votre expérience des plantes n'était pas celui d'une profane.

— J'ai en effet été instruite par un prêtre il y a quelques années.

— Fort bien. Vous me semblez une jeune fille pure et honorable, digne de travailler au service des pauvres.

A nouveau, Balbine sentit un afflux de sang lui monter aux joues. Elle éprouvait un profond embarras de devoir simuler cette personne qu'elle n'était plus.

— Vous serez admise un jour par semaine aux hospices où vos tâches consisteront à aider les sœurs dans la préparation des repas et des remèdes. Vous changerez les pansements et serez disponible auprès des infirmes et des mourants. Dans tous les cas, vous obéirez aux ordres des dames hospitalières.

— Merci, ma mère. Je suis fort aise d'avoir été choisie. Je ferai en sorte d'être docile et d'apprendre vite.

Alardine lui remit un bonnet blanc et un devantier.

— Ce bonnet est un témoignage de la modestie de votre condition. Il faudra du temps avant que vous deveniez sœur, plusieurs années durant lesquelles nous vérifierons la force de votre engagement. Quant au devantier, il est le symbole de ce saint apprentissage qui commence.

Après cet entretien, à la joie de Balbine se mêla un sentiment de désarroi à l'idée de n'avoir pas été claire sur son passé. Mais comme un signe que le ciel approuvait son silence, sœur Adèle se matérialisa sous ses yeux alors qu'elle s'apprêtait à quitter l'établissement. La jeune fille ne sut comment réagir. Elle reconnaissait celle qui l'avait soignée après qu'elle s'était réfugiée aux hospices au retour de La Rochette. Cette dernière se souvenait-elle de la créature terrifiée qu'elle avait serrée dans ses bras de peur qu'elle ne s'écroule par terre ? Oui, sans aucun doute, car elle se précipita vers elle, tout sourire, et se mit à lui pétrir les mains en témoignage d'affection.

— Balbine ! Vous ici !

— Vous vous rappelez mon prénom ?

— Il est vrai que notre rencontre de jadis m'a marquée. Avez-vous de nouveaux ennuis ?

— Non, au contraire. Je viens d'être acceptée comme novice aux hospices.

La sœur l'observa quelques secondes sans répondre comme si elle sondait son âme. Toutes deux n'ignoraient rien de la réflexion qui lui était venue à l'esprit. Puis Adèle l'étreignit avec la même ferveur, la même compréhension et la même volonté de l'assister qu'autrefois.

— Je suis si heureuse pour vous ! Vous me serez d'une aide précieuse. Ensemble, nous allons faire du bon travail.

Dès lors, un long apprentissage commença pour la jeune fille avide d'emmagasiner les connaissances sur un sujet qui la passionnait. Mais cette fois-ci, elle baignait dans l'univers réaliste et parfois insoutenable des soignantes consacrant leur vie au bien-être et à la guérison des patients. Rien de comparable avec ce qu'elle avait pu approcher lors des leçons du père Henriot. Il lui fallait refouler pudeur, dégoût, effroi et chagrin face aux besoins et aux malheurs de ceux qu'elle considérait déjà comme ses malades. Au vu de la dévotion et de l'habileté dont Balbine témoignait, les sœurs augmentèrent ses jours d'admission aux hospices.

Au bout de plusieurs mois de travail, d'abnégation et de dévouement de la part de Balbine, Alardine rassembla les dames hospitalières, le père spirituel et les administrateurs.

— Il est temps de parler de Balbine de Joinville. Chacun donnera son avis sur cette jeune fille puis nous lui livrerons nos conclusions. Pour ma part, je ne vous cache pas que la pointe d'insubordination décelée dans son caractère me semble s'opposer à l'obéissance qu'on attend d'une soignante. Et cela malgré sa compétence et les preuves de sa vocation. Mais je vous laisse juges…

Les lèvres de la supérieure se pincèrent de dépit quand tout le monde s'accorda à déclarer que Balbine méritait le titre de novice. Elle fut donc admise à revêtir la robe et le voile bénis par le prêtre lors de la cérémonie dite « de vêture ». Très émue, la postulante fut conduite à l'autel par Alardine. Elle s'y agenouilla face à l'officiant, les vapeurs d'encens lui tournant la tête. Sa robe bruissait comme en réponse aux paroles qu'elle prononça :

— Très révérend père, qu'il vous plaise de me recevoir dans cette maison pour converser avec les sœurs afin d'être, par elles, instruite de ce que je dois savoir et faire pour le service de Dieu et des pauvres.

— Réfléchissez, ma fille, sur la demande que vous venez de me faire. Persévérez-vous ?

— Oui, je persévère, et j'espère que Dieu me fera la grâce d'être fidèle aux obligations que j'aurai à remplir.

— A ces conditions et sous ces promesses, je vous reçois, ma fille, pour converser avec les sœurs de cette maison afin qu'elles vous instruisent dans le service de Dieu et des pauvres, vous exhortant à la piété, au respect envers les sœurs et à la douceur envers les malades.

Si Balbine ressentait une immense joie à l'idée d'être considérée comme une novice, elle regrettait de le devoir à un être aussi cruel et injuste qu'Alardine. Celle-ci était originaire de Picardie. Dix-sept sœurs œuvraient sous ses ordres. La jeune fille commença son sacerdoce à l'hôtel-Dieu bien après l'arrivée d'Alardine mais, dès qu'elle croisa le regard de la maîtresse, un frisson d'appréhension la traversa. Les yeux de cette femme brillaient d'une intelligence à la hauteur de la sévérité que dégageait toute sa personne. Forte de principes appris chez les hospitalières de Valenciennes, en Flandres, elle comptait les appliquer à la lettre en ce lieu que Rolin avait pourtant voulu empreint de compréhension, de sagesse et de douceur, loin des règles rigoureuses. Sous la férule d'Alardine, la vie des dames hospitalières était calquée sur celle des ordres cloîtrés, peu compatible avec les besoins et les contraintes d'un hôpital. A plusieurs reprises, Rolin pria Alardine d'adoucir son règlement sans qu'elle obtempère, ne cachant pas son intention de passer outre à l'autorité du fondateur des hospices, imposant un despotisme né de la conception qu'elle se faisait d'un quotidien austère voué principalement à la religion.

Par exemple, la maîtresse avait pris l'habitude de tenir chapitre. La séance comportait l'obligation mortifiante de confesser à haute voix ses défauts. Bérénice, l'une des dix-sept sœurs, souligna sa proverbiale gourmandise qu'elle devait pourtant contraindre aux hospices où la nourriture des soignantes ne se différenciait pas de celle des pauvres. Adèle convint qu'elle se montrait parfois impatiente envers ses congénères. Balbine reconnut qu'elle pouvait être têtue.

Quand Flore avoua d'une voix faible qu'elle n'était pas exempte de vanité, un gloussement échappa à Balbine.

— Ma fille, cela vous fait rire ? Peut-on en connaître la raison ? glapit la voix d'Alardine.

— Je ne crois pas que Flore soit vaniteuse, ma mère.

— Quel est le défaut de Flore selon vous ?

Balbine hésita. Flore la fixait, les yeux remplis de crainte. Alors, elle haussa les épaules.

— Flore n'a pas de défauts sauf peut-être la pusillanimité.

— Ce que vous appelez pusillanimité s'apparente à de la modestie, de la soumission, deux qualités qui vous manquent cruellement. J'ai ouï dire que vous aviez même élevé la voix contre le principe de ne pas recevoir les femmes en couches aux hospices. En punition, j'exige que vous jeûniez toute la journée. Méfiez-vous, ma fille. Vous n'êtes pas encore sœur !

Balbine baissa la tête, sans répondre. Elle ne pouvait se montrer insolente et dire tout le mal qu'elle pensait de la supérieure, sous peine de ne plus être autorisée à suivre sa formation.

Et pourtant, au bout de longs mois, elle finit par la terminer et devenir dame hospitalière. Une autre cérémonie eut lieu, presque en tout point semblable à celle du noviciat. Mais à son terme, quand l'officiant eut reçu les vœux de Balbine, il déposa sur son front une couronne de roses blanches, symbole des noces virginales qu'elle contractait avec Jésus-Christ. Flore, heureuse que celle qui était devenue une amie intègre leur communauté, souriait sans relâche et remerciait le ciel de cette faveur. Adèle adressa à Balbine un signe discret de connivence.

Comme toutes ses consœurs, Balbine apportait avec elle une petite dot constituée par les Joinville, peut-être en réparation de la faute de l'un des leurs. Cet argent lui permettrait de ne pas être à la charge de l'hôpital en payant ses repas, ses vêtements, jusqu'à la couche où elle dormait et les quelques meubles essentiels à son quotidien. Chaque année, le 31 décembre, les hospices lui verseraient la somme modique de trois pistoles.

Ce soir-là, elle prit le temps de se promener dans l'établissement à une heure de maigre affluence, afin de s'approprier les lieux. Elle se sentait enfin elle-même, dans son élément, comme si les hospices avaient été créés à son intention. L'infirmerie des grands malades, surtout, l'intéressait avec son importante hauteur sous plafond et son volume d'air bien ventilé, été comme hiver, pour le bien-être de ses occupants. La jeune femme s'assit au chevet d'un homme installé sur une couchette de repos, dans le chauffoir, confort trahissant son état préoccupant. Une bouillotte tentait de réchauffer ses jambes décharnées qui ne le portaient plus et sa respiration sifflante témoignait d'une atteinte des poumons. Balbine remit la couverture en place. Elle aurait voulu le soulager avec des plantes aux propriétés stimulantes et toniques comme le cumin ou la coriandre, néanmoins elle n'en avait pas le droit.

Au cœur de la nuit, le corps parfois soumis à une crise nerveuse, l'âme en perdition, les malades aspiraient au réconfort. Après souper, une sœur prenait place dans la salle des pauvres où elle resterait jusqu'au matin. Le sommeil des dames hospitalières était léger. Elles avaient besoin de repos afin de pourvoir aux nombreuses et éprouvantes tâches du jour, aux longues heures de travail qui les menaient jusqu'à un crépuscule avancé, néanmoins leur esprit ne tardait pas à s'éveiller à la moindre sollicitation, à l'image d'une mère aux pleurs de son nourrisson.

Balbine se mit à réciter la prière d'usage d'une voix murmurante afin de ne pas perturber ceux qui dormaient et de rassurer ceux luttant contre l'anxiété ou le chagrin :

— *Voici l'heure de matines. C'est vers minuit que notre Seigneur est né de la bienheureuse Vierge Marie. C'est aussi l'heure bénie où il fut pris et garrotté au jardin des Oliviers. Pour adorer et remercier notre Sauveur, implorer ses grâces sur nous, sur les fondateurs et leurs enfants, sur les bienfaiteurs et les serviteurs de cet hospice, disons sept Pater et sept Ave Maria.*

Tout le long du jour, les sœurs annonçaient ainsi l'heure de prime, de tierce ou de sexte, rappelant que l'endroit servait certes à prodiguer des soins au corps mais aussi à encourager le salut de l'âme par des prières et des rappels ponctuels, sans pour autant être pesants, à la religion.

Puis Balbine fit un tour à l'infirmerie où les patients dormaient en cette saison sous des pelisses de lapin gris perle. Plus d'une fois, elle s'était étonnée du confort, parfois même du luxe, offert aux souffreteux ; elle avait fini par faire sienne la maxime selon laquelle soigner les pauvres intégrait l'idée du bien-vivre et de l'agrément de ces derniers. Elle s'attarda enfin dans la petite « librairie », dont les ouvrages sur parchemin et papier, tous ayant pour thèmes la médecine, la théologie, l'histoire et la littérature, étaient destinés au personnel. Son but était de parcourir une partie de la bibliothèque d'étude si son sacerdoce lui en laissait le loisir. Fatiguée, elle se résigna à gagner son dortoir pour la nuit. L'hôtel-Dieu était vaste et elle avait le temps de le visiter de fond en comble. Toute la vie, pensa-t-elle en souriant, sereine, épanouie, comblée comme elle ne l'avait pas été depuis des années.

Cette paix intérieure ne devait pas durer longtemps.

Alardine Gasquière s'évertuait à gâcher la vie de Balbine. Cette dernière ne comptait plus les fois où elle avait dû se soumettre à sa rigidité implacable. Un matin, elle fut surprise par sa supérieure en train de boire un verre d'eau.

— M'avez-vous demandé la permission au préalable ? s'enquit une voix âpre derrière son dos, semblable à un coup de dague, alors qu'elle venait d'étancher sa soif.

— Non, ma mère… Cependant…

— Et vous osez encore protester ?

Décontenancée comme si elle était la victime d'une plaisanterie, la jeune soignante se tut, attendant la suite, son gobelet d'étain dans la main. S'il s'était agi de verre, peut-être se serait-il brisé entre ses doigts tant elle le serrait, tétanisée par la peur qui montait en elle.

— Sachez que rien ici ne peut être fait sans que je donne mon assentiment. Avez-vous bien compris, ma fille ?

— Oui, ma mère.

— En signe de contrition, vous embrasserez vos consœurs.

Eberluée, la novice ne put pourtant qu'obtempérer. Elle toucha de ses lèvres en un rapide baiser toutes les joues des dames hospitalières, au moins aussi stupéfaites et atterrées qu'elle.

— Alardine ressemble à un homme, souffla Flore à Balbine le soir même.

— Que veux-tu dire ?

— Elle a la cruauté de certains d'entre eux.

— Sa seule qualité est d'être besogneuse, intervint Bérénice.

— Certes, elle possède une énergie incroyable ! Mais elle l'exerce aux dépens de nous autres, renchérit Adèle.

Balbine se sentait déjà épuisée alors qu'elle était là depuis seulement quelques mois. Toutes les sœurs étaient contrariées et en colère, pour autant elles se soumettaient à la dure discipline imposée par la supérieure sans une plainte tant elle leur inspirait de la peur. Moins à Balbine qu'aux autres mais celle-ci ne se sentait guère le droit de protester du fait qu'elle était la dernière arrivée.

— Elle nous inflige les pénitences de la vie religieuse en plus des contraintes de notre labeur. Ce n'est pas normal.

— Je me sens parfois découragée, avoua Flore. Ma vocation faiblit.

Balbine ne trouva pas les mots pour la réconforter ; elle éprouvait le même abattement, additionné d'un relent d'injustice. Rolin avait fait des remontrances à la mère supérieure qui les avait méprisées. Elle persistait depuis dans cette voie qui créait une ambiance délétère au sein de l'établissement. Les malades eux-mêmes subissaient le désarroi des soignantes, moins attentives au bien-être de ces derniers quand leurs propres personnes étaient malmenées.

S'efforçant d'oublier la présence nuisible de sa supérieure, Balbine travaillait sans relâche. Ce matin-là, levée depuis cinq heures, elle accueillait de nouveaux malades. L'un d'eux répugnait à ce qu'on le lavât et lui coupât les cheveux.

— Vous comprenez, je reviens de Saint-Jacques-de-Compostelle où ma prière a été entendue. Ces traces de mon périple spirituel, je ne veux pas les effacer.

Balbine oscillait entre mansuétude et exaspération.

— Comment vous appelez-vous ?

— Arnaud Lebreton.

— Pourquoi êtes-vous ici, Arnaud ?

— A cause de ça, dit-il en soulevant son pantalon, dévoilant la plaie infectée de son mollet.

La dame hospitalière grimaça, non pas de dégoût mais d'inquiétude.

— Ecoutez-moi. Si vous vous obstinez à demeurer dans cet état, compte tenu de votre blessure, c'est la mort qui vous attend !

Le malade eut l'air de reconsidérer son sort. Il lui adressa un sourire ironique et Balbine comprit qu'il s'était joué d'elle. Peu importait du moment qu'il consentît à nettoyer toute cette crasse.

— Que vont devenir mes vêtements ?

A l'évidence, elle avait affaire à une forte tête, quelqu'un de dur à la douleur aussi au vu de sa jambe.

— Ils vont être désinfectés au soufre. N'ayez crainte, vous les récupérerez en quittant les lieux. Pour le moment, vous allez revêtir ceux de l'hôpital.

— Et si je trépasse ? rétorqua le plaisantin.

Balbine ne se laissa pas démonter.

— Ils seront alors vendus au profit de la maison. Rien ne se perd ici, sachez-le. Allez donc vous purifier, vous sentez bien mauvais ! ajouta-t-elle d'un ton rude.

Le pitre éclata de rire et obéit.

Balbine s'amusait encore de cette scène quand elle pénétra dans les cuisines. Au contact des malades, elle avait appris à remiser sa pudeur devant les rudes réalités du corps et le tempérament facétieux, voire salace, de certains, tant qu'ils ne se montraient pas irrespectueux à son encontre.

Flore était en train de préparer des plateaux pour le dîner des malades. Elle avait les yeux rouges comme si elle avait pleuré. Balbine songea aussitôt qu'Alardine ne devait pas être étrangère à ces larmes.

— Que s'est-il passé ? Si tu veux en parler…

Au fil du temps, les deux jeunes filles étaient devenues amies. Balbine s'entendait avec toutes les sœurs mais elle s'était plus particulièrement attachée à Flore qui lui semblait la plus fragile. La santé à toute épreuve, nécessaire à la fonction de soignante, lui faisait parfois défaut car elle souffrait de maux de ventre d'une façon récurrente. La mère supérieure n'était pas au courant, sans quoi elle n'aurait pas accepté comme dame hospitalière la femme de vingt-cinq ans qui, n'ayant jamais reçu de proposition de mariage attrayante, avait choisi de vouer son existence aux soins des pauvres.

— Je suis privée de repas toute la journée parce que je me suis endormie pendant la prière du matin. Cela n'a duré que quelques instants et tu sais bien que je ne suis pas la seule ! Alardine ne m'a laissé aucune chance. J'ignore comment je vais tenir jusqu'à demain.

— Je t'apporterai quelque nourriture sans qu'elle le voie.

— Oh, non ! s'exclama Flore en jetant des regards paniqués aux alentours comme si Alardine allait surgir. Si nous nous faisons prendre, ce sera encore pire.

— Nous ne nous ferons pas prendre, objecta Balbine avec douceur.

— Non ! Non, je refuse absolument de désobéir. C'est trop dangereux avec cette femme.

Balbine n'insista pas mais fit remarquer à son amie qu'elle pouvait en ce moment même chaparder un peu d'aliments dans les assiettes sans pour autant mettre les hospices en alerte.

— Au détriment de nos malades ?

— J'en remettrai derrière toi, ils ne seront pas lésés.

— Non, répéta Flore, les yeux exorbités par l'effroi. Je n'aurais jamais dû me confier à toi.

Balbine soupira ; elle était désolée que son amie ne désire pas combattre la persécution dont toutes étaient victimes. La pauvrette, démunie sous ce régime de terreur, obéissait aveuglément à Alardine Gasquière.

Les deux soignantes portèrent les mets sur la table, placée au centre de la salle car les repas étaient pris en commun. Balbine posa quelques plateaux sur les couches des invalides qui ne quittaient pas leur lit pour se sustenter.

Purifié par son bain, le farceur de tout à l'heure lui adressa un salut peu discret. Il arborait un autre visage. Sa peau récurée affichait un rouge brique qui lui donnait trompeusement bonne mine. Il était plus jeune que la soignante ne l'avait pensé de prime abord. Balbine secoua la tête en espérant qu'il ne déchante pas quand le médecin aurait examiné son mollet infecté.

Elle-même avait l'impression étrange d'avoir une longue vie derrière elle. Son uniforme n'avantageait guère sa silhouette dont les courbes disparaissaient sous le lourd tissu. Son visage aux traits classiques et à la peau pâle aurait semblé fade sous le voile si ses yeux bleus n'avaient possédé un éclat particulier, un mélange de détermination et de douceur qui rassurait les malades.

Comme Balbine le redoutait, la plaie de Lebreton engendra une gangrène qui aurait nécessité l'amputation du membre, si elle n'avait pas été déjà trop avancée. La douleur, que la soignante ne parvenait qu'en partie à dissiper, grandit à mesure que la peau du visage d'Arnaud devenait aussi blanche que la mort qui approchait, sa jambe aussi foncée qu'une branche d'arbre calcinée. A l'agonie, il fut placé dans une salle réservée aux malades en fin de vie. Pour l'aider à partir dans la foi, Balbine ouvrit le retable et exposa l'hostie. Le chapelain administra les derniers sacrements au moribond qui gémissait. Il s'éteignit quelques heures plus tard, la main dans celle de la dame hospitalière en prières. Flore et Balbine enveloppèrent son corps dans un vieux drap cousu à la manière d'un sac. Il serait enseveli dans le cimetière de l'hôpital si personne ne le réclamait.

La mort était omniprésente aux hospices. Elle touchait particulièrement Balbine quand elle s'attaquait aux enfants. Mais sa foi était assez forte pour l'accepter et ne pas s'abandonner au découragement et aux larmes.

Ce jour-là célébrait le départ d'Alardine et la perspective d'œuvrer dans une ambiance plus respirable.

— Alardine a été démise de ses fonctions. Elle prépare ses bagages afin de retourner en Hainaut. Définitivement, déclara Balbine, la mine triomphante.

— Merci, mon Dieu ! s'exclama son amie.

Toujours dans le sillage de Balbine, Flore s'avança avec une hardiesse étrangère à sa nature pour s'emparer des mains de la jeune femme et les serrer en un élan de joie.

— Pouvons-nous enfin prétendre à une vie meilleure, ici, aux hospices de Beaune ?

— Je le pense, répondit Balbine en souriant.

Bérénice avançait vers elles, sa longue robe de drap gris balayant le sol, la face animée par une expression de gaieté qui ne laissait aucune place au doute : avec le départ d'Alardine et de son régime de privations et de terreur au sein d'un établissement aux règles pourtant souples et porté à la pratique de la miséricorde, toutes connaîtraient un quotidien plus serein. D'ailleurs, Alardine ne tourmentait pas seulement les sœurs, elle maltraitait aussi les malades ; des plaintes n'avaient pas tardé à se faire entendre, débouchant sur une enquête qui mit vite au jour ses agissements.

Chapitrée par Rolin, elle lui tint tête et poussa l'outrecuidance jusqu'à le menacer de ne pas se soumettre aux ordres de ses héritiers après sa mort, si jamais elle lui survivait. Une assemblée extraordinaire du bureau de l'hôtel-Dieu fut organisée et la maîtresse perdit son combat, malgré son excellente gestion qui favorisait les dons de bienfaiteurs. Alardine était forcée de quitter les lieux et les sœurs espéraient que celle qui lui succéderait allierait la compétence à la générosité envers elles et les souffreteux. Elles avaient vécu des années d'enfer. Balbine était la première à se réjouir de la défaite de cette créature inhumaine. Cela faisait trop de temps qu'elle travaillait sous son commandement ; elle n'en pouvait plus, comme ses camarades.

La personnalité de la nouvelle maîtresse fut à la hauteur de leurs espérances. Les règles des hospices changèrent et Balbine prêta serment à la responsable fraîchement élue avec un sentiment de libération.

Elle regagna sa chambre le cœur allégé, quittant sa robe et sa chemise tissée de toile avec la certitude qu'une nouvelle vie commençait pour elle et ses consœurs. Flore ne rechercherait plus sa protection avec cette panique propre aux personnes sans défense. Rien que de souper sans l'astreinte de la lecture lui avait semblé plus doux. Elle bénéficierait cette nuit d'un sommeil réparateur, loin des exigences nocturnes d'Alardine qui la contraignait à des séances de prières durant son temps de repos. Les statuts édictés par Rolin et son équipe étaient très stricts. Ils étaient le garant d'une justice équitable pour tous dans le respect des lois de la communauté. La jeune femme et ses compagnes s'endormirent rassérénées.

Pendant que Balbine travaillait aux hospices, sa fille, Jeanne, dont quasiment tout le monde ignorait l'existence, grandissait dans la maison d'Etiennette, nourrice de son état. Elle y était arrivée, née depuis quelques heures, elle avait atteint à présent l'âge de raison, heureuse et confiante en l'avenir malgré des débuts peu prometteurs. L'affection dont l'entourait Etiennette n'était pas pour rien dans la sérénité qui l'habitait. Celle qu'elle considérait comme sa mère se montrait juste à son égard, presque tendre. La somme versée par Marguerite avait favorisé son penchant pour la fillette au détriment des autres enfants dont les parents n'étaient pas si généreux. En lui confiant le bébé et l'argent, cette dernière avait bien insisté sur le fait qu'Etiennette devait montrer à Jeanne la même attention et une affection identique à celles qu'elle portait à sa propre progéniture, dût-elle forcer ses sentiments. Mais la nourrice n'eut pas besoin de contraindre son cœur car la gamine était facile, dotée d'un tempérament jovial et aussi ravissante que la demoiselle du château. Restée dans l'ignorance de sa véritable identité, Etiennette ne l'en soupçonnait pas moins d'avoir du sang noble, ce qui ajoutait à la préférence qu'elle lui vouait une pointe de fierté à l'idée d'être la nourrice d'un tel rejeton – et si elle élevait la fille d'un duc ? songeait Etiennette dans ses rêves les plus fous.

Si Jeanne vénérait Etiennette comme sa mère, elle se gardait bien d'en faire autant avec son mari, Armand. Si jamais cet homme ne maltraita aucun enfant, sa nature ombrageuse et austère leur inspirait cependant de la crainte ; en sa présence, rires et cris s'éteignaient comme s'il arborait l'habit ecclésiastique. Ce n'était pourtant qu'un pauvre paysan au service d'une terre qui ne lui appartenait pas. Le couple portait le nom de Boisjoli, ce qui convenait si peu à cet individu, d'un mutisme confinant à la sauvagerie, qui faisait glousser les enfants. Quand il ne travaillait pas dans les champs tout le long du jour, Armand Boisjoli réparait un mur effondré du château, creusait un puits ou restaurait un pont avec ses frères de misère asservis au seigneur du coin. A l'époque de son grand-père, son labeur ne lui aurait rapporté que le nécessaire pour survivre et la protection militaire du seigneur. Les temps avaient changé. Etant autorisé à vendre au marché les produits que le seigneur et les siens ne consommaient pas, un petit revenu venait gonfler sa bourse. Et le servage était devenu fermage. Cependant, la vie n'était pas aisée et les enfants contribuaient à faire tourner la ferme au même titre qu'Etiennette et son époux en nourrissant les animaux ou nettoyant l'étable.

Parmi les quatre petits en garde chez le couple, en plus des leurs au nombre de cinq, peu savaient lire et écrire. Tous étaient allés à l'école sans pour autant réussir à acquérir les bases d'un savoir quelconque. Seule, Jeanne eut le loisir de suivre une scolarité plus longue, encore une fois grâce au pécule versé par Marguerite. Il arriva un moment où elle surpassa en instruction Etiennette et Armand qui étaient illettrés. Les autres gamins n'étaient pas jaloux, au contraire ils adoraient écouter les histoires fascinantes que leur racontait la fillette à la veillée.

Son intelligence s'était révélée très tôt. A peine avait-elle quitté son berceau qu'on lui attribuait un déambulateur dont elle usa peu, utilisant très jeune la force de ses petites jambes. De même, elle avait parlé à un âge plus accoutumé aux gazouillements de bébé. Sa pratique de la lecture devança celle de ses camarades d'école. Elle parvenait à résoudre en quelques minutes des problèmes qui plongeaient les autres élèves dans la difficulté. Dire que, si elle n'avait pas été emmenée chez Etiennette et Armand, Jeanne aurait probablement commencé à travailler dans moins d'un an ! Saint Nicolas, le protecteur de l'enfance, avait dû pressentir ses aptitudes.

Ce petit monde cohabitait donc pacifiquement quand se produisit un fait troublant : la visite d'une dame qui, selon toute apparence, n'appartenait pas à leur milieu. En dehors de l'argent qui voyageait de Beaune à la maison des paysans, personne depuis Marguerite n'avait frappé à leur porte. Et voilà qu'un matin une mince femme blonde foula leur cour, demandant à voir la fillette en expliquant qu'elle lui était apparentée. Méfiante, Etiennette, qui ne connaissait que le visage de Marguerite, consentit à ce qu'elle vît sa protégée mais refusa de la laisser seule avec elle. Certes, l'inconnue arborait de beaux atours mais peut-être les avait-elle dérobés. Elle semblait éduquée et de bonne famille, néanmoins elle pouvait cacher derrière cette façade avenante une âme très noire. Et si elle volait l'enfant ? Etiennette appela Jeanne, tout intimidée, et vaqua à la préparation du dîner tandis que la femme, qui avait déclaré être une Joinville, s'asseyait sur une chaise pour bavarder avec elle.

Balbine s'efforçait de retrouver chez la fillette des ressemblances avec sa propre personne. Elle avait noté avec un indicible soulagement qu'elle ne possédait rien qui puisse lui rappeler Audouin. Blonde aux yeux bleus comme sa mère, elle arborait un visage tout en angles sur lequel jouaient diverses expressions de surprise, de curiosité et de crainte.

— Tu dois te demander qui je suis ?

— Oui, dame.

— Eh bien, je m'appelle Balbine de Joinville et je suis la fille de Marguerite. Tu te souviens de Marguerite ?

— Non, dame.

Etiennette aurait voulu faire remarquer que la petite était trop jeune pour se rappeler celle qui l'avait abandonnée voici sept ans. Néanmoins, elle retint sa protestation par prudence. En réalité, elle avait peur qu'on lui retire cette enfant attachante et les revenus dont elle bénéficiait.

— Ce n'est pas grave. Marguerite ne reviendra sans doute jamais mais moi si. Désormais, je te rendrai visite plusieurs fois par an.

Elle intercepta un regard chargé d'appréhension vers la nourrice.

— Etiennette, vous avez fait du bon travail. Jeanne est jolie comme un cœur et visiblement contente de son sort.

— Merci, dame. C'est une gentille gamine, je n'ai pas à me plaindre.

Elle hésita puis se lança :

— Si vous souhaitez l'emmener avec vous, il me faudra l'autorisation de madame votre mère.

— Là n'est pas mon intention, la rassura Balbine. Pas dans l'immédiat du moins.

La sœur reporta son regard sur Jeanne. Sa fille… Balbine s'étonnait de ne pas être plus émue en sa présence, elle en éprouvait un vif sentiment de culpabilité. La dernière fois qu'elle avait vu Jeanne, elle sortait de son ventre. C'était si loin. Le nouveau-né était devenu une enfant de sept ans et surtout une étrangère. Sa mère aurait tant voulu que les choses se passent autrement ! Jeanne était délicieuse mais, si elle continuait à vivre ici, elle finirait par épouser un rustre à l'image d'Armand. Même issue d'un viol, elle était une descendante des Joinville. Jamais ces derniers n'accepteraient qu'elle revendique sa place parmi leur lignée, néanmoins elle pouvait entrer comme servante à La Rochette puis devenir, grâce à ses connaissances, une sorte de dame de compagnie pour Hermione. Tant qu'Audouin serait de ce monde, Jeanne devrait rester terrée ici, en sécurité, loin de son regard lubrique. Un jour, peut-être, il deviendrait possible de la présenter aux Joinville sans le risque représenté par celui-là même qui était son géniteur.

Balbine avait emporté avec elle son livre des simples. Elle l'ouvrit pour Jeanne qui le contempla d'un œil étonné dans lequel s'alluma une lueur d'intérêt. Ce fut la première fois depuis le début de leur échange que la dame hospitalière ressentit pour l'enfant un élan d'affection. Ce serait miraculeux de réussir à lui faire partager sa passion des plantes, un point commun qui les rapprocherait.

— Vois-tu celle-ci, le millepertuis ? Eh bien, elle est réputée soigner les problèmes digestifs, traiter les brûlures et le manque de forces… (Balbine se garda d'évoquer les embarras urinaires et menstruels devant la fillette éberluée et la nourrice qui fronçait les sourcils.) Si on la cueille au matin de la Saint-Jean, elle repousse aussi les esprits des ténèbres et guérit les possédés.

Jeanne parut effrayée et Etiennette sursauta. La dame hospitalière comprit son erreur. Dans cette campagne envahie par les superstitions, mieux valait ne pas parler du diable, même si c'était dans le but de le chasser. La visiteuse n'allait pas tarder à passer pour une sorcière si elle persistait dans cette voie.

— Je vais plutôt te causer de la lavande que l'on trouve dans le Sud. Elle a de nombreuses propriétés. Tu sais que, sous forme d'huile, on l'utilise pour badigeonner le bois des lits afin d'en chasser les punaises ?

— Il y en a plein ici, avoua Jeanne en se grattant.

La nourrice sembla vexée.

— Comme partout !

— Je vous donnerai de mon remède, l'apaisa Balbine. On peut aussi en user en cas de piqûre de vipère. Il faut alors frotter la morsure avec une poignée de grains de lavande froissés entre ses doigts.

— Comment savez-vous tout cela ? demanda Jeanne.

Balbine hésita. Devait-elle lui avouer qu'elle travaillait aux hospices ? Non, mieux valait taire cet aspect de sa vie qui risquait de la compromettre. Elle se contenta de répondre qu'elle avait un peu étudié les simples pour adoucir les souffrances de ses concitoyens. Elle aurait bien voulu laisser le parchemin à sa fille afin qu'elle commence un apprentissage mais elle redoutait que la nourrice ne le jette comme s'il s'agissait de l'œuvre du Malin. Il était préférable de l'apporter à chaque visite.

Au bout d'une heure, quand la sœur fut partie, Jeanne interrogea Etiennette :

— Etait-ce ma mère ?

Furieuse, la nourrice rétorqua d'une voix cinglante :

— Non ! Enlève-toi cette idée de la tête ! Ta mère est morte en couches et je la remplace en attendant mieux.

Perplexe, la fillette n'osa poursuivre ses questions même si « en attendant mieux » résonna longtemps en elle : qu'entendait Etiennette par cette formule sibylline ?

7

Quelques semaines plus tard, Balbine dut s'occuper d'un bourgeois qui logeait dans une chambre élégante et confortable dont les quatre lits possédaient chacun un ciel de délicates et fines courtines en lin. Des jambes maigres et violacées s'extirpèrent avec difficulté de la couverture perse. Un tapis de Morée recouvrait le banc où l'infirme alla s'asseoir pendant qu'elle retapait sa couche de duvet. Les fondateurs de l'hôtel-Dieu avaient aussi songé à cette bourgeoisie et cette noblesse sans le sou qui ne pouvaient trouver refuge au sein de la grande salle ; de même que les pauvres étaient soignés gratuitement dans cette dernière, certains nécessiteux d'une classe supérieure avaient droit à un traitement à moindre prix dans un cadre digne de leur rang. Ce patient souffrait d'un furoncle mal placé et, à cette humiliation, il conjuguait la honte d'appartenir à l'aristocratie désargentée. Ses vêtements de bonne qualité avaient été à maintes reprises rapiécés et la dame hospitalière imaginait son antre, une demeure en partie en ruine, au toit lardé de fuites, aux meubles et aux tableaux devenus rares car son propriétaire s'en dépossédait à mesure qu'il avait besoin d'argent. A cet homme, elle n'économisait pas davantage sa bonté et ses attentions qu'aux miséreux qui réclamaient leur pain quotidien.

Néanmoins, elle se montrait toujours plus douce et compatissante envers les mourants rassemblés dans une pièce à part, aux douze lits sculptés très bien garnis, le cadre ne manquant ni d'un certain confort ni de raffinement. Les gestes pratiqués ici étaient empreints de sollicitude et de miséricorde. Balbine lavait les pieds des malades dans un bassin d'airain, enveloppait leurs vieux os dans des robes fourrées dans lesquelles ils ne grelottaient plus. Si cela ne suffisait pas, elle faisait appel à ses sœurs afin de les porter près de la cheminée où l'on veillait à ce que le feu brûlât sans cesse. Les patients achevaient ainsi leur existence dans une certaine paix du corps et de l'âme.

Après s'être assurée que personne ne réclamait sa présence, Balbine se dirigea vers les cuisines pour chercher la nourriture des malades. Comme toujours, cette pièce offrait un aspect riant qui avait le pouvoir de réveiller son allant et sa bonne humeur. Les six baies laissaient pénétrer une franche lumière qui faisait briller les cuivres de la salle où s'affairaient les cuisinières, tandis que les odeurs appâtaient les papilles. La propreté et la chaleur régnaient ici en maîtresses. Gobelets, pichets pour le vin, écuelles, le tout en étain, attendaient de servir pour les repas des souffreteux. Ce métal fragile était régulièrement fondu puis moulé à nouveau par les potiers de Beaune en raison de rayures, déformations et même cassures. Aiguières et bassins étaient utilisés pour nettoyer les mains, l'usage des couverts ne s'étant pas encore répandu.

Elles n'étaient toujours qu'une quinzaine de sœurs à veiller sur les quatre-vingt-quatre lits répartis dans les salles communes et les chambres. Ce nombre restreint demeurait la garantie d'une bonne gestion, de nombreux établissements charitables ayant subi les frais d'un personnel trop important. Si la plupart des chambres possédaient une cheminée, approvisionnée par le bois de chauffage des forêts ducales, la salle des pauvres en était dépourvue à cause de sa vastitude. Pour pallier ce point négatif, chaque lit contenait deux malades et une bouillotte tentait de rehausser la température des corps.

En dépit du labeur harassant qui l'attachait à ses malades, la dame hospitalière ne manquait pas de trouver du temps pour sa famille. A seize ans, Isabeau vivait encore chez ses parents, de même que Jacquemin qui avait treize ans. Lors de sa première visite après le départ d'Alardine, Balbine sentit aussitôt que sa mère était nerveuse. Elle ne bavardait pas comme à l'ordinaire, accueillant la joie de sa fille à savoir son ancienne patronne vaincue avec un sourire contraint, tolérant plus qu'encourageant l'excitation qui s'emparait d'Isabeau et de Jacquemin au retour de leur sœur chérie. La voix enfiévrée par la nouvelle qu'elle prenait plaisir à délivrer, la jeune femme ne bouda pas son bonheur à se retrouver parmi les siens. Elle leur fit même profiter de son savoir en appliquant un cataplasme de marjolaine sur les contusions des genoux de Jacquemin, victime de son trop-plein d'énergie. Quand les deux enfants furent partis travailler dans les vignes, seule avec Marguerite, elle s'apprêta néanmoins à renouer avec les problèmes. Sans ménager ses effets, sa mère lui assena :

— Audouin est mort !

La stupeur paralysa Balbine. Mort, celui qui avait détruit sa vie ? Cet individu qu'elle exécrait au point qu'elle avait souhaité sa disparition de toutes les forces qui lui restaient après le drame ? Ce monstre qu'elle vouait aux flammes de l'enfer ? Elle avait l'impression qu'une tempête se soulevait dans tout son être.

— De quoi a-t-il trépassé ?

— D'une chute de cheval.

— Paix à son âme, murmura Balbine, à moitié convaincue par ses paroles de piété. Je suis soulagée...

Elle fut interrompue par l'arrivée de Céleste revenant du jardin avec un panier plein de mûres qu'elle déposa sur la table avant d'embrasser Balbine.

— Par Dieu, tu as encore maigri ! constata la servante en observant sa protégée sous toutes les coutures.

Balbine chassa de son esprit l'image d'Audouin pour participer à la bonne humeur de la brave Céleste.

— N'oublie pas que j'ai fait vœu de pauvreté. Tu me vois manger la nourriture destinée aux malades ?

— Quelle misère, maugréa Céleste en lui tendant une poignée de mûres. Je reviens du lavoir. On n'y parle que de ta venue !

Balbine l'imaginait sans peine. Elle se souvenait bien des bruits de volière qui emplissaient tous les lieux de rencontre entre villageoises, fontaine, moulin, et bien sûr lavoir…

— Et que dit-on de moi encore ? la taquina-t-elle en avalant les fruits bien juteux.

Le vieux chat de la maison quêta le regard de sa maîtresse afin qu'elle l'installât sur ses genoux ; il ne pouvait plus sauter comme avant. Elle le souleva avec précaution et il entreprit de faire ses griffes sur sa jupe avant de s'y coucher en boule.

— On regrette que tu ne sois pas déjà mariée, ma pauvrette…

Balbine haussa les épaules. Malgré l'affection qui liait Céleste à ses maîtres et à la jeune femme qu'elle avait élevée, Marguerite l'avait laissée dans l'ignorance du viol. Elle craignait les bavardages de lavoir… En dehors d'Hermione, de Guillaume, ainsi que de sœur Adèle qui tairait à jamais cette infamie, seuls Marguerite et Achille savaient. Tant pis si personne ne comprenait l'entêtement de Balbine à rester fille.

Après le départ de Céleste, Marguerite revint à la nouvelle.

— Il est mort, tu peux donc envisager l'avenir autrement.

— Que veux-tu dire ? s'enquit Balbine en caressant le chat.

— Tu n'oublieras jamais le viol. Mais tu n'es pas la seule à avoir subi une telle horreur, crois-moi. Ne gâche pas ta vie à cause de cet Audouin de malheur que tu ne risques plus de croiser sur ton chemin. Tu as droit toi aussi à un foyer. Le bonheur est dans la famille que tu fonderas avec un être cher.

Balbine soupira.

— Il y a deux choses qui me feront toujours renoncer au mariage. La première est que je ne pourrai pas rester aux hospices, madame de Salins n'embauchant que des femmes seules. La seconde est que je ne supporterai pas qu'un homme me touche. Par conséquent, le sujet est clos. Isabeau et Jacquemin te donneront des petits-enfants.

Marguerite ne répondit pas. Il était encore trop tôt. Tout en fouillant dans son matériel de vannerie pour se donner une contenance, elle posa cependant une dernière question :

— As-tu l'intention de retourner un jour au château de La Rochette ?

Les yeux horrifiés de Balbine la rassurèrent.

— Jamais ! Tu entends ? Jamais !

Un jour, Balbine se renierait, mais comment aurait-elle pu alors le deviner ?...

***

La nouvelle se répandit comme un souffle glacé dans la ville de Beaune : le chancelier avait rendu son âme à Dieu ! Nicolas Rolin était mort à l'âge canonique de quatre-vingt-six ans ! C'était en hiver 1462, un triste jour de janvier.

Tout le mois qui suivit, aux hospices, on n'entendit plus que larmes et prières, car les malades autant que les sœurs avaient perdu leur bienfaiteur. On disait que Guigone était éperdue de chagrin. La devise « seule » sur le monogramme des Rolin, que le carrelage des hospices lui renvoyait avec âpreté, ne lui avait jamais paru aussi vraie. Certes, elle signifiait que Guigone était « la seule » pour son époux mais elle incarnait aussi le vide de l'absence de Rolin et la nouvelle solitude de sa veuve.

Néanmoins, très vite, le destin la força à se ressaisir et à lutter contre des vents contraires.

Ce matin-là, Balbine se recueillait pour le salut de l'âme de Rolin. Sa peine ne parvenait cependant pas à masquer son inquiétude. Elle s'en ouvrit à Flore qui se trouvait près d'elle dans la chapelle.

— J'ai peur que des temps difficiles se préparent.

Aussitôt proféré, elle regretta son aveu en remarquant l'expression anxieuse de son amie.

— Que veux-tu dire ?

— Oh, rien de grave... Cela va changer, c'est tout.

— Evidemment que cela va changer ! Balbine, tu me caches quelque chose...

La dame hospitalière soupira. Elle avait parlé sans réfléchir mais il était trop tard pour épargner Flore. Et puis peut-être que ses appréhensions seraient sans suite...

— Je sens un drôle de climat s'installer. En plus du deuil à porter, dame Guigone me semble nerveuse comme si elle pressentait une nouvelle épreuve. Des rumeurs circulent… On parle de règles plus strictes à observer au sein de notre communauté.

Le fantôme d'Alardine parut se matérialiser devant elles et Flore frissonna.

— Oh non, pas ça !…

— Je peux me tromper. En attendant, prions, déclara Balbine d'une voix ferme. C'est ce que nous avons de mieux à faire.

Mais comme elle l'avait prédit, à la douleur succéda l'orage.

Balbine l'apprit de Flore, qui l'avait entendu d'un des médecins, car on ne prenait pas la peine d'informer les sœurs hospitalières, censées ne s'occuper que du seul bien-être des malades.

— Il paraît que l'administration de l'hôtel-Dieu refuse à dame Guigone la succession du chancelier.

— Pourquoi ? Elle qui a tant fait !

Balbine et Flore ne pouvaient comprendre une telle injustice.

— Querelles de pouvoir, reprit Balbine, très en colère.

Les deux amies se renseignèrent auprès des autres sœurs et du père spirituel. Elles ne tardèrent pas à apprendre que, loin de plier, Guigone venait d'intenter un procès devant le parlement de Paris à ceux qui osaient s'opposer à elle.

— Elle le gagnera ! affirma Balbine, confiante.

— Dame Guigone continue d'exercer ses fonctions avec sérieux et une volonté qui force l'admiration, souligna Adèle avec passion.

— Le fils aîné du chancelier, né de sa précédente union, lui met des bâtons dans les roues, nuança Bérénice, soucieuse. Il souhaite revenir à davantage de religion.

Balbine secoua la tête, elle était consternée de voir ses craintes confirmées.

Si chacune des sœurs restait modeste et dévote, aucune n'était religieuse, et une telle fronde pouvait certes susciter bien des remous parmi les gens fidèles aux traditions.

Aucune d'entre elles ne soupçonnait que le procès allait durer six ans avant de se terminer par la victoire de Guigone de Salins.

***

Frappant avec prudence à la porte, Balbine attendit que Jehan Royer lui permette d'entrer avant d'oser pénétrer dans l'officine de l'hôtel-Dieu. Comme chaque fois qu'elle en passait le seuil, elle se sentit heureuse. Elle en respirait les odeurs avec délice : menthe, réglisse, violette, fenouil… Même les exhalaisons nauséabondes des excréments de souris lui plaisaient, tout l'enivrait, lui parlait de recherches et de découvertes, la ramenait aux heures heureuses de ses leçons avec le père Henriot.

Jehan Royer avait été recruté en tant qu'apothicaire tout simplement parce que son échoppe était située sur le pont aux Chèvres, près des hospices.

Ainsi, il approvisionnait l'hôpital en substances de toutes sortes, et se chargeait de leur transformation en remèdes. Un chirurgien-barbier, maître Symon Magnien, avait également été adjoint aux hospices, mais Balbine n'était pas attirée par sa profession. Décidément, elle préférait les plantes.

Elle avança de deux pas dans la pièce. Jehan Royer leva à peine les yeux de l'alambic qu'il surveillait.

— Sœur Balbine ! Je suis content de vous voir, mais je n'ai pas de temps à vous consacrer. Je suis sur une nouvelle potion, un julep avec de la fleur d'oranger et de l'eau ardente...

— Maître Jehan, je m'en veux de vous déranger, mais il me faudrait votre électuaire de gingembre et cumin...

— Un malade se plaint du ventre ?

— Oui, de violentes douleurs, là.

Elle montrait le milieu du corps, sous les côtes, incapable d'en dire plus, faute de connaissances. Comme l'apothicaire n'en savait guère plus, il ne demanda pas de précisions.

— Pourquoi ne le feriez-vous pas vous-même, ma sœur ? Ainsi vous ne me dérangeriez pas.

Balbine ne put se retenir d'en rougir de fierté. Depuis le temps qu'elle l'aidait à ranger son officine, elle avait gagné la confiance de l'apothicaire, assez du moins pour qu'il la laisse préparer les potions les plus courantes. Bien sûr, elle ne s'en vantait pas auprès de ses consœurs, et encore moins auprès de la nouvelle maîtresse. Si dame Guiguone venait à l'apprendre, Jehan Royer pourrait être chassé.

Balbine approcha des étagères où était rangé tout un fouillis de fioles et de pots – bézoard, castoréum, vitriol vert, huile de pierre… Après une courte recherche, elle en retira une fiole de vin, un flacon de graines de cumin et une racine de gingembre. Elle déposa le tout devant la balance, et entreprit de faire les pesées à l'aide des petits poids de plomb empilés sur le marbre de la table. Dans un mortier, elle écrasa au pilon graines et racine, y ajouta le vin. Le mélange fait, elle le mit à cuire dans un poêlon, puis ajouta du persil, un peu de vinaigre et beaucoup de miel… Elle se rappela alors qu'elle avait une question pour l'apothicaire.

Jehan Royer était occupé à recueillir le distillat qui suintait de l'alambic. Balbine osa le déranger encore.

— Maître, auriez-vous quelque chose pour les escarres ? Tous en ont, et parfois, ils en souffrent plus que de leur maladie... J'ai essayé le pansement au miel, mais je n'en suis pas tout à fait contente.

L'apothicaire se redressa en se frottant les reins avec une grimace.

— Allons, ça me fera une distraction. Voyons…

Il tourna les pages d'un épais ouvrage en marmonnant au fil de sa lecture. Son doigt s'arrêta sur une grosse lettrine.

— Là. « Prenez un lézard tout vif et le mettez dedans un gros pot neuf de terre et le fermez fort qu'il ne respire et le mettez au feu où il demeurera l'espace de trois heures. »

Il releva la tête et afficha un air malicieux.

— A voir le nez que vous tirez, ma sœur, cet avis n'a pas l'heur de vous plaire…

Balbine ne répondait pas, par crainte d'outrepasser les quelques droits que l'apothicaire lui concédait.

— Le pansement au miel... commença-t-elle.

— ... vaudra toujours mieux que ces étrangetés qui sentent le soufre, compléta Jehan Royer avec une moue. Laissons celle-ci dormir sur son étagère, et faites à votre sentiment, ma sœur. Il est le fruit de l'expérience.

— Je vous remercie de votre considération.

Jehan Royer était déjà retourné à son alambic, et Balbine se prépara à s'esquiver en espérant que personne n'aurait remarqué sa longue absence.

Comme elle était sur le point de sortir, des éclats de voix résonnèrent dans le couloir. La jeune femme entrebâilla la porte et coula un regard à l'extérieur, avisant un groupe parmi lequel elle reconnut Flore et, menant la marche, Guigone de Salins. Elle profita de la confusion pour quitter le laboratoire et se faufila près de Flore.

— Que se passe-t-il ?

— Madame de Salins désire nous présenter le nouveau médecin.

Flore montrait du menton un inconnu, près de la noble dame. Balbine posa les yeux sur l'arrivant.

C'était un homme de haute stature à l'épaisse tignasse noire et aux yeux vifs, auquel Guigone de Salins montrait les lieux, salle après salle. Loin d'être un jouvenceau, il portait sur le front et les joues les marques du temps, mais il émanait de sa personne une impression de force. Ses épaules étaient trop larges pour sa soutane, qu'il arborait selon l'usage pour les médecins longue et boutonnée sur le devant du haut en bas, jusqu'aux genoux. Tendu, le tissu semblait près de craquer.

Balbine se pencha vers Flore en chuchotant.

— Tu sais qui il est ?

— Un médecin de Beaune, maître Maric Lambert. Il a fait ses études à l'université de Montpellier, figure-toi, rien que ça ! Il avait une bonne clientèle, des gens nobles et des bourgeois de la ville, surtout. On dit beaucoup de bien de lui…

— Pourquoi abandonne-t-il sa pratique pour les hospices ? Il va perdre en prestige et en revenus…

— C'est un veuf, qui a marié et bien marié tous ses enfants. Il paraît qu'il ne veut plus se consacrer qu'à l'étude de la maladie…

— A voir son air renfrogné, cela ne l'enchante pas.

Les deux hospitalières se turent le temps d'observer un moment le visage grave et les traits fatigués du nouveau venu.

— Peut-être qu'il souffre encore de son deuil, suggéra Flore. Il avait pour son épouse une grande affection, m'a-t-on dit.

— On t'a dit beaucoup de choses ! s'amusa Balbine.

Son amie eut un petit rire d'excuse.

— C'est qu'il est digne d'intérêt, non ?

— Je ne sais pas, moi, répondit Balbine d'un ton taquin, avant d'ajouter, plus sérieuse : En tout cas, un troisième médecin ne sera pas de trop aux hospices. Pierre de Thuméry et Pierre Massié ne suffisent plus à la tâche.

L'attroupement, autour de Guigone de Salins et de Maric Lambert, était toujours plus nombreux, et toujours plus bruyant. La dame s'arrêta et se retourna vivement vers la petite foule des curieuses.

— Voyons ! lança-t-elle d'une voix forte, maître Maric Lambert n'est pas venu jusqu'ici pour vous entendre caqueter comme des poules ! Un peu de dignité, je vous prie.

Aussitôt le silence se fit et les sœurs hospitalières s'égaillèrent dans les couloirs. Tandis qu'elle suivait le mouvement, Balbine vit Flore se retourner une dernière fois, le visage rosi par l'émotion. Elle lui murmura en riant :

— On dirait que notre nouveau médecin te fait forte impression.

Loin de nier, Flore eut un sourire rêveur.

— Ne le trouves-tu pas divinement beau ?

— Oh, tu blasphèmes, Flore ! Mais oui, tu as raison, il a belle apparence. Ça nous change de nos deux savants à longue barbe et figure sinistre... Pourvu qu'il ait l'âme aussi belle ! Alors nous lui ferons fête.

La nuit tombait tôt en ce mois de Carême, et Balbine se hâtait de faire le tour des lits de la grande salle avant de rejoindre le réfectoire pour le souper.

Sa dernière visite fut pour la malade qui se plaignait du ventre. Elle l'aida à se redresser pour lui permettre d'avaler sa potion. Sitôt après l'avoir absorbée, la pauvre femme retomba sur son oreiller avec un râle de faiblesse. Elle avait beaucoup maigri, son teint était cireux et ses forces amoindries l'obligeaient à demeurer alitée. Balbine contempla un moment le bol où restait un peu de l'électuaire. Cela faisait deux semaines qu'elle administrait le remède, et rien ne se passait. Au contraire, on pressentait la fin. Il faudrait bientôt prévenir le prêtre, qu'il se prépare à lui administrer les derniers sacrements, en attendant de la déplacer dans la pièce aménagée pour les moribonds.

Balbine sentit tout à coup le découragement lui tomber sur les épaules comme un manteau glacé. Contre la maladie, la guerre était le plus souvent perdue d'avance. A quoi bon toutes les poudres de maître Jehan Royer ? Tous les grimoires ? La science de Galien et d'Hippocrate ?

Elle sortit de la salle, mais, au lieu de se presser vers le réfectoire, elle contourna la clôture de bois qui séparait la salle de la chapelle. Elle s'agenouilla à même les carreaux de terre cuite vernissée, et joignit les mains, le regard levé vers le retable. Il était fermé, car on ne l'ouvrait qu'aux grands jours. On ne voyait donc rien du chatoiement des couleurs du *Jugement dernier* peint par maître Van Eyck. Cela convenait à l'humeur de Balbine. Elle ne voulait pas de distractions, elle désirait le calme, la réflexion… Sur les panneaux refermés du retable, entre les beaux portraits de Nicolas et de Guigone en vêtements sombres, s'étirait la silhouette blanche de saint Sébastien percé de flèches, dont les blessures étaient les symboles de toutes les maladies. C'était à lui, l'intercesseur, que voulait s'adresser la sœur hospitalière déchirée par le doute.

« Pourquoi ne puis-je rien faire ? Pourquoi Dieu me donne-t-Il le courage de me battre mais pas la victoire ? »

L'image sainte était blafarde dans la pénombre, et désespérément muette. Le martyr, fragile et juvénile, semblait s'interroger lui aussi sur le sens de sa douleur.

C'était bien troublant. Balbine avait-elle eu raison de renoncer au monde ? Pourquoi ne lui avait-il pas été donné de fonder une famille si son action était inutile ? Elle pensait à Jeanne, l'enfant sans nom qui grandissait loin de sa mère, et se disait qu'on lui avait ravi la vie qu'elle aurait dû avoir.

Un mouvement attira son attention. Elle se rendit alors compte qu'elle n'était pas seule. Devant elle, à l'écart, se profilait en contre-jour une silhouette agenouillée. D'abord surprise, elle reconnut, de dos, la carrure du nouveau médecin, Maric Lambert. Elle devinait à sa posture qu'il avait le même air renfrogné qu'à son habitude. Depuis un mois qu'il était aux hospices, pas une sœur ne pouvait se vanter de l'avoir vu sourire, malgré les efforts de Flore. Etait-ce son deuil qui l'accablait ? Ou bien plutôt sa profession ? Sa lutte inutile contre la maladie ?

Le médecin se redressa, et tout de suite il fut dans l'allée, se dirigeant d'un pas lourd vers la porte de la chapelle. Il vit la sœur hospitalière au passage et lui adressa un signe de tête. Un instant plus tard, il avait disparu. Mais Balbine avait été frappée par son expression – on y lisait la fatigue, mais en même temps, une détermination sans faille. Elle se leva à son tour. Etrangement, elle se sentait réconfortée. Moins par la prière, cependant, que par cette expression sur le visage du médecin, cette résolution de l'homme prêt à se battre malgré tout.

Balbine revit Maric Lambert le lendemain.

Elle était dans la salle Saint-Nicolas, au chevet d'un enfant qui se remettait d'une fièvre pernicieuse. Un spectacle réconfortant, celui-là… Le garçonnet avait encore les yeux battus et le teint pâle, mais il babillait avec énergie, et tenait à peine en place sur le bord de son lit.

« Allons ! se dit-elle, certains meurent, d'autres survivent, c'est ainsi. Après tout, il n'y a pas que les enfants qu'on a, il y a aussi ceux qu'on peut aider. » Elle repensa au visage de maître Lambert, dans la chapelle, et se promit de rester aussi déterminée que lui, quels que soient ses doutes.

C'est alors qu'elle le vit entrer dans la salle. Il était avec maître Symon Magnien, le chirurgien, encombré des instruments nécessaires à une saignée. Les deux hommes s'approchèrent du petit malade, qui décrivait alors à Balbine le cheval à roulettes que son père lui avait offert pour sa fête. Sans l'écouter, Symon Magnien saisit le bras maigrichon et le posa sur la palette où s'écoulerait le sang, puis fit l'incision avec un geste sans douceur. Balbine eut un sursaut agacé qu'elle réprima aussitôt. Elle n'ignorait pas combien une saignée pouvait se révéler utile dans certains cas, la goutte par exemple, et appréciait que l'hôtel-Dieu la pratique gratuitement, mais la rudesse de Symon Magnien avait quelque chose de révoltant.

Habitué à ces soins pénibles, l'enfant n'avait pas gémi, et ne dit rien non plus quand Symon Magnien lui appliqua un pansement trop serré.

— Il faudrait aussi poser des sangsues, dit-il à Maric Lambert. Elles sont nécessaires pour éliminer les impuretés.

— A condition de ne pas affaiblir le malade... répondit le médecin.

Balbine nota qu'il semblait plus agacé qu'elle encore, presque en colère.

— ... et ce petit-là me semble bien pâle, poursuivait-il. Nous allons arrêter là, maître Magnien, et s'adressant à Balbine : Ma sœur, vous passerez aux bouillons roboratifs dès ce jour.

Balbine salua d'un vigoureux hochement de tête cette ordonnance qui confirmait son propre avis. Sans doute aurait-elle dû se modérer, car le médecin et le chirurgien notèrent sa réaction, excessive pour une dame hospitalière. Maître Symon Magnien pinça les lèvres, mais Maric Lambert se contenta d'une expression amusée, plutôt complice que réprobatrice. Et les deux praticiens s'éloignèrent vers un autre lit.

Balbine était en train de relâcher le pansement du garçonnet, quand Flore surgit à côté d'elle.

— Tu as vu ? C'est la première fois ! chuchota-t-elle en lui donnant un coup de coude.

— La première fois… ?

— Qu'on le voit sourire.

— Qui ?

— Notre beau docteur.

Balbine comprit enfin l'allusion, et s'étonna à son tour.

— Ma foi, c'est vrai… C'est qu'il n'aime pas beaucoup le chirurgien, je crois.

— Ou qu'il t'aime bien !

Alors qu'elle se penchait à nouveau sur Arthur, Bérénice pénétra dans la salle et s'avança vers elle, l'air préoccupé.

— Tu as une visite.

— Une visite ? Seigneur, j'espère qu'il n'est rien arrivé de grave à la maison !

— Il s'agit d'un inconnu avec de beaux atours.

— Et il m'a demandée ?

— Oui, toi et personne d'autre.

— Où est-il ?

— Dans la cour d'honneur. Il n'a pas voulu entrer.

Soucieuse, Balbine traversa la moitié de la salle à pas silencieux.

Elle parcourut sept toises de distance et l'équivalent d'environ sept lits. Rolin avait en effet donné des instructions précises au sujet du confort des patients, limitant la quantité totale de couches à trente, même si l'espace en aurait toléré davantage, afin de ne pas transformer les lieux en antichambre surpeuplée de la mort. De même avait-il été inflexible sur un point :

les malades contagieux ne seraient pas admis, de peur d'entraîner des décès sans nombre parmi les pensionnaires, sœurs comprises.

Constatant qu'une bouillotte était tombée d'un lit, la jeune femme la ramassa et la remit en place. Puis elle aida un malade à boire sa potion composée d'écorce de saule propre à chasser la fièvre qui le consumait. Enfin, elle vérifia que les ventouses posées sur le dos d'un patient afin d'attirer les « mauvaises » humeurs, ne risquaient pas de glisser. Comprenant enfin qu'elle retardait le moment de rencontrer son visiteur, Balbine hâta le pas. Protégée par sa cape, elle sortit dans l'air glacial et avisa très vite la silhouette de Guillaume de Joinville près du puits. Elle vint à lui l'esprit en effervescence, décidée à couper court à un entretien qu'elle jugeait inutile. La respiration lui manquait à mesure qu'elle s'approchait, le visage d'Audouin se superposant malgré elle à celui de son frère. Il lui fallait se répéter qu'il était mort pour trouver le courage de régler cette affaire au plus vite.

Le choc s'imprima sur les traits de Guillaume quand elle lui fit face. Ou bien, il ne s'attendait pas à la revoir aussi changée car elle avait quinze ans la dernière fois qu'ils s'étaient rencontrés, ou bien le costume traditionnel de dame hospitalière, semblable à celui d'une femme qui a choisi de consacrer sa vie à Dieu, l'impressionnait défavorablement comme si elle était devenue inaccessible. Balbine aussi endurait un coup violent au cœur devant la dégradation physique de son oncle. Il ne subsistait presque plus rien de l'homme flamboyant qu'elle avait connu dans cette figure ravagée par elle ne savait quel tourment.

Balbine s'attacha à ne pas céder à l'apitoiement. Elle s'approcha jusqu'à sentir l'odeur de coriandre dont il usait pour se purifier l'haleine.

— Que me voulez-vous, Guillaume ?

Son sourire triste révéla des dents cariées.

— Fi donc ! Est-ce là une façon de s'aborder après tout ce temps ?

Elle refusa de capituler.

— Justement. Vous savez la raison de mon absence. Elle est la source de tous nos affrontements.

— Mon frère a payé, murmura Guillaume d'un ton las. Il était devenu très étrange depuis longtemps, atteint d'une sorte de folie faite de délire et de remords.

Cela n'étonna pas Balbine. Elle était même certaine qu'il avait commencé à sombrer à la suite de la révélation qu'elle avait eue dans la chapelle des hospices, bien des années plus tôt.

— Un accident de cheval, certes, mais qu'en serait-il s'il avait réussi à maîtriser sa monture ? Il serait toujours en vie, à tourmenter d'autres jeunes filles pauvres et vulnérables car je ne crois pas avoir été sa seule victime.

Le seigneur de La Rochette ouvrit la bouche pour protester puis la referma, sans envie de défendre l'être vil qu'avait été Audouin. Il continua sur ce qui l'amenait aujourd'hui à annoncer une nouvelle à sa nièce.

— Je vais me remarier, déclara-t-il d'une voix dénuée de toute joie. Et j'aimerais que tu sois présente lors de la cérémonie.

Surprise, Balbine se laissa quelques instants détourner de sa colère.

— Vous remarier ! Si tard… Et avec qui ?

Sa remarque allégea un peu l'atmosphère et Guillaume se permit un nouveau sourire teinté d'ironie.

— Il est vrai qu'à mon âge cela semble étrange. Néanmoins, ma promise, Aude de Balmont, n'a que vingt ans. Elle me donnera de beaux enfants.

Balbine le considéra avec une curiosité aiguisée qui lui faisait oublier le froid glacial et jusqu'à son sentiment d'animosité.

— Je connais vos mobiles : un ou plusieurs héritiers. Cependant, pourquoi ne pas avoir repris une épouse plus tôt, Guillaume ? Pourquoi maintenant ?

— Parce que toutes les autres solutions sont épuisées, avoua-t-il dans un soupir, en évitant de croiser son regard. Parce qu'Hermione n'a pas eu de descendance avec Audouin pas plus que je n'en ai eu avec ma première femme.

— Quant à moi, mon métier ne me permet pas de me marier mais là n'est pas la réelle question, rétorqua Balbine. L'acte odieux de votre frère sur ma personne m'a dégoûtée à tout jamais des hommes. En dépit de la passion que j'éprouve pour les hospices, peut-être aurais-je renoncé à y exercer une quelconque fonction pour fonder une famille… De toute façon, c'est trop tard à présent.

Il en convint d'un hochement de tête résigné. Mais elle n'en avait pas fini avec lui.

— Répondez-moi, Guillaume : pour quel motif ne pas vous être remarié plus jeune ?

Son oncle était livide, bouleversé. Ramenant sa cape sur ses épaules tremblantes, Balbine frissonna et il s'empressa de lui proposer de rejoindre la bâtisse pour poursuivre leur échange. Elle hésita, oscillant entre son désir de pénétrer les motivations de Guillaume et celui d'effacer un passé douloureux. Toutefois, comme l'avait souligné Guillaume, beaucoup de temps s'était écoulé depuis le viol ; même si elle n'en oublierait jamais l'abjecte violence, la dame hospitalière qu'elle était devenue pouvait affronter le souvenir du drame sans s'effondrer.

Aussi le conduisit-elle à la chapelle, séparée de la salle des pauvres par une clôture en bois. Il n'y faisait guère chaud, mais au moins le vent ne les cinglait pas comme dans la cour d'honneur. Le lieu saint avait été consacré la veille de l'arrivée des premiers malades et Balbine avait l'impression étrange que ce jour datait d'hier. S'étant un peu ressaisi, Guillaume s'approcha du polyptyque commandé par Rolin à Rogier van der Weyden. Il avait été disposé de façon que les malades alités puissent le contempler de loin, même si le retable était fermé la plupart du temps. Les images de la punition des pécheurs et des flammes de l'enfer frappèrent l'aristocrate avec une telle force qu'il fit un pas en arrière comme devant un danger. Il y avait quelque chose de prémonitoire dans ces tableaux qui le plaçait, sans qu'il y consentît, face à sa faute et sa culpabilité. Sa faute ? Son crime plutôt. Les démons le fixaient, le défiant de leur échapper. Il avait l'impression de contempler son propre destin, son trépas proche. Après plusieurs minutes de ce terrible tourment, il réussit à se calmer un peu.

Ne s'étant rendu compte de rien, Balbine le laissait agir à sa guise, anticipant déjà de revenir à l'attaque. Puis soudain, alors qu'elle l'observait en train de contempler les verrières, elle retrouva dans ses traits un reste de sa séduction d'autrefois, quelque chose de fin, presque de féminin, qui lui fit battre le cœur plus vite, quand elle réalisa tout à coup l'affreux dilemme dans lequel se débattait son oncle. On donnait un nom à ce genre de personnes : les sodomites. Et les condamnations à l'encontre de cette pratique jugée hérétique allaient de la castration au bûcher ou à la potence, en passant par l'amputation d'un membre. La torture, largement répandue pour combattre et punir les péchés, obéissait à des règles strictes, calculant la longueur de l'agonie ou le type de mutilation opérée, et était donnée souvent en public afin de produire une forte impression sur le peuple, toujours désireux d'assister à ces supplices. Balbine comprenait mieux le silence de Guillaume. Reconnaître ses véritables penchants présentait des risques énormes, sans compter la honte de devoir confesser une attirance jugée contre-nature.

Après s'être assuré que personne ne pouvait les entendre, Balbine s'approcha de son oncle et lui chuchota à l'oreille.

— Vous aimez les hommes, n'est-ce pas ?

Il recula comme si elle l'avait giflé et son teint pâle vira au cramoisi. Elle ne savait à quoi attribuer cette réaction : au fait d'avoir été démasqué ou, au contraire, à la colère face à un malentendu qui l'humiliait ? Puis il baissa la tête et ne dit mot. Elle avait donc pressenti la réalité cachée dans les tréfonds de l'âme de Guillaume, son terrible secret qui pouvait le conduire à la mort et démolir sa réputation ainsi que celle de son illustre famille. Et elle le prit en pitié.

— Je vous souhaite une lignée nombreuse et en bonne santé, dit-elle gentiment, songeant avec tristesse « à défaut d'une union heureuse ».

8

Il entrait dans les devoirs des dames hospitalières de porter leurs repas aux praticiens de l'hôtel-Dieu, qui ne venaient jamais au réfectoire. Cependant, jusqu'à la semaine qui suivit les fêtes de Pâques, Balbine n'avait jamais eu l'occasion d'entrer dans la chambre de Maric Lambert.

Le médecin était occupé à écrire quand elle fut devant lui. Doucement, elle posa son plateau sur un tabouret, installa deux tréteaux et une planche, déplia une nappe en lin et y disposa le pain, l'écuelle et le gobelet d'étain.

Le médecin restait penché sur son écritoire, calame à la main. On ne voyait de lui que son profil sous la masse des cheveux noirs qui s'échappaient du feutre de son bonnet. Le regardant à la dérobée, Balbine s'avoua une fois de plus l'évidence : elle était aussi sensible que Flore au charme de cet homme. Mais à l'inverse de son amie, c'était sa gravité plus encore que ses larges épaules qui l'émouvait. Elle s'en étonnait et s'interrogeait sans cesser de le regarder, tant et si bien que, lorsque le médecin releva la tête, la première chose qu'il vit fut la sœur hospitalière les yeux posés sur lui, l'air pensif.

Balbine rougit fortement et balbutia en montrant les tréteaux et la nappe.

— Le... votre... dîner, maître Lambert.

Le médecin jeta un regard vague à l'écuelle et revint à Balbine.

— Je vous remercie, sœur...

— Sœur Balbine... Balbine de Joinville.

Elle n'avait jamais aimé donner ce nom, et le gardait pour elle le plus souvent mais, pour la première fois, elle éprouvait une petite satisfaction à le prononcer, tout en se mortifiant pour cette marque de vanité.

L'effet fut celui attendu. Maric Lambert leva les sourcils.

— De La Rochette ?

Balbine regrettait déjà d'avoir révélé son patronyme. Est-ce qu'elle n'avait pas voulu attirer l'attention par ce moyen ? Elle reprit très vite :

— Non. Enfin, pas vraiment. Je n'ai jamais vécu à La Rochette. Je suis le fruit d'une mésalliance de Charles de Joinville, et ce n'est pas le nom que j'aurais dû vous donner, mais celui de mon beau-père, le charpentier Achille Haubenois.

— Cependant, le nom de Joinville a dû vous aider à entrer aux hospices...

— C'est la seule vertu que je lui reconnais.

Lambert ne répondit pas, mais on le voyait intéressé. Le silence s'installa entre eux. Sur le visage du médecin, Balbine pouvait lire non seulement de l'intérêt mais une forme de contemplation. Elle se prit à se demander quelle pouvait être son allure, ainsi, debout, dans sa robe bleue et sa large coiffe blanche de dame hospitalière, dans le clair-obscur de la pièce aux boiseries sombres ? Elle eut la réponse dans le sourire plein de chaleur que Maric Lambert lui adressa.

— Je vous reconnais, dit-il avec douceur. Je vous ai vue au chevet du garçon malade de la fièvre pernicieuse que notre chirurgien était prêt à saigner à blanc… Vous faisiez la grimace.

— Vous aussi.

Balbine avait répliqué sans réfléchir. Rougissant plus encore, elle se reprit, mise en confiance par le regard bienveillant que le médecin posait sur elle :

— Je veux dire… C'est que je n'aime pas les saignées… et encore moins les sangsues. J'ai été soulagée que vous arrêtiez maître Magnien dans son élan. Je sais qu'il a beaucoup d'affection pour ses petites bêtes, mais mon malade n'avait plus grand-chose à leur mettre sous la dent, à vrai dire !

Maric Lambert éclata de rire. C'était un rire non de politesse, mais de franche gaieté, souligné par deux rides profondes qui donnaient à son expression quelque chose de généreux. Balbine pensa à l'homme tourmenté qu'elle avait entrevu dans la chapelle, et se demanda si elle était pour quelque chose dans sa transformation. Se sentant gagnée par le rire à son tour, elle se cacha le bas du visage dans un pan de sa robe.

— Je sais que je ne devrais pas donner mon avis… commença-t-elle.

— N'hésitez pas à le faire ! s'exclama le médecin en se levant pour s'installer sur le tabouret, devant la nappe. Maître Jehan m'a parlé de vous, sœur Balbine. Il vous écoute, et je vous écouterai aussi.

Devant l'air stupéfait de la sœur hospitalière, il expliqua tout en rompant le pain posé à côté de l'écuelle de soupe :

— Ma défunte épouse était fille d'apothicaire ; elle avait des avis pleins de sagesse. Je les appréciais, parce qu'ils étaient le fruit d'une longue familiarité avec la maladie, comme le seront les vôtres.

Sans plus de commentaire, il trempa son pain dans la soupe et commença son repas comme s'il était de nouveau seul dans la pièce.

Balbine recula vers la porte en bredouillant un remerciement et s'éloigna dans les couloirs d'un pas vif. Jamais elle n'avait éprouvé un tel bien-être. Il lui semblait qu'elle emportait avec elle une force nouvelle, assez grande pour effacer toutes les fatigues et tous les doutes. D'où lui venait-elle ? Peut-être devrait-elle s'en confesser au père spirituel pour l'avoir accueillie en elle, pour ne pas s'être dérobée aux regards de cet homme qui n'avait rien d'un prêtre ?

Elle se trouva dans la lingerie sans même se rappeler le chemin qu'elle avait parcouru pour y arriver, et, comme dans un rêve, prit dans une corbeille le linge qui servait à la charpie. Elle aurait voulu être seule pour penser librement à ce qui venait de lui arriver pendant que ses mains s'agitaient sur les fibres rêches qu'elle effilait, mais Flore entrait à son tour, et s'installait à côté d'elle en imitant ses gestes.

— Je suis de veille, cette nuit, chuchota-t-elle à Balbine en prenant garde de ne pas troubler la paix du lieu. J'ai un peu mal au ventre, avoua-t-elle avec une grimace.

— Je te remplacerai, proposa aussitôt sa compagne. As-tu pris de l'armoise ?

— Oui, et sans doute en trop grande quantité car je ne cesse plus depuis d'aller aux latrines. Grand merci, Balbine, souffla Flore.

Leur solide amitié les avait maintes fois rassérénées dans les moments difficiles. Elles se soutenaient toujours. Mais Balbine était inquiète pour son amie qui se plaignait trop souvent de tels maux engendrés par la présence de vers que la plante purgative était censée tuer. Il ne fallait pas que son corps en soit envahi, aggravant son état, car cette maladie finissait toujours par être fatale.

Cette nuit-là, Balbine eut beaucoup de travail. Le temps pour prier et méditer fut restreint, plus encore celui consacré au repos. A maintes reprises, elle dut changer les draps de malades qui les avaient souillés et pratiquer la toilette des corps. Le linge sali serait ensuite blanchi dans un lavoir alimenté par la Bouzaise. Les pensionnaires devaient se laver une fois par semaine à la fontaine où des cuvettes et des brocs étaient mis à leur disposition. Cette règle était de rigueur en raison des dangers liés aux miasmes. C'est ainsi que les couvertures, souvent secouées et brossées, étaient changées tous les trois mois. Le mardi et le vendredi, la salle des pauvres était aussi nettoyée de fond en comble à la sciure de bois mouillé. La première fois qu'elle avait été témoin de ces mesures, la jeune soignante avait été impressionnée. Elle avait toujours pensé que la propreté était importante et sa fréquentation des hospices renforçait son opinion.

Devant la porte de la pièce où s'était retiré Maric Lambert, elle marqua un arrêt, notant la flamme de la bougie, visible au sol, prouvant que le médecin ne dormait pas. La dame hospitalière éprouvait une étrange chaleur au creux du ventre, déjà ressentie par le passé et toujours combattue par la prière. Cette dernière se révélait, ce soir, impuissante à lutter contre l'élan qui la poussait dans les bras du praticien. Son cœur semblait frémir dans sa poitrine, ses joues flambaient, le sang y mettait des palpitations. Le temps était aboli et sa vocation lui paraissait bien lointaine. En fait, elle ne voulait plus y penser, sa main déjà sur la poignée de la porte. Aucun remords ne l'empêcherait d'agir, la vague de volupté dominait tout. Elle s'apprêtait à entrer quand une quinte de toux retentit dans le silence des hospices, la faisant sursauter. Ce fut comme un rappel à l'ordre, une semonce. Redevenue elle-même, la sœur s'éloigna de la tentation, mortifiée à l'idée d'avoir failli y succomber. Le moment de déraison était passé.

Dans sa routine monastique, elle renouait avec la quiétude ; toutefois, elle craignait de retomber dans ses funestes fantasmes dès que l'agitation intrinsèque aux urgences de l'hôpital reprendrait, quand bien même les sœurs s'efforçaient en toute occasion, fût-elle la plus grave, d'instaurer un climat de calme et de bannir la tourmente.

Même si les miséreux continuaient à affluer à l'hôpital car rien ne changeait vraiment pour cette classe à jamais réprouvée, la Bourgogne connaissait une ère d'apogée due au règne des Valois. Bien que Philippe le Bon ait établi plus souvent ses quartiers en Flandre qu'à Dijon, les Bourguignons pouvaient se glorifier de la présence de la duchesse, son épouse, qui le représentait quand c'était nécessaire, tenant aussi à mettre ses enfants au monde dans son palais de Dijon. Le succès du vin de Beaune n'entrait pas pour rien dans la prospérité que connaissait le duché grâce à la cour pontificale d'Avignon qui avait vanté les louanges de cet alcool auprès des élites européennes, l'imposant comme un produit de luxe. Néanmoins, la ville de Dijon, avec ses huit mille habitants en 1400, demeurait loin derrière les richesses et l'abondance des cités flamandes et italiennes.

Depuis la mort de son père, en 1467, Charles le Téméraire était à la tête du duché de Bourgogne. Animé par de hautes ambitions, il désirait dans ses rêves les plus fous octroyer une couronne à son duché qu'il jugeait bien dérisoire. Mais en cette année 1470, Balbine ne se doutait pas que l'accession de cet homme allait précipiter la chute de la Bourgogne. A l'exemple de beaucoup de femmes, elle ne s'intéressait guère à la politique, attribuant d'emblée sa confiance aux gouvernants. Son esprit était plus volontiers captif des hospices car les travaux d'agrandissement et d'embellissement ne cessaient jamais. Une grange venait d'être construite, clôturant la cour à l'ouest, vouée à l'élaboration du vin. Toutes les sœurs avaient admiré le pressoir à levier, les sept cuves à vendanges et la cave.

Et pourtant... Le 24 décembre de l'année 1470, Guigone de Salins s'éteignit au sein même de cet hôtel-Dieu qui lui devait en partie son existence.

— Une grande, une très charitable dame nous a quittés !

Les hommages étaient unanimes. Loin de demeurer dans l'ombre de son mari, Guigone avait été la gouvernante active de son foyer mais aussi des hospices qu'elle avait gérés avec compétence, douceur et autorité à la fois.

— Elle aura fait partie de ces femmes qui, bien que notre société leur interdise un pouvoir officiel, se servent de leur dévouement et de leur intelligence pour faire le bien et asseoir une puissance matriarcale encore bien fragile, souligna Balbine.

Elle tentait de s'abîmer dans la prière mais les larmes l'empêchaient de se concentrer. Avec le trépas de Guigone, c'était un pan de sa vie qui sombrait. Seules parmi ses consœurs, Flore, Bérénice et Adèle pouvaient comprendre. Elles partageaient la même peine, la même impression de perte irrémédiable. Elles avaient besoin les unes des autres, besoin d'évoquer leurs souvenirs communs pour ne pas qu'ils disparaissent en même temps que Guigone.

Respectant la volonté de cette dernière, on l'inhuma devant le maître-autel de la chapelle, dans un caveau fermé grâce à une dalle de cuivre sur laquelle on pouvait l'admirer en vêtements de veuve. Succédant à sa mère, Antoine Rolin prit les rênes de l'hôpital, institué patron temporel.

Balbine fut longue à se remettre de ce deuil. Comme d'ordinaire, elle puisa dans son sacerdoce et sa foi la force de continuer.

Plusieurs fois par an, Balbine se rendait chez Etiennette et Armand afin de vérifier si Jeanne allait bien. Marguerite n'était pas au courant de ces visites qu'elle aurait désapprouvées. La dame hospitalière ne désirait pas démêler l'enchevêtrement de sentiments qui l'avait poussée à rechercher la compagnie de son enfant alors que, peu après sa naissance, elle avait déclaré à Marguerite, satisfaite, qu'elle ne la reverrait jamais. Impossible aujourd'hui de renoncer à ces rencontres. D'autant plus que la mère et la fille s'étaient découvert une passion commune pour les plantes que Balbine avait vivement encouragée chez la petite en décidant de lui abandonner son carnet des simples.

— C'est l'un de mes biens les plus précieux, avait-elle révélé à la nourrice d'une voix qui ne souffrait aucune contestation. Je veux que vous veilliez à ce que Jeanne en prenne grand soin.

— A vos ordres, dame, avait répondu Etiennette.

A chaque fois, Jeanne faisait donc part de ses progrès à Balbine et l'accompagnait jusqu'au potager du couple où elle-même cultivait quelques plantes. Dans ce but, la sœur avait déposé entre les mains d'Etiennette des pièces supplémentaires afin qu'elle ne mette pas un terme à l'activité de sa protégée sous prétexte que le petit jardin ne rapportait rien. Il avait plu et des odeurs puissantes montaient de la terre que Balbine inspira avec un sentiment qui, sans qu'elle en prenne conscience, s'apparentait à de la volupté. Elle se demandait ce que Maric Lambert penserait d'elle s'il apprenait qu'elle était mère. Quelque chose lui tordit les entrailles en songeant qu'elle aurait pu vivre auprès de cet homme à l'esprit brillant et de sa fille si ravissante... Rêverie qu'elle refoula aussitôt en se concentrant sur les plantations. Certes, rien à voir avec celles du père Henriot à La Rochette mais Balbine se dit que ces modestes pousses étaient prometteuses. Elle n'osait poursuivre son raisonnement : et si Jeanne devenait à son tour dame hospitalière ? Quel bonheur ce serait pour Balbine !

« Si Dieu m'accordait cette bénédiction... Jeanne serait à jamais protégée d'un sort néfaste entre les murs de l'hôpital de Beaune. Je n'aurais même pas à l'emmener un jour, si Dieu le veut, à La Rochette. Mais trêve d'errance de l'esprit, nous sommes encore loin de ces chimères dans lesquelles je me complais ! »

— Peux-tu m'en dire davantage sur ces plantes ?

— Oui, dame. Là, c'est de la sauge, ici du romarin. Et puis voici de la marjolaine. Et pour finir, du fenouil et de l'oseille.

— Et c'est toi qui t'en es occupée ?

— Etiennette m'a un peu aidée.

— Tu l'aimes bien, n'est-ce pas ?

— Oui, elle est bonne pour moi. Mais je vous aime bien aussi, ajouta la belle enfant avec un sourire.

Balbine sentit un flux de chaleur lui traverser le corps comme le feu du bûcher, sauf que cette sensation était agréable. Ses joues se couvrirent de vermillon, les larmes débordèrent de ses paupières.

— Merci, Jeanne. Moi aussi, je t'aime bien... et même beaucoup.

Comment avait-elle pu demeurer insensible si longtemps alors que sa nature altruiste, faite d'abnégation, de dévouement et d'empathie, avait contribué à sa vocation ? Peut-être parce qu'une voix en elle, de plus en plus faible, lui soufflait que Jeanne était le fruit d'un viol, le sang d'Audouin coulant dans ses veines ? Elle devait chasser les miasmes du passé et se vouer au présent, ainsi qu'à ce futur qu'elle voulait serein pour sa fille. Elle se demandait d'ailleurs si celle-ci avait éventé le lien qui les unissait, si elle en parlait avec Etiennette. Jamais elle n'évoquait le sujet par respect et pudeur, crainte aussi de rompre la bonne intelligence prévalant dans leurs relations.

Il était pourtant temps de lui parler de la mort de Marguerite, la mère de Balbine, la grand-mère de Jeanne. Mais surtout, aux yeux de l'enfant, de celle qui l'avait conduite bébé au cœur de cette campagne isolée, dans la ferme du couple Boisjoli, même si elle n'en conservait pas le moindre souvenir.

— Ma mère s'est éteinte dans son jardin, alors même qu'elle se penchait pour arracher ses salades. Certes, elle n'a jamais, comme nous deux, été intéressée par les plantes médicinales. Mais je reste persuadée que cette façon de mourir est belle, les mains dans la verdure, les pieds bien plantés dans la terre.

Jeanne écarquilla les yeux.

— Ce ne peut pas être beau, de mourir…

Balbine sourit avec un peu de tristesse. La mort de Marguerite n'éveillait aucune émotion dans le cœur de sa fille, juste de l'incompréhension. Mais comment lui reprocher de ne pas pleurer une femme dont elle ne se rappelait rien ? Une femme dont le seul acte en relation avec elle était de l'avoir emmenée loin du foyer où elle aurait dû grandir et s'épanouir ?

Quelques semaines après cette scène entre Jeanne et Balbine, celle-ci recevait une lettre de Guillaume de Joinville.

Elle s'était réfugiée à l'étage, dans l'ouvroir, pour vaquer à ses travaux d'aiguilles. Elle trouvait toujours une certaine forme de paix dans cette atmosphère studieuse et silencieuse. L'atelier de tissage, de couture et de confection résonnait du bruissement des étoffes et des mouvements de doigts tenant aiguilles et dés. La religion n'était pas oubliée avec l'évocation sur des tableaux de la vie des saints, des vertus cardinales et de la mort. Ayant pris place sur une escabelle, Balbine tissait au fil de chanvre sur un métier de bois. Sa voisine confectionnait rubans et franges. Sur une longue table, d'autres sœurs taillaient des vêtements qui serviraient à couvrir les pauvres ou à leur propre usage. On filait la quenouille, on cousait, ourlait, raccommodait, brodait. Arches-bancs et coffres permettaient de ranger le linge des hospices, étiqueté au moyen de lettres de l'alphabet et de chiffres romains. Le feu tiédissait l'alignement de devantiers, cottes et coiffes des dames hospitalières, pliés aux côtés des manteaux, chemises et robes.

Au bout d'une heure, Balbine regagna sa chambre où l'attendait du courrier. La missive émanait bien de son oncle.

Le 14 novembre de l'an de grâce 1471

Ma très chère nièce,

Je prends aujourd'hui la plume pour t'annoncer la naissance de ta première cousine : Alix de Joinville. Mon cœur crie de joie, et tant pis si cette enfant est une fille, il y en aura d'autres, des filles encore mais aussi des garçons, pour perpétuer notre nom. Aude est une mère aimante et attentive. Je la respecte profondément. Hermione, que tous les drames de ces dernières décennies avaient éteinte, renaît à la vie. L'atmosphère du château en semble transfigurée et il ne manque que ta présence pour que notre bonheur soit complet. Quand viendras-tu faire la connaissance de notre petite Alix et aussi de mon épouse à laquelle j'ai beaucoup parlé de toi et qui aimerait te rencontrer puisque tu n'as pas pu être présente lors de notre mariage ? Certes, nous pourrions venir aux hospices mais je préfère attendre qu'Alix soit assez âgée pour supporter au mieux les contraintes du voyage. Hermione aussi aspire à te revoir. Les malheurs du passé sont oubliés et la gêne occasionnée par nos retrouvailles, après tout ce temps et le drame que tu as vécu, sera vite chassée par la joie de reconstituer une vraie famille. Je ne pense pas que madame de Salins t'aurait refusé un congé de quelques semaines, à toi, une Joinville. D'ailleurs, j'en profite pour te demander comment cela se passe à l'hôpital depuis sa disparition ? Ce dernier est si indissociable de cette honorable femme que je ne peux imaginer qu'il continue à exister sans elle, et pourtant il ne s'est pas effondré après le trépas de son fondateur, mon ami le regretté Nicolas Rolin. La vie file et se meurt, les pierres restent.

Emue, Balbine reposa la lettre de Guillaume sur ses genoux et tenta d'imaginer sa cousine, ce bébé qui portait le doux prénom d'Alix. A évoquer ainsi le nourrisson, elle avait peur de fléchir et de se laisser convaincre d'aller le voir au château. Son instinct maternel avait pu être comblé par Jeanne puis l'arrivée d'Eléonore, la fille de sa sœur Isabeau mariée à Constantin, un vigneron. Isabeau vivait désormais dans une dépendance de la maison de ses beaux-parents transformée en habitation. Transfigurée par le mariage et la maternité, la jeune femme semblait surtout heureuse de tenir son logis d'une façon irréprochable, de veiller à ce que tout soit prêt quand son époux rentrait le soir et de s'occuper d'Eléonore en espérant beaucoup d'autres enfants, ambitions que sa sœur ne pouvait s'empêcher de juger médiocres. Habituée à susciter l'étonnement ou l'admiration de par la vocation qu'elle avait choisie, Balbine comprenait mal qu'on puisse se satisfaire d'un destin si banal. Certes, sa grande demeure très agréable, d'une propreté sourcilleuse, ne déplaisait pas à Balbine. Cependant, était-ce nécessaire d'assister au spectacle de sa sœur ôtant avec précaution les souliers de son mari et lavant ses pieds fatigués avec dévotion comme une esclave ? Constantin était un homme bon, cependant le rôle imparti à la femme était si ancré dans ses traditions familiales qu'il ne voyait nulle malice dans l'image d'Isabeau dévouée au patriarche. Alors que la colère était prête d'exploser en Balbine face à cette scène mortifiante, Isabeau se contentait de sourire avec une douceur qui obligeait sa sœur à ravaler ses remarques acides.

— Constantin travaille dur, tu sais. Il est normal qu'il soit soutenu à son retour des champs.

— Oui, ton mari est courageux, je ne dis pas le contraire. Toi aussi d'ailleurs. Et tu ne mérites pas de te plier à ses moindres caprices avec ce comportement humiliant.

— Je ne le ressens pas comme une humiliation…

Désarmée par le bonheur apparent d'Isabeau, Balbine ne trouvait plus d'arguments pour l'inciter à davantage de dignité.

Elle finit par déclarer :

— Je n'ai jamais vu mère s'avilir ainsi, et pourtant nos parents se sont toujours très bien entendus.

— Chaque couple est différent, répondit Isabeau avec ce ton monocorde qui exaspérait Balbine. Au fait, Eléonore souffre encore de la cheville depuis sa chute de l'échelle. Tu n'aurais pas quelque chose pour la soulager ?

— La consoude aide les os cassés à se ressouder. Je t'en ferai parvenir, répondit Balbine, déçue qu'elle détourne la conversation.

En dépit de quoi, la soignante se rendait souvent chez elle afin d'embrasser sa nièce.

Isabeau, Constantin et la petite Eléonore avaient emménagé au sein d'une maison de vigneron aux murs en pierre sur lesquels Constantin avait peint quelques croix afin d'éviter que les passants n'urinent dessus. En l'absence de latrines, il était d'usage de se soulager dans la campagne ou sur les façades quand il n'existait pas d'autres possibilités. Néanmoins, la présence d'une croix dissuadait les hommes d'accomplir un tel acte de peur d'être aussitôt foudroyés pour irrespect envers la religion.

A l'intérieur de la demeure, régnaient une propreté et un ordre méticuleux. Isabeau se présentait presque toujours à Balbine un balai ou un plumeau de feuilles de houx à la main, ou bien elle la trouvait dans sa cour, face à un baquet de bois, utilisant de la cendre pour lessiver ses affaires, ou encore en train de battre ses draps à la rivière, avant de les étaler sur l'herbe afin qu'ils sèchent. Une servante âgée de quatorze ans l'aidait dans toutes ces tâches car Céleste était restée auprès d'Achille. Elle bénéficiait du vivre et du couvert, gagnant aussi quelques sous économisés avec soin afin de constituer sa future dot.

Quant à Jacquemin, il venait tout juste de se marier avec Guenièvre, l'une des filles d'un pâtissier de Beaune. Le frère de Guenièvre officiant à la boutique et voué à en prendre les commandes quand leur père n'aurait plus la force de travailler, la jeune femme avait quitté la maison de ville où elle vivait avec sa famille pour celle d'Achille, assez vaste pour abriter un couple et des enfants car elle était grosse. Comme Achille, Jacquemin se partageait entre le labeur de la vigne et celui du bois, tandis que son épouse aidait tous les jours à l'enseigne du *Petit Chou doré*, quartier Bretonnière. Balbine se rendait parfois chez cet « oublieur » pour acheter une gaufre appelée bridaveau ou un talemouse, gâteau au fromage. Ou encore un pâté à la viande dont la préparation et la vente étaient autorisées à cette confrérie, contrairement au pain réservé aux boulangers. Balbine succombait parfois bien qu'elle fît attention à ne pas trop commettre le péché de bonne chère, son statut de dame hospitalière impliquant de la modération en toutes choses.

Entre les visites à Jeanne, à Achille, à Isabeau et Eléonore, à Guenièvre dont elle attendait le bébé avec impatience, et son métier prenant, Balbine pensait avoir peu de temps à consacrer à Alix. Aux hospices, la présence de Guigone lui manquait. Achille était perclus de douloureux rhumatismes en raison d'un métier qui n'avait pas épargné ses articulations, le dos voûté sur ses ceps de vignes ou ses troncs d'arbres. Néanmoins, il ne requérait pas son soutien. Ni Isabeau, tout entière dévouée à son époux, ni Jacquemin, accaparé par Guenièvre et l'enfant à venir, n'avaient besoin d'elle. On la réclamait au château et le traumatisme du viol avait fini par s'estomper, à presque rejoindre les limbes de l'oubli…

Flore entra dans la pièce, interrompant les réflexions de Balbine. S'approchant des tapisseries au fond rouge et bleu foncé, dotées des armoiries de Nicolas Rolin et de Guigone de Salins, qui s'entassaient dans un coffre resté ouvert, elle s'extasia sur leur beauté.

— Nous allons les placer sur les trente lits de la salle des pauvres à l'occasion des fêtes de Pâques, expliqua Balbine, soulagée de penser à autre chose. Je m'apprêtais à vérifier leur état. Nous les rangeons avec soin dans ces meubles. L'hôtel-Dieu à lui seul ne comporte pas moins de trente-cinq coffres !

La note de fierté dans la voix de Balbine n'échappa pas à son amie.

— Tu ne pourrais pas vivre ailleurs qu'ici, n'est-ce pas ? s'enquit-elle avec un sourire.

— Je m'y sens bien, en sécurité.

— Je comprends. Cependant, Balbine, hors les murs de cet hôpital, le bonheur existe aussi. Il s'exprime d'une façon différente.

Réfléchissant aux paroles de Flore, Balbine se dit qu'elle était prête à partir sur les routes en direction de La Rochette.

Tenant sa promesse, maître Maric Lambert saisissait toutes les occasions de prendre les avis de la sœur Balbine de Joinville. Etait-il conscient du trouble qu'il soulevait chez elle ? Il semblait n'en avoir cure, et laissait son visage s'illuminer benoîtement chaque fois qu'elle entrait dans une salle où il se trouvait déjà en consultation.

Ce jour de la Saint-Jean, il était au chevet d'un homme qui crachait le sang quand elle entra, les bras chargés de draps. Maric l'interpella avec un geste impérieux.

— Ah ! sœur Balbine ! Dites-moi… Qu'avez-vous donné à cet homme ce matin ?

— Du bouillon d'orge, c'est tout ce qu'il a accepté.

Maric secoua la tête, soucieux.

— Il perd des forces, il faut de la bonne viande rouge.

— Il n'y a que du lapin, à la cuisine…

— A condition qu'il soit frais. Surtout pas de cette viande avariée que je n'ai pas réussi à ingurgiter hier. Il faut que l'hôtel-Dieu change de boucher le plus vite possible.

— Je le dirai de votre part à la mère supérieure, maître Lambert. Mais je sais que les lapins sont frais, car j'ai vu le gibier arriver, envoyé par le seigneur de Rex.

Le médecin eut ce sourire généreux que Balbine connaissait bien maintenant, et il ajouta :

— Si je peux demander une faveur… Pourrez-vous m'en apporter aussi pour mon dîner ?

Balbine avait bien noté l'insistance que le médecin avait mise dans les mots : « Pourrez-vous ». Elle savait ce que cela signifiait : il tenait à ce que ce soit elle qui lui apporte son repas. C'était une sorte de code dont ils avaient pris l'habitude. Dès que le médecin se sentait d'humeur à parler, il faisait en sorte que ce soit la sœur de Joinville qui fasse son service. Jamais elle ne se dérobait. Comment aurait-elle pu ? Ces moments qu'ils passaient ensemble lui étaient devenus aussi indispensables que l'eau ou le pain.

Les apparences restaient formelles, cependant. Elle se tenait debout avec sa coiffe bien ajustée et son large tablier blanc, lui assis à faire mine de se nourrir, toujours aussi austère dans sa soutane noire au collet blanc. Mais la conversation était chaque fois plus libre, plus chaleureuse.

Maric évoquait sa jeunesse, ses études à Montpellier, son mariage, sa lassitude devant les exigences des gens de la noblesse, son sentiment de liberté retrouvée, depuis qu'il était aux hospices… Il posait à Balbine des questions sur son enfance, les Haubenois, le travail de la vigne, les plantes… Bien sûr, il ne s'agissait que d'anecdotes et de fausses confidences car ni l'un ni l'autre ne se serait risqué à entrer dans les territoires secrets de leur passé. Ainsi, au fil des semaines et aux limites de ce que les règlements autorisaient entre membres du personnel hospitalier, une amitié était née.

Pourtant, ce jour-là, devant le lit du poitrinaire, Balbine dut décliner l'invitation déguisée de Maric.

— Ce sera une autre que moi qui vous apportera votre collation. Maître Jehan Royer m'a chargée de semer au jardin pour la récolte de l'été. Cela me prendra jusqu'au soir...

Le médecin ne fit aucun commentaire, l'oreille collée à la chemise du malade, et Balbine reprit ses tâches du jour.

Un moment plus tard, elle était dans le jardin à gratter la terre quand elle vit Maric Lambert remonter l'allée principale. Elle ne fut pas surprise. Une petite voix lui avait soufflé qu'il la retrouverait parce qu'il en avait décidé ainsi.

— Quelle paix ! Quelle douceur ! murmura-t-il en regardant autour de lui, les mains dans le dos.

La sérénité du lieu était en effet frappante. Clos de murs, prolongé par la vigne des Cordeliers, le jardin de l'hospice était étroit, mais, protégé du vent, il explosait de fleurs. L'air était doux et l'odeur de terre humide se mêlait aux parfums des simples. Les pensionnaires assez valides aimaient se promener parmi les essences et les arbustes, dans ce cadre bucolique qui chassait pour quelques instants leurs soucis.

— Difficile d'imaginer toutes les souffrances qu'abritent ces murs, n'est-ce pas ?

— Vous devriez venir ici plus souvent, répondit Balbine en se redressant. On y oublie toutes ses fatigues.

Dans les allées voisines, on voyait quelques malades marcher à petits pas prudents, le visage levé vers le soleil de juin.

— Je veux bien vous croire. La grandeur de Dieu s'y manifeste au moins autant que dans la chapelle. Et peut-être mieux…

Lorsque Maric émettait ce genre de pensée quasi blasphématoire, Balbine faisait mine de ne pas entendre. Ce n'était pas le moindre des attraits de maître Lambert que cette franchise des sentiments.

— Et si vous me faisiez visiter ? dit-il brusquement, comme pour chasser des pensées graves.

Balbine s'essuya les mains sur son tablier. Les graines de maître Royer attendraient.

Elle passa devant le médecin, montrant de part et d'autre les diverses plantations – « Lys, roses, thym, serpolet, bourrache, romarin, sauge, millepertuis, angélique… » – puis le verger, avec ses espaliers – « Prunes, pommes, poires… ».

Maric marchait un pas derrière elle, et pourtant, tout le temps, Balbine pouvait sentir son regard posé sur elle. Pour ne pas y penser, elle s'efforçait de rester concentrée sur son rôle de guide.

— Là-bas, dit-elle en désignant un bâtiment bas, c'est la crèche.

— La crèche ? De Noël ?

— Non, pas tout à fait. C'est le nom que nous donnons à la ménagerie. Il y a quatre chevaux, trois vaches, et cette année, nous avons eu un veau.

— Des moutons ? Je les entends.

— Un troupeau entier, pour la viande et la laine.

— Quelques côtelettes, c'est cela qu'il faudrait à nos malades !

Balbine lui lança un regard moqueur.

— Vos remèdes passent beaucoup par la bonne chère, maître Lambert.

— Pas les vôtres ?

— Ma foi... il est vrai que je ne lésine pas sur le miel, avoua-t-elle de bonne grâce.

Quelques minutes plus tard, ils se rapprochaient de l'étable où logeaient les chevaux en l'absence d'écuries. Maric parut surtout intéressé par les véhicules assignés au transport des souffreteux, garés à côté d'une petite charrette à bras. Bêlements, meuglements et caquètements, car il y avait aussi une quarantaine de poules, résonnaient dans le silence.

Maric s'était mis à la hauteur de Balbine, de façon à mieux voir son visage toujours à demi caché par la coiffe. Ils éclatèrent de rire ensemble.

— Comme vous aimez cet endroit ! reprit-il après un moment, sans cesser de la regarder.

Elle tourna la tête vers lui, encouragée par son sourire.

— Je l'ai vu sortir de terre, savez-vous ? Il a accompagné toute mon enfance.

— Pourtant il vous demande de grands sacrifices. Vous auriez pu avoir une famille... Vous y aviez réfléchi ?

Balbine ne s'était pas attendue à une question aussi directe. Elle en resta muette. Il ajouta, très vite :

— Pardonnez mon indiscrétion. Mais cela m'intéresse. Voyez-vous, j'ai dû y réfléchir moi-même.

Jamais je ne serais devenu médecin si l'obligation du célibat n'avait pas été supprimée en 1452.

Elle avait le cœur serré, maintenant. Elle aurait aimé parler à Maric de Jeanne, de La Rochette, d'Audouin... poser le front sur son épaule... Elle sentit les larmes monter et dut détourner la tête.

— Je vous demande pardon, Balbine, je ne voulais pas, je n'aurais pas dû... mais j'aimerais tellement... si nous...

Le médecin s'exprimait à présent difficilement, et ce que Balbine entendait d'émotion dans sa voix acheva de la bouleverser. Indifférente jusqu'à présent à ses sens, elle ne comprenait pas comment un tel revirement avait pu arriver et pourquoi il avait pris cet homme pour objet. Elle aurait préféré que Maric Lambert n'ait pas surgi dans son existence tranquille, y semant la tempête. Elle se sentait perdue.

Elle se précipita dans une allée de côté et s'enfuit vers les portes des cuisines.

Au fil du temps, sincère avec lui-même, Maric Lambert convint que la dame hospitalière lui devenait plus chère, presque indispensable. Avec Balbine, Maric pouvait discuter médecine, chirurgie, et surtout science des simples sans que son interlocutrice en éprouve de l'ennui ou ne trahisse de profondes lacunes. Certes, la sœur ne détenait pas son savoir mais elle était avide d'apprendre et le praticien goûtait leurs échanges, jusqu'à les provoquer.

Il en allait de même pour Balbine qui, à se frotter ainsi aux connaissances de Maric, avait l'impression de revivre la fascinante période de ses cours avec le père Henriot. Elle savait que, dans son désir de se perfectionner, ne résidait pas uniquement son besoin de côtoyer Maric, néanmoins elle n'avait pas le courage, elle si volontaire, de renoncer à leurs conciliabules.

— Il me semble que vous avez beaucoup voyagé ? lui demanda-t-elle, un jour qu'ils étaient seuls à faire la tournée des lits.

— Pas tant que j'aurais voulu mais il est vrai que j'ai voyagé plus que la plupart de mes concitoyens. Pas forcément d'ailleurs par attirance pour les contrées lointaines. Non, ce fut toujours dans le but de m'initier encore et encore à d'autres pratiques médicales. Avez-vous entendu parler de l'hydrothérapie ?

Balbine avoua son ignorance.

— Elle est très en vogue depuis l'époque gauloise. Je me suis rendu à Plombières, en Lorraine, pour y rencontrer un collègue adepte du bienfait des eaux. J'ai assimilé tout un tas de choses intéressantes que j'ai pu mettre en pratique de retour chez moi. Les différences entre les eaux nitreuses, bitumineuses et argentifères, par exemple. Bon, c'est un peu complexe mais disons que les sources des stations thermales peuvent être souveraines pour certaines maladies digestives, pulmonaires, hémorragiques… A Plombières, nombre de malades français et même étrangers prenaient les eaux.

— Difficile d'y envoyer nos propres patients sans le sou.

— Détrompez-vous. Les pauvres se faisaient héberger à l'hôpital contre une petite obole. Nous pourrions aussi conseiller aux nantis d'y aller, ils nous seraient redevables. Pour eux, il y a l'hôtel de l'Ange et sa cuisine mémorable, se rappela-t-il en souriant, les yeux dans le vague.

Balbine lui envia cette liberté dont il avait bénéficié. Elle était même un peu jalouse et toute déconfite d'éprouver un sentiment si peu louable.

— Vous savez, j'ai été marié pendant vingt ans et j'ai eu quatre enfants. J'ai eu l'impression d'avoir plusieurs vies, murmura Maric comme s'il se parlait à lui-même.

— Vous n'avez pas songé à convoler à nouveau ? demanda Balbine en rougissant de son audace.

Il parut amusé.

— Non. Le temps et sans doute une motivation suffisante m'ont fait défaut.

Le trouble de la dame hospitalière n'avait pas échappé au médecin. Il était d'ailleurs loin d'être insensible à son charme et à son intelligence. Si elle n'avait pas exercé aux hospices, il aurait pu succomber, mais les soignantes avaient l'obligation de rester chastes et lui-même se devait d'avoir un comportement irréprochable. Quel gâchis ! Si seulement les circonstances avaient pu être différentes…

Comme elle l'écoutait avec une attention ardente, comme elle lui répondait avec une voix enfiévrée, comme le moindre effleurement la foudroyait chaque fois, Balbine espérait et redoutait à la fois ces pourparlers. Elle s'en voulait aussi de sentir le sang lui monter à la tête comme si elle se trouvait en présence de son promis. Elle ne savait même plus si son attitude était pathétique ou touchante. La naïve Flore ne soupçonnait rien, cependant la mère supérieure possédait assez de bon sens pour voir clair en Balbine et elle ne supporterait pas longtemps un tel relâchement dans son honorable établissement. La dame hospitalière ne pouvait lui donner tort. Elle-même se sentait tellement coupable de se prêter à ce jeu rien moins qu'innocent ! Même si, Dieu l'en préserve, elle n'avait jamais fauté.

Pendant de longues heures, la soignante ressassa ce qu'elle considérait comme une infortune, son irrésistible attirance pour Maric, en s'interrogeant sur les conséquences qu'elle pouvait entraîner au sein de son existence. Son esprit, trop fragilisé par les tortures morales qu'il s'infligeait depuis sa rencontre avec le médecin, ne parvenait plus à raisonner avec le pragmatisme qui la caractérisait autrefois. Elle perdait pied. D'autres tendres échanges avec le praticien vinrent augmenter son trouble. Le dernier recours était de prévenir sa supérieure des tourments qu'elle endurait, des doutes qui l'assaillaient au point qu'elle songeait parfois à rompre ses vœux, se jugeant indigne de son sacerdoce.

La maîtresse se montra compréhensive ; selon elle, Balbine devait redoubler de prières et s'abîmer dans le travail, le temps que son âme retrouve le repos. Si cela ne suffisait pas, il serait alors nécessaire d'envisager des ordonnances plus radicales.

— A quoi faites-vous allusion ? demanda la dame hospitalière, un peu effrayée.

— Ma fille, répondit la supérieure avec douceur. Vous pouvez retourner à la vie dite normale sans devenir l'objet de médisances. Les statuts prévoient un tel revirement qui n'a rien de condamnable. Si vraiment vous aspiriez à vous marier, je ne m'y opposerais pas et tous mes souhaits de bonheur vous accompagneraient. Attention, néanmoins, de faire le bon choix pour ne rien regretter car cette décision est irrévocable.

Balbine n'osa avouer que seuls les bras de Maric, le corps puissant de Maric l'attiraient, au point qu'elle avait l'impression à présent d'être prisonnière de l'hôtel-Dieu, comme si on l'y retenait contre son gré. Il y avait des choses que même une femme aussi bonne, à l'écoute de toutes les douleurs, ne pouvait admettre. Balbine en personne les aurait traitées avec détachement, peut-être mépris, si elle y avait été confrontée avant de les vivre. Elle décida pourtant de se conformer aux directives de la sagesse. Elle suppliait le ciel que ces mesures suffisent à la guérir. Si elles se révélaient vaines, Balbine redoutait de décevoir beaucoup de monde en prenant l'unique décision possible, irréversible et inouïe, y compris à ses propres yeux : renoncer à soigner les pauvres.

9

Ce fut l'esprit bien troublé que Balbine quitta les hospices pour La Rochette, non sans avoir fait un détour par la maison d'Etiennette où elle lui déclara qu'elle ne ferait plus appel à ses services. La nourrice s'était attachée à Jeanne et cette annonce la rendit chagrine. La dame hospitalière compensa sa peine par l'octroi d'une somme rondelette qui lui redonna le sourire. D'autres enfants étaient partis au bout de plusieurs années, de nouveaux arriveraient puis s'en iraient à leur tour, elle avait l'habitude, et son désarroi s'estomperait vite dans le tourbillon des tâches quotidiennes. Néanmoins, Jeanne avait été une fillette puis une jeune fille aussi accommodante que gracieuse et Etiennette concevait quelques regrets à la perdre. Mais c'était ainsi et elle ne protesta pas. D'ailleurs, cela n'aurait servi à rien. L'auguste femme qui venait chercher Jeanne n'avait pas de temps à perdre et bien plus d'autorité et de pouvoir qu'Etiennette n'en aurait jamais. En les regardant partir toutes les deux, Etiennette fit cependant une prière fervente pour que sa protégée ait une belle vie. Prière qui ne serait pas exaucée mais elle l'ignorerait toujours.

Durant le voyage, il fallut bien fournir des explications à Jeanne. Certes, elle connaissait déjà Balbine et ne nourrissait donc pas trop d'angoisse à être ainsi enlevée à sa nourrice pour suivre cette femme familière. Néanmoins, elle n'avait jamais quitté la maison d'Etiennette, celle-ci veillant à ce qu'elle ne fasse pas l'objet de questions auxquelles elle n'était pas autorisée à répondre. Aussi la vue du paysage qui défilait de la litière la stupéfiait-il dans sa nouveauté. Elle était bouleversée par tant d'animation et de joliesse. Les paroles de sa compagne de route l'avaient également rassurée. Une vie différente commençait sous des auspices plus prometteurs. Etiennette l'avait plusieurs fois prévenue qu'un jour le destin les séparerait. Jeanne avait demandé si Balbine était sa mère et, comme la fois précédente, la nourrice s'était récriée avec force. Mais il était évident que Jeanne n'était pas née d'une pauvrette. On veillait à ce qu'elle soit éduquée, heureuse dans un foyer certes modeste mais où elle était choyée et qu'elle ne cherchait pas à fuir. Ce n'était pas un nourrisson qu'on avait abandonné sur les marches d'une église.

— Nous nous rendons céans au château de La Rochette. C'est là que tu vivras désormais. Tu y rencontreras tout d'abord ma famille, des personnes bienveillantes qui seront peut-être un peu surprises de ton arrivée mais qui s'habitueront. Tu ne seras plus entourée comme chez Etiennette mais pas seule non plus. Il y a là-bas une dénommée Alix qui a cinq ans. Peut-être pourras-tu rester à La Rochette en tant que servante ? Tu pourras prétendre alors à un mariage honnête. Plus tard, ne te soucie pas, ma mie. Je ne suis pas adepte des unions célébrées à l'aube de la vie. Profite de tes jeunes années, conclut Balbine en songeant aux siennes, trop tôt gâchées.

Jeanne possédait une faculté d'adaptation qui n'avait pas encore été mise à l'épreuve. La vie lui offrait un cadeau auquel elle n'avait jamais rêvé et, malgré le chagrin de la rupture avec Etiennette, malgré le vertige de l'inconnu et la peur de l'exil, elle l'acceptait avec reconnaissance. Il y avait aussi en elle une forme de soumission liée à sa nature et à sa condition qui pacifiait ses rapports avec autrui et simplifiait les situations épineuses. Balbine se demandait comment elle aurait réussi à amadouer une jeune fille rétive et encore plus à l'introduire dans le monde policé – du moins, en apparence – des Joinville. La nature accommodante de Jeanne limiterait obstacles et difficultés. Pour sûr, Hermione, Aude et Guillaume la chériraient… si la première parvenait à oublier qu'elle était le fruit du péché de feu son barbare d'époux ! Un providentiel hasard que rien dans son apparence ne rappelât Audouin.

La dame hospitalière pensait que tout se passerait bien. Cependant si tel n'était pas le cas, elle n'hésiterait pas à rassembler ses forces et ses arguments pour faire accepter la présence de Jeanne au château. Sa famille lui devait bien ce service, ou ce sacrifice, après l'avoir attirée à La Rochette, ce qui avait eu pour résultat de la jeter dans les bras de l'infâme Audouin et de bouleverser sa destinée. Le sang du clan coulait dans les veines de sa fille. Ils n'avaient pas le droit de la rejeter sous prétexte que sa naissance était l'œuvre d'un viol perpétré par l'un d'entre eux. S'il le fallait, Balbine se réincarnerait en archange de la justice.

A La Rochette, tout le monde s'attendait au retour de Balbine mais personne ne savait qu'elle serait accompagnée. Ce fut une scène étrange. Avant même de la serrer dans leurs bras, les Joinville s'intéressèrent à la jeune fille aux atours modestes qui, intimidée, demeurait dans l'ombre de la soignante. Balbine se redressa et bomba le torse comme un volatile prêt à l'attaque. Ses lèvres esquissèrent une moue de défi. Elle était loin du maintien humble qu'on lui imposait d'ordinaire.

— Dieu te garde, Balbine !

— Qu'il vous assiste, ma tante ! Voici Jeanne. C'est une enfant trouvée dont je suis la protectrice depuis son plus jeune âge.

Hermione fronça les sourcils, prête à en découdre, néanmoins elle fut freinée par un geste apaisant de Guillaume qui prit la parole à sa place.

— Bienvenue chez toi, Balbine. Nous sommes si heureux de te revoir et de te permettre de connaître enfin Aude ainsi qu'Alix. Bienvenue à toi aussi, Jeanne, ajouta-t-il en direction de la jeune fille effarouchée par tous ces gens et tant de nouveautés.

— Soyez-en remercié, messire, déclara-t-elle avec une petite révérence.

Guillaume rit et Hermione daigna l'imiter.

— Allons, fit-il. Suivez-moi toutes les deux que je vous présente mon épouse et notre fille.

Hermione escorta Balbine tandis que Guillaume s'efforçait d'entamer une conversation avec Jeanne afin de vaincre sa réserve.

— Qui est-elle réellement ? demanda la tante de Balbine d'un ton qui ne souffrait aucun boniment.

La soignante répondit volontiers, elle n'avait pas la moindre intention de la duper avec une imposture.

— Jeanne est ma chair et mon sang. Elle l'ignore et je souhaite qu'elle continue à croire que sa mère est morte en couches.

— Pourquoi l'avoir amenée ici ?

— Elle est une Joinville au même titre qu'Alix... Enfin, pas exactement. Je ne désire pas qu'elle soit considérée comme la fille d'Aude et de Guillaume puisque sa véritable identité sera tue à jamais. Toutefois, j'aimerais qu'elle trouve sa place au château. Hermione, j'ai besoin de toi et d'Aude. Pourriez-vous veiller sur elle en plus d'Alix ?

Hermione ne semblait plus ni surprise ni même choquée.

— Après le drame, j'ai prié pour que tu ne sois pas grosse.

— Est-ce une tragédie au bout du compte ? Quand je regarde Jeanne...

— Elle ne te rappelle donc pas...

— Jamais ! s'écria Balbine avec force. Mon seul regret est d'être en état de péché. J'ai menti pour travailler à l'hôtel-Dieu et nul en ce monde, à part Marguerite jadis et Achille, ne sait que j'ai enfanté, moi, une dame hospitalière, une sœur ! Il va falloir trouver un subterfuge pour expliquer la présence de Jeanne.

— Ne t'inquiète pas pour ça.

— Merci, Hermione. Mais tu sais, je ne me faisais pas trop de souci. J'ai toujours eu confiance en toi.

— Je m'efforce simplement d'être une bonne chrétienne, répliqua sa tante, résolue à ne pas céder à l'émotion.

Balbine sourit et fit mine d'approuver.

— Guillaume ne paraît pas non plus m'en vouloir. Qu'en sera-t-il d'Aude et d'Alix ?

Hermione laissa échapper un sifflement de mépris.

— Alix est bien trop jeune pour avoir le droit d'émettre un quelconque avis sur cette affaire. Quant à Aude… C'est une femme charmante, tu verras, et parfaite pour Guillaume, mais elle manque cruellement de personnalité. Elle se rangera au jugement de son mari sans se poser de questions, avec soulagement même. J'ai du respect à son égard, elle nous a donné Alix, mais peu de points communs avec une créature si effacée, je dois en convenir.

Balbine préféra garder ses pensées pour elle : si Aude avait été moins docile, les relations entre les deux belles-sœurs auraient été plus conflictuelles !

— Nous confierons Jeanne à l'épouse du jardinier. C'est une personne bonne et sûre. Qu'en dis-tu ?

— Cela me semble bien. J'aurai évidemment besoin de connaître celle qui remplacera Etiennette dans le cœur de Jeanne. Une femme de jardinier, n'est-ce pas ? Qui sait si elle ne fera pas croître la vocation des plantes dans l'esprit de ma fille ? Ce serait une belle transmission !

Le visage de Balbine s'éclairait lorsqu'il se tournait vers le ravissant minois de la petite Alix qui, à cinq ans à peine, commençait à échapper aux bras pourtant solides de Guillemette, sa nourrice, pour découvrir le monde, celui du parc du château et de ses dépendances. Alix était tendre et expansive. Tous les Joinville avaient succombé à son charme, acceptant d'elle une attitude parfois capricieuse qui inquiétait un peu Balbine. Néanmoins, Alix était issue de la noblesse et son éducation ne pouvait ressembler à celle d'une fille de vignerons.

A propos de Jeanne, quelques ragots avaient circulé, néanmoins les Joinville étaient trop puissants dans le duché pour qu'un scandale éclate. Nul ne s'aviserait d'émettre des doutes sur sa naissance. D'ailleurs, qui serait en mesure de deviner que ses parents étaient Audouin et Balbine, un couple si improbable ? Hermione avait gloussé en avançant que les soupçons se porteraient plutôt sur sa propre personne. Balbine était soulagée de constater combien sa tante s'était attachée à la jeune fille. En dépit de toutes les épreuves qui auraient pu les séparer, les deux femmes étaient restées proches. Comme elle le lui avait confié, Balbine avait confiance en Hermione et c'est la raison pour laquelle elle lui avait remis Jeanne. Elle vouait à Guillaume la même affection, toutefois en tant qu'homme il ne pouvait s'occuper de sa protégée. Quant à Aude, elle avait bien assez à faire avec Alix. Elle appréciait la compagnie de cette femme douce et sensible qui semblait avoir apporté à Guillaume une certaine sérénité. Balbine ignorait tout des méandres de leur union, néanmoins ils ne laissaient filtrer aucune acrimonie et leurs liens paraissaient ceux d'un couple bien assorti. Peut-être Guillaume avait-il cherché à freiner les ardeurs qui le poussaient dans les bras de personnes du même sexe pour goûter et finir par apprécier les séductions d'une femme ? Toujours est-il que la dame hospitalière en venait à douter d'avoir percé le secret de son oncle. Ses raisons de ne pas se marier avant un âge avancé devaient être très différentes de ce qu'elle avait imaginé.

Eulalie et Gaspard Lenain, le couple qui officiait pour les Joinville, elle aux cuisines, lui dans le parc, avaient accueilli avec surprise puis une joie un peu affectée la venue de Jeanne. Leurs maîtres les avaient vivement incités à aider Jeanne ; le ton était sans appel, autrement dit ils n'avaient pas eu le choix et ils devraient bien traiter la jeune fille. Au fil des semaines, ils se prirent pourtant d'amitié pour cette créature si facile. Au lieu de rester auprès d'Eulalie, contemplant le ragoût qui mijotait, Jeanne préférait suivre Gaspard comme son ombre et l'observer travailler la terre. Balbine suivait la scène de loin et son cœur lui semblait plus lourd dans sa poitrine à mesure qu'elle comprenait que Jeanne avait hérité de son intérêt pour les plantes. C'était un rare privilège qu'elle puisse le satisfaire auprès de cet homme qui répondait volontiers à ses questions sur les fleurs, les arbres, et même les simples. Mais Balbine aurait aussi aimé être son professeur, lui transmettre son savoir comme l'aurait fait n'importe quelle mère avec sa descendance, bonheur à jamais refusé. Quand elle n'était pas avec Gaspard, on trouvait Jeanne dans le sillage d'Alix dont elle était devenue la servante. Ainsi, Balbine pouvait davantage profiter de sa présence sans faire naître de médisances.

La première fois que Jeanne vit Alix, elle fut conquise. La petite fille était ravissante et tendre, elle savait surtout se comporter de telle sorte qu'on s'attachait vite à elle, quitte à décevoir par la suite avec sa nature autoritaire et égocentrique. Habituée durant son enfance à côtoyer une ribambelle d'enfants dans la maison d'Etiennette, Jeanne aimait leur compagnie et savait s'en faire apprécier. Elle contempla avec affection et déjà une pointe de possessivité la fillette qui lui fut présentée. Par égard pour le statut, même caché, de Jeanne, et par la différence d'âge, quinze ans, existant entre elles deux, Jeanne obéissait aux ordres de Guillemette, la nourrice puis gouvernante d'Alix plutôt qu'à ceux, despotiques, de cette dernière. Mais ce n'était qu'un subterfuge, un moyen d'apaiser les tensions ; au fond, Guillemette n'était qu'une intermédiaire et Jeanne se pliait bien aux injonctions de la demoiselle du château. Cela ne la dérangeait pas. Elle se laissa séduire par la fillette esseulée et Alix, à la grande surprise d'Hermione, se prit d'affection pour Jeanne, n'hésitant pas à lui confier sa solitude de fille unique dans cette immense bâtisse.

Quand Jeanne découvrit le jardin des simples de La Rochette, le chagrin d'avoir quitté Etiennette, loin de s'estomper, se renforça avec le flot de souvenirs qui se rattachaient aux modestes pousses de la nourrice. Dans un même temps, elle songea combien ce lieu était propice à faire s'épanouir sa passion des plantes. En plus d'assister la jolie et impétueuse Alix, lui incombait la responsabilité d'aider Eulalie en cuisine et Gaspard dans le parc. Si la perspective d'éplucher des légumes ne lui souriait guère, il n'en allait pas de même à l'idée de les cultiver. Son projet était de passer plus de temps à l'extérieur en compagnie de Gaspard qu'enfermée au sein de la salle où officiaient Eulalie et sa kyrielle de servantes.

Ce jardin-là était si vaste que Jeanne en avait le vertige rien qu'en le regardant. Si Etiennette et Armand avaient fait l'effort, appâtés par le gain, de lui fournir un petit endroit dédié à ses propres cultures, leur jardin était avant tout destiné à les nourrir ; il se composait principalement de fèves, d'oignons, d'aulx et d'herbes aromatiques. Ici, rien de semblable. Il se développait au pied du donjon. En plus des légumes et des fruits, on y trouvait des fleurs pour le plaisir des yeux et de l'odorat. Dans des carrés de terre surélevés, une multitude de simples offraient leurs vertus médicinales. Il en existait beaucoup que Jeanne n'avait jamais eu l'occasion d'observer, même si elle en connaissait les bienfaits grâce au carnet de Balbine, comme la joubarbe qui éloignait la foudre.

La jeune fille évoluait dans les allées de cet espace clos, protégé des animaux par des haies et des barrières, admirant les fleurs qui allaient constituer les bouquets décorant la chapelle, la roseraie où Hermione et Aude aimaient se reposer, préservant leur teint délicat à l'ombre des tonnelles. Mais ce qui l'étonna le plus fut la présence d'une plante, le pastel, à même de teindre les vêtements en bleu, comme lui expliqua Gaspard. Et puis que le jardin puisse être considéré comme un lieu de détente et de flânerie possédait quelque chose d'extraordinaire aux yeux de Jeanne. Sentiments partagés par Balbine, voici bien des années, quand elle avait elle aussi découvert la magie de cet éden.

Constatant combien son savoir était important, Gaspard la retenait à ses côtés quand elle n'était pas au service d'Alix. Eulalie accepta en bougonnant de s'en passer en cuisine et peu à peu le regret de la vie chez Etiennette perdit de sa force et de son attrait. Le temps passait vite à La Rochette entre la compagnie d'Alix et le bonheur de s'adonner à sa passion.

10

Revendiquant le privilège d'une liberté de ton et d'esprit qui avait pu parfois lui valoir, en particulier du temps d'Alardine Gasquière, de l'inimitié aux hospices où la bonne conduite des sœurs était scrutée, Balbine cédait enfin à sa véritable nature à La Rochette. Le père Henriot était mort et son successeur, s'il servait bien l'Eglise, ne s'intéressait pas aux plantes. Absoute et même encouragée par Guillaume, Balbine avait pris le relais de son ancien précepteur et le jardin des simples lui appartenait à chacune de ses visites. Elle laissait des instructions précises à Jeanne au moment de regagner Beaune.

Au fil des années, le rôle de soignante lui fut même dévolu. Nul n'était capable, aussi bien qu'elle, de préparer les remèdes soulageant la plupart des maux. Son expérience à l'hôpital inspirait confiance, contrebalançant la méfiance innée qui naissait à la vue d'une femme exerçant un tel métier, encore plus quand il se rattachait aux humeurs du corps.

Pour broder au plus près de la lumière, Balbine avait trouvé place sur un banc en pierre, proche de la fenêtre à volets intérieurs et du mur épais qui préservait de la fraîcheur de ce printemps tardif. Sur le vitrail, les armes et devise des Joinville éclataient de couleurs : une licorne et une damoiselle aux cheveux blonds enlacées au cœur d'un losange, sujet qui ne laissait jamais les femmes insensibles. La devise de la lignée jetait toutefois une note plus guerrière et masculine, équilibrant l'ensemble comme pour ne froisser personne : *Vaillance et Force*. L'ensemble touchait la dame hospitalière d'une manière presque intime comme si elle s'identifiait à cette inconnue et que la maxime trouvait en elle un réel écho en référence à ce qu'elle avait subi et surmonté.

Tout en s'attelant à son ouvrage, Balbine surveillait Alix, occupée à jouer avec Jeanne sur une peau de bête et l'un des chiens de la maison, un lévrier au caractère tolérant. D'une heureuse nature du moment qu'on accède à ses désirs, Alix était aussi une jolie enfant qui, si elle s'armait d'un peu de patience, pouvait devenir une jeune fille accomplie, convoitée par bien des partis avantageux. Néanmoins, elle n'avait pas de frères et sœurs, ce qui se révélait périlleux, la mortalité infantile atteignant des sommets. Songeuse, Balbine observait sa cousine et elle finit par se piquer le doigt de distraction. Une goutte de sang tomba sur la broderie, elle y décela un mauvais présage.

Pour lui donner raison, une cavalcade de pas résonna dans la pièce, provenant de l'escalier. Surprises, Alix et Jeanne détournèrent leur attention ; le chien, intrigué par le bruit, dressa aussitôt les oreilles. Balbine contempla la porte avec anxiété comme si le coquadrille, ce monstre né d'une couleuvre et d'une poule, allait apparaître. La vue d'Aude aurait dû la rassurer mais son expression affolée laissait supposer un grave événement. Aude tenait une lettre contre sa poitrine.

— Guillaume a été jeté dans un cachot de la prison de Beaune ! cria-t-elle.

A bout de souffle, elle s'affala dans un fauteuil et ferma les yeux comme pour échapper à une réalité trop cruelle.

Sans se démonter, Balbine s'assura qu'Alix n'avait pas compris le drame qui se jouait. Elle contemplait sa mère d'un air interrogateur. Balbine demanda à Jeanne d'emmener Alix et le chien dans le parc pour une longue promenade, loin de l'échange entre elle et Aude. Jeanne obtempéra mais Alix parut contrariée. Il fallut toute la persuasion de sa servante et surtout la promesse d'un « casse-museau », petit-four croquant qu'elle adorait, pour que la gamine consente à la suivre.

Une fois seule avec Aude, Balbine lui posa une main apaisante sur l'épaule.

— Que s'est-il passé ?

— Par ma foi, un effroyable malentendu ! s'exclama Aude en se cachant le visage dans les mains, rouge de honte. Les gardes ont prétendu l'avoir surpris dans les bras d'un… d'un…

Aude éclata en sanglots, si humiliée qu'elle ne pouvait poursuivre. Balbine soupira et termina la phrase pour elle, sans même une hésitation.

— Dans les bras d'un homme.

Aude sursauta. Oubliant sa mortification, elle tourna vers sa nièce un visage marbré de plaques écarlates où se lisaient une stupeur sincère et un désarroi si intense que Balbine la prit en pitié.

— Vous êtes déjà au courant ?

Sans répondre à la question, Balbine en posa une autre avec détermination :

— Quel est le chef d'accusation ?

Aude pinça les lèvres, secoua la tête de désespoir et se tut. Balbine réalisa qu'elle ne lui serait d'aucun secours. Elle ne pouvait prononcer le mot « sodomie » sans frémir d'horreur. La dame hospitalière partageait son émotion mais elle était surtout terrifiée en pensant aux conséquences de cette arrestation.

— Pouvons-nous lui rendre visite ?

— Je ne sais pas...

Aude semblait perdue. Sa compagne décida de pallier son impuissance en ourdissant un plan pour sortir au plus vite Guillaume du cachot.

— Je vais me rendre à la prison afin d'en savoir plus. Aude, vous devez me donner de l'argent afin que je monnaye de meilleures conditions de détention pour votre mari.

— Oui, tout de suite, balbutia la jeune femme en tentant de se ressaisir. Mais il va être vite libéré, ajouta-t-elle, le regard halluciné. C'est une épouvantable erreur...

Balbine ne la détrompa pas.

— Restez au château, Aude, et laissez-moi agir. Je reviendrai au plus vite avec des nouvelles. Avez-vous parlé à Hermione ?

— Non, elle est absente, partie visiter nos métairies à quelques lieues d'ici.

— C'est peut-être préférable. A ce soir !

— Merci. Dieu vous le rendra.

Balbine se fit conduire à Beaune par un domestique qu'elle laissa dans l'ignorance de sa destination finale. Elle lui ordonna de stopper le véhicule près d'une rue commerçante et de l'y attendre, en précisant que cela risquait d'être long et qu'il pouvait patienter dans une taverne. Joignant le geste à la parole, elle lui tendit de quoi se désaltérer comme il l'entendrait sans se montrer trop curieux sur les agissements de sa passagère. A pas vif, elle se dirigea ensuite vers la prison.

Le gardien qui l'accueillit se montra tout d'abord peu amène. Néanmoins, quand elle lui remit quelques pièces, il changea d'attitude et consentit même à la conduire au cachot où Guillaume était terré. Balbine longea des couloirs putrides et sombres avant de descendre un escalier aux marches glissantes qui semblait s'enfoncer dans les profondeurs de l'enfer. Elle réprima un petit cri quand un rat lui effleura la cheville. Des hurlements de colère ou de désespoir, des gémissements horribles, des râles de douleur perçaient le silence. Certes, elle était familière de la souffrance et de la peine mais ses malades trouvaient toujours consolation auprès des dames hospitalières, des aumôniers ou des médecins. Ces cris-là se perdaient dans le vide pendant de longues heures sans provoquer aucune réaction ou s'amplifiaient sous des tortures, subtilement imaginées pour que le plus courageux des détenus avoue tout et n'importe quoi. Elle n'avait jamais été confrontée à un univers si sordide. Le froid et l'humidité la faisaient trembler alors que l'obscurité semblait vouloir la happer.

— Là, c'est la salle des tortures, ricana le gardien en désignant une porte puis en guettant l'expression de la visiteuse pour voir si sa remarque avait fait mouche.

Balbine demeura imperturbable malgré les supplications des martyrs.

Le gardien ouvrit la porte d'un cachot où Guillaume se tenait assis dans un coin, bras et jambes entravés par des chaînes coulissant dans un anneau fixé au mur. Balbine n'y voyait presque rien ; quelques minutes furent nécessaires pour habituer ses yeux aux ténèbres et déceler la silhouette recroquevillée du prisonnier dans cet espace exigu. Il n'existait aucune ouverture, aucune clarté. Le gardien posa le bougeoir muni d'une chandelle sur le sol suintant de moisissures. Il accepta de les laisser seuls contre une nouvelle rétribution puis demeura immobile près de la porte qu'il avait pris soin de refermer à clé.

Guillaume leva vers Balbine une figure ravagée par l'angoisse. Il ne semblait pas avoir subi de mauvais traitements. Les marques aux poignets et aux chevilles, qu'elle réussit à distinguer au terme d'une inspection minutieuse, prouvaient quand même qu'il s'était débattu pour échapper à ses fers.

— Oh, Guillaume, je suis si navrée ! s'exclama-t-elle, penchée vers lui afin de lui éviter tout effort.

Ses propos sonnaient factices et trop précieux. Elle s'empressa d'ajouter d'un ton ferme :

— Nous allons vous sortir de là !

— Comment ? demanda-t-il d'une voix brisée. Ils m'ont tiré du lit alors que je...

Comme Aude quelques heures auparavant, il ne parvint pas à poursuivre ses aveux, arrêté par un sentiment de honte qui l'écrasait et le rendait muet.

— Quel a été le sort réservé à votre... compagnon ? Et qui est-il, d'abord ?

— Hélas, c'est un pauvre valet qui n'aura pas les moyens de se racheter une bonne conduite...

Soudain, Guillaume parut reprendre espoir.

— Tu as de l'argent ? Comment va Aude ?

— Aude m'a donné de quoi soudoyer le gardien. C'est pourquoi je suis là. Je verrai jusqu'où je peux aller pour vous faire quitter cette geôle.

Guillaume secoua la tête, à nouveau abattu.

— Je sais ce qui attend les gens comme moi. Il n'existe aucun subterfuge pour me sauver du déshonneur. Toute la ville sera vite avisée de ma vraie nature et le nom des Joinville traîné dans la boue, sans compter l'opprobre jeté sur Aude et Alix qui n'y sont pourtant pour rien. Aude n'a jamais rien su, tu comprends. Jusqu'à présent, j'ai réussi à rester discret, à ne pas la faire souffrir. Comment puis-je infliger une telle infamie à ma famille ? Je ne vaux pas mieux qu'Audouin !

Balbine riposta aussitôt :

— Bien sûr que si ! Vous n'avez forcé personne.

Il en convint et s'excusa d'avoir ranimé des souvenirs déchirants.

— J'ai si peur d'être torturé, admit-il en se mettant à frissonner comme s'il entendait les pas du bourreau.

Il est vrai que les hurlements et les plaintes des victimes transperçaient les murs. Balbine en était glacée d'effroi, même si elle s'efforçait de présenter au prisonnier un visage rassurant. Comment Guillaume résisterait-il ? Il était bien connu qu'on laissait les prisonniers plusieurs jours d'affilée dans les cachots afin que leur angoisse grandisse au point de devenir insoutenable, avant de leur dévoiler le motif de leur inculpation et de les mener en salle des supplices. Dans le cas de Guillaume, il savait la raison pour laquelle il était enfermé mais la perspective d'endurer des persécutions le rendait à moitié fou.

A cet instant, le gardien toqua à la porte, signifiant que la visite touchait à sa fin. Guillaume s'agrippa au bras de Balbine tel un enfant qui craint d'être abandonné. Et la dame hospitalière éprouvait bien l'impression cruelle de négliger son devoir en repartant sans son oncle. Elle lui chuchota donc très vite, sans pour autant être certaine de la véracité de son argument :

— Ils n'oseront jamais martyriser un noble, ne vous souciez pas de cela. En revanche, ils ne refuseront pas votre argent et soyez sûr que j'en userai sans parcimonie pour vous sortir de là dans les plus brefs délais.

Il ne la quitta pas des yeux tandis qu'elle s'éloignait, secouée par l'approche de larmes qu'elle voulait à tout prix lui dissimuler.

Elle respira mieux quand elle retrouva la lumière du rez-de-chaussée. Rien de pire que d'être reléguée au sous-sol comme dans les oubliettes d'un château. Il lui restait encore assez de sous pour circonvenir le gardien et elle ne lésina pas sur la somme qu'elle lui attribua en récompense de ses réponses et de son assistance.

— Que croyez-vous qu'il va se passer pour monsieur de Joinville ?

Il hésita.

— Je suis prête à entendre la vérité.

— Eh bien, madame, ces déviances ne sont pas traitées pareilles suivant les gens. Dans le cas de ce prisonnier, un gentilhomme de haut rang, je pense que l'on a voulu faire un exemple en le plaçant au cachot. Il n'est cependant pas prévu de pratiquer des sévices sur sa personne. Pourquoi agir ainsi puisqu'il a été pris sur le fait et qu'il ne nie pas avoir eu des rapports avec… (Il se mâchonna l'intérieur des joues en la regardant puis, comme elle ne réagissait pas, il reprit :) L'ordre est de le relâcher dans moins d'une semaine.

Balbine sentit quelque chose se dénouer en elle, entre son estomac et son cœur. Elle adressa un sourire de connivence au geôlier en lui déposant dans la paume tout l'argent offert par Aude.

— Traitez-le bien. Qu'il mange à sa convenance et qu'il change de cellule. Je viendrai tous les jours. Serez-vous toujours là ?

— Oui, dame.

— Assurez-vous aussi que le secret de monsieur de Joinville ne soit pas divulgué. Vous serez encore récompensé si mes demandes obtiennent satisfaction.

— Je ferai mon maximum, promit le gardien en s'inclinant avec obséquiosité.

De retour au château, conduite par un serviteur qui avait tellement profité de sa prodigalité qu'elle eût peur à maintes reprises que le véhicule ne verse dans le fossé, Balbine se précipita dans la chambre d'Aude où elle s'était réfugiée avec Alix et Jeanne. Sur le couvertoir de son lit, servant justement à protéger la couche des ardeurs des animaux domestiques, dormait le lévrier, indifférent à ses tourments. Alix jouait sur une peau de vache avec sa poupée, surveillée par Jeanne. Aude était affaissée sur sa chaire en chêne sculpté, garnie d'un coussin sur son assise, surmontée d'un haut dossier et pourvue d'un petit coffre pour ranger le linge. Elle bondit de son siège lorsque sa nièce entra, à la fois avide d'informations et terrifiée à l'idée de s'entendre délivrer une tragique nouvelle.

— Guillaume va aussi bien que possible, déclara aussitôt Balbine.

Aude ne se contenta pas de cette phrase sibylline.

— C'est-à-dire ?

— Grâce à Dieu, il est abattu mais pas vaincu. Et surtout, il nous sera rendu bientôt, dans quelques jours, pas plus d'une semaine, m'a certifié son gardien.

L'épouse de Guillaume parut un peu rassurée.

— La rumeur a-t-elle filtré ? demanda-t-elle d'un filet de voix, sans oser regarder Balbine.

— Non, répondit celle-ci en se maudissant de rougir.

Du bruit dans le couloir chassa sa gêne. Des pas retentissaient et la voix d'Hermione, s'adressant à Mathilde, fit, à l'inverse de l'instant précédent, se recroqueviller Aude sur son siège comme si elle pressentait un danger.

— Voulez-vous la mettre au courant ou préférez-vous que je m'en charge ? s'enquit Balbine avec gentillesse.

Depuis le temps qu'elle côtoyait Aude, elle avait appris à connaître sa nature et savait que sa douceur s'associait à une certaine pusillanimité.

— Faites-le pour moi, s'il vous plaît. Je ne m'en sens nul courage.

— Reposez-vous avant le souper.

Balbine rejoignit Hermione dans sa chambre. Cette dernière pâlit en entendant le compte rendu des derniers événements. Ses sentiments à l'encontre de Balbine restaient mitigés. Elle s'en voulait d'avoir attiré la jeune fille au château et de la maltraitance qu'elle avait subie venant de son propre mari, cependant elle ne pouvait s'empêcher de lui vouer du ressentiment pour avoir brisé une famille par sa seule présence. Hermione se doutait qu'Audouin ne lui était pas fidèle, elle l'acceptait avec ce fatalisme propre aux femmes, néanmoins elle ne le croyait pas capable de violer, encore moins sa nièce. A ses yeux, Balbine faisait autant figure de victime que de tentatrice. A chaque fois qu'elle lui parlait, une pointe de rancune s'insinuait dans son cœur.

Pour laisser à sa tante le temps de se ressaisir, Balbine s'absorba dans la contemplation de l'image pieuse, représentant saint Antoine, fixée au mur par de la cire. Au fil du temps et des épreuves jalonnant son existence, Hermione s'était réfugiée dans la religion et le décor austère de son antre témoignait d'un désir de recueillement, presque d'ascétisme. La cage à oiseaux qui décorait la chambre d'Aude, délivrant leurs trilles tout le long du jour, montrait les dissemblances des deux femmes qui cohabitaient sous le même toit. Balbine chercha en vain un coussin ou un jeté de banc afin de s'asseoir plus confortablement. Elle se résigna donc à prendre place sur la pierre dure et froide.

— Par Dieu, rien ne nous sera épargné, murmura Hermione en joignant les mains.

S'abîmerait-elle dans la prière au lieu d'agir ? Après quelques minutes d'accablement, Hermione retrouva la force de se battre. Il était trop tard pour rendre visite au malheureux prisonnier. Dès potron-minet, elle irait à la prison avec Aude et une somme importante destinée à acheter les puissants. Le gardien pouvait certes améliorer les conditions de détention de Guillaume, en aucun cas il ne possédait le pouvoir de le libérer au plus vite. Il fallait s'adresser à des instances que les Joinville connaissaient et côtoyaient même souvent. Hermione allait réfléchir à la liste des hommes susceptibles d'intervenir afin de délivrer son beau-frère, sans ébruiter la raison impardonnable qui l'avait privé de liberté. Balbine comprit qu'Hermione avait déjà percé le secret de Guillaume. Elle aurait autrement manifesté une stupeur et une indignation dignes d'une tragédie grecque. Les tressaillements nerveux sur ses traits, à l'annonce de la faute, trahissaient surtout sa colère envers un Guillaume trop léger, assez stupide pour avoir été pris sur le fait.

De toute évidence, Hermione ne souhaitait pas la présence de Balbine lors de ses entrevues avec les notables. Elle aspirait à régler cette affaire seule, ne tolérant Aude qu'en sa qualité d'épouse de l'accusé. Encore espérait-elle peut-être qu'une providentielle pâmoison l'empêcherait de l'accompagner et lui laisserait ainsi une liberté totale pour intercéder en faveur de Guillaume. Balbine s'inclina sans un mot. Elle avait eu l'intention de réfléchir à un plan de concert avec sa tante, toute la nuit si cela était nécessaire, mais face à son visage fermé et son ton autoritaire qui n'admettait pas de contradiction, elle approuva le projet et se retira assez vite, un peu dépitée. Ses responsabilités aux hospices l'avaient habituée à commander et à prendre des décisions sans faiblir. Elle n'était pourtant pas la maîtresse au château et elle devait se résigner à cette position inférieure.

Aude choisit de ne pas descendre souper. Alix, qui mangeait avant les adultes, ne s'était pas rendu compte du drame qui se jouait, les absences de son père lui étant familières. Hermione et Balbine n'avaient pas faim et écourtèrent le repas d'un commun accord. Elles furent longues à trouver le sommeil, impatientes l'une et l'autre que le jour se lève avec les espérances qu'il engendrait. Néanmoins, ces dernières rendirent l'âme avant l'aube, quand un messager apporta un mot de l'échevin leur demandant de venir sans attendre, Guillaume de Joinville étant au plus mal. Formule qui prouva sa vacuité quand elles pénétrèrent dans sa cellule, Balbine notant au passage qu'elle était bien plus présentable que la geôle de la veille, et y trouvèrent un prisonnier passé de vie à trépas.

— Comment est-ce arrivé ? demanda Hermione d'une voix froide et même accusatrice, en contenant ses larmes.

L'air désolé de l'échevin disparut au profit d'une expression outragée et déjà agressive.

— Le prisonnier a mis fin à ses jours, madame. Nous regrettons cet acte abominable qui est une insulte à la religion.

— Jamais Guillaume… commença Aude, hagarde, avant de songer que les pans d'ombre dans la vie de feu son mari ne lui permettaient pas de se montrer si affirmative à son sujet.

Balbine ne savait que penser et n'osait intervenir ; Guillaume lui avait paru désespéré lors de sa visite mais elle avait cru l'avoir suffisamment réconforté par ses mots rassurants pour qu'il reprenne confiance en l'avenir. Cependant, son geste pouvait s'expliquer : Guillaume était peut-être terrorisé à l'idée de recouvrer la liberté et de devoir affronter les moqueries, le mépris et les représailles de ceux que ses mœurs frappaient d'horreur, si jamais la rumeur venait à se répandre ? Avait-il préféré mourir plutôt que faire face aux accusations jaillissant de partout ? Cela ne semblait pas être l'avis d'Hermione.

— Par quel moyen a-t-il trouvé la mort ?

L'état rigide du corps excluait le moindre espoir mais personne ne s'était encore autorisé à l'examiner.

— Regardez, indiqua l'échevin en se penchant sur le cadavre pour écarter sa chemise. Il a encore une corde au cou. Il a réussi à s'accrocher à l'anneau sur la voûte, assez haut pour se pendre.

Hermione scruta la blessure, méfiante. Elle voulut parler mais Aude se mit à gémir puis s'évanouit, retenue de justesse par Balbine, vite aidée par le gardien afin de porter la jeune femme hors du sinistre cachot. Hermione sembla agacée et Balbine la jugea bien insensible à la détresse de ses proches. Qu'importait la manière dont Guillaume était mort, rien ni personne ne le ranimerait à présent !

L'échevin se joignit au gardien afin de soutenir Aude jusqu'à une pièce plus confortable où les deux hommes la déposèrent avec délicatesse sur une couche propre. L'échevin semblait soulagé d'échapper ainsi à la suspicion d'Hermione. Pendant ce temps, celle-ci observait le cou de son beau-frère, n'y décelant pas trace d'une strangulation. En revanche, elle ne vit aucun signe non plus de tortures, ni même de maltraitance. S'il n'avait pas été atteint par une arme, s'il ne s'était pas pendu comme le prétendait le notable, quelle était la cause de sa mort ? Restait le poison ; alors, seule une autopsie pourrait peut-être lever le voile sur ce mystère, pratique que l'Eglise interdisait, passible de grave châtiment. Dieu ayant créé l'homme, nul n'avait le droit de profaner ses organes par simple curiosité, même si l'acte était toléré sur les papes et les princes pour déterminer les raisons du trépas. Considéré comme sacré, le corps devait reposer en paix, intact. Hermione n'ignorait pas ces règles et se demandait déjà comment les contourner. Elle était persuadée qu'on avait assassiné Guillaume ; c'était d'ailleurs cette certitude qui l'empêchait de sombrer en unissant ses forces dans un seul but, celui de démasquer le ou les coupables.

Comme Balbine revenait près d'elle, Hermione constata que l'échevin et le gardien se gardaient bien de l'accompagner. Sans doute avaient-ils déjà longuement discuté afin de produire un discours identique quand on les interrogerait sur le prisonnier. Comment les confondre ? Et même, était-il utile de se lancer dans une lutte qui nécessiterait de révéler une affaire scabreuse ? N'était-il pas préférable de l'ensevelir tout comme on enterrerait le corps de Guillaume, de taire le suicide pour bénéficier d'une cérémonie religieuse ? Comme si elle lisait dans ses pensées, Balbine demanda :

— Ne faut-il pas quérir un prêtre ?

En une fraction de seconde, Hermione entrevit tout ce qu'une enquête impliquerait de drame et de scandale pour leur famille. Défaite, elle soupira.

— Oui, c'est tout ce qu'il nous reste à faire...

Avec douceur, elle ôta le lien qui enserrait le cou de Guillaume et le lança dans un coin de la geôle obscure.

— Au curé, nous affirmerons que Guillaume est mort d'un arrêt cardiaque. Cela ne veut rien dire et, en même temps, nous serons certaines qu'il recevra les derniers sacrements puis qu'un enterrement religieux aura bien lieu. L'échevin, le gardien et même le procureur ne nous contrediront pas, je le sais. Comment va Aude ?

— Elle est à nouveau consciente mais très faible.

— C'est le choc. Elle retrouvera ses forces au fil du temps en s'occupant de sa fille.

— Alix… C'est elle que nous devons protéger.

Le fatalisme d'Hermione se teinta de rage.

— Comment ont-ils osé agir contre lui ? s'écria-t-elle, révoltée par cette nouvelle injustice frappant les Joinville.

Les mêmes gémissements et cris que la veille retentissaient dans la prison. Balbine n'avait pas envie d'évoquer le geste désespéré de Guillaume ou ce qui, d'après Hermione, ressemblait à un meurtre dont elle ne comprenait pas le mobile. Très lasse, elle sentait son corps parcouru de tremblements et des points noirs dansaient devant ses yeux. Elle redoutait d'être victime d'un malaise si elle ne quittait pas vite cet antre putride. Elle souhaitait épargner à Aude et surtout à Alix les affres d'une mise au jour publique de l'indignité de leur mari et père. Si le vice caché de Guillaume parvenait aux oreilles du peuple, il deviendrait difficile d'élever Alix selon le rang promis par sa naissance. Encore plus de la marier plus tard à un homme honorable du même milieu si le terme honni de sodomie entachait désormais son patronyme. Elle paierait pour les fautes de son géniteur, elle serait rejetée avec cruauté du monde dans lequel elle aurait été en droit d'évoluer sans l'infamie paternelle. On la considérerait avec horreur, mépris, pitié. On ne lui ferait pas grâce de cruels quolibets. L'image de Guillaume serait souillée à jamais dans les souvenirs de sa fille unique. Elle conserverait sa vie durant le traumatisme de son enfance. Il fallait préserver son innocence et son avenir. Par conséquent, ne pas ébruiter la raison de l'emprisonnement de Guillaume ni les causes de sa mort, seules conditions pour qu'Alix grandisse sans souffrir, hormis de la perte d'un père qu'elle continuerait à respecter par-delà sa disparition.

Les deux femmes œuvrèrent dans ce sens, soudées dans le même amour envers la fillette, la dernière héritière.

TROISIÈME PARTIE

11

— Alix a bien du succès… fit remarquer Aude à Hermione.

— Si fait. Et Jeanne, bien que plus âgée, aussi. Mais avez-vous remarqué comme elle accueille les louanges avec modestie ? Ce qui n'est pas le cas d'Alix !

— Par Dieu, c'est une question de naissance !

C'était pourtant la vérité. Jeanne affichait même un peu d'embarras face à des éloges trop appuyés.

Depuis son arrivée au château, elle s'intéressait aux récits de voyage grâce aux livres prêtés par Hermione, brûlant en particulier de découvrir d'autres lieux que la Bourgogne. Et pourquoi pas des contrées fabuleuses telles celles décrites par de grands explorateurs ou un marchand vénitien comme Marco Polo dont elle avait lu *Le Livre des merveilles*, se prenant de passion pour l'Asie centrale et orientale ? Jeanne se réfugiait souvent dans sa chambre où ces ouvrages la tenaient éveillée une bonne partie de la nuit.

Sa grâce émouvait Hermione qui était soulagée qu'elle ne ressemble pas à son père. Même si la jeune fille avouait parfois son envie de voir du pays, elle admettait toujours que son rêve était irréalisable en raison de son sexe. Les femmes ne pouvaient partir seules sur les routes ou sur les océans, si ce n'est celles qu'on disait de mauvaise vie. Aussi s'évadait-elle par la lecture. Jadis, Balbine lui avait laissé son carnet des simples. Jeanne avait ainsi mémorisé les usages des potions médicamenteuses, leurs bienfaits, leurs dangers, si bien qu'aujourd'hui elle était capable de retranscrire l'ouvrage dans sa totalité. A son inclinaison pour l'exotisme et les voyages était venue se greffer cette ferveur envers les plantes médicinales. Aussi n'hésita-t-elle pas à interroger Hermione à propos de Balbine et de sa vocation de dame hospitalière à Beaune.

— Si vous le permettez, j'aimerais beaucoup vous accompagner la prochaine fois que vous irez aux hospices, déclara-t-elle à Hermione lorsqu'elle revint de sa visite de charité.

— Je n'y vois pas d'objection. Je me ferai un plaisir de te montrer cet établissement unique dans le royaume. Nous irons avec Alix. Néanmoins, je n'accepterai pas que vous vous approchiez des malades.

— Aucun n'est contagieux ! protesta-t-elle.

— Certes, mais ce spectacle peut se révéler choquant, répliqua Hermione d'un ton docte et sans appel.

— Vous savez, je ne suis pas une novice, j'ai soigné Mathilde qui se plaignait de perdre ses dents.

— Vraiment ? fit Hermione en la considérant d'un air mi-critique mi-amusé.

— Je vous assure que la denture de votre servante va beaucoup mieux depuis que je lui ai conseillé de la laver deux fois par mois avec du vin dans lequel elle aura fait bouillir une racine de thym.

— J'en suis fort aise mais que cette pratique ne devienne pas une habitude. Tu pourrais commettre des approximations ayant pour résultat plus de mal que de bien.

— Oui, maîtresse, répondit Jeanne, toujours respectueuse.

Hermione la quitta, pensive. Elle se promit d'essayer ce traitement car sa propre denture subissait des dommages, misère qu'elle partageait avec presque tous ses contemporains ; elle refoulait ses sourires depuis qu'une de ses dents avait été arrachée, dans des douleurs atroces, juste sur le devant comme un fait exprès.

Les prédispositions de la fille de Balbine dans des domaines variés la stupéfiaient. Parce que Jeanne s'était toujours montrée charmante et docile, Hermione comptait lui offrir d'ici quelques années ce dont elle pensait rêver en vain : un voyage de plusieurs mois en France avec Alix.

C'en était fini de la grandeur bourguignonne. Après les règnes successifs des Valois, de Philippe le Hardi, de Jean sans Peur, de Philippe le Bon puis de Charles le Téméraire, d'un peu plus d'un siècle de souveraineté, de magnificence et de progrès, le désastreux siège de Nancy, en 1477, donna lieu à une bataille sanglante, un vrai massacre pour l'armée du duc de Bourgogne, décimée par celle du duc de Lorraine. Une telle défaite que le corps du Téméraire en personne ne fut retrouvé que le surlendemain, nu et baignant dans la boue, piétiné par les chevaux, une joue déchiquetée par les loups. Demeuré sans héritiers mâles, Charles, en mourant, laissait son duché, après quatre siècles de suprématie bourguignonne, aux mains de Louis XI et du royaume de France. Ses fidèles sujets le pleuraient mais aussi sa veuve, Marguerite d'York, et Marie de Bourgogne, sa fille unique âgée de vingt ans qu'on avait songé à marier pour assurer la pérennité du nom. Louis XI, pourtant son parrain, oublia ces projets matrimoniaux et commanda à ses chevaliers de partir à la conquête de la province bourguignonne, en commençant par Dijon puisque Arras, Cambrai et Tournai étaient déjà tombés sous sa coupe.

Cette année-là, une partie de la Bourgogne et de ses provinces limitrophes fut rattachée au royaume de France ; cela ne souleva pas une grande émotion dans la région car les habitants se jugeaient depuis longtemps trop distants de leurs princes vivant en Flandre. A maintes reprises, Balbine se rendit compte combien l'indifférence et même l'ignorance régnaient parmi le peuple quand elle bavarda avec des malades s'étonnant de la nouvelle des années après. Ce fut aussi en 1477 que la jeune Marie de Bourgogne se maria par procuration à Gand avec l'archiduc Maximilien de Habsbourg, fils de l'empereur du Saint Empire romain germanique. Très épris l'un de l'autre, ils eurent rapidement trois enfants parmi lesquels Philippe, futur père de Charles Quint. Ce bonheur conjugal et familial fut de courte durée car Marie mourut en 1482 d'une chute de cheval lors d'une chasse au faucon. Toute la Bourgogne tomba alors sous la férule de Louis XI.

Rongée d'angoisse pour le sort d'Alix et de Jeanne, Balbine avait dû cependant regagner les hospices de Beaune. Elle les laissait sous la protection d'Hermione qu'elle jugeait apte à tenir ce rôle, même si sa nature commençait à se racornir comme du bois calciné à l'approche de la vieillesse et de sa cohorte de disgrâces. Rien n'avait transpiré après la mort, jugée naturelle, de Guillaume dont la dépouille reposait dans le caveau des Joinville, auprès de celle d'Audouin, après une cérémonie religieuse qui n'avait pas soulevé de méfiance.

Tôt ce matin-là, Balbine pénétrait dans les cuisines de l'établissement. Comme chaque jour, la distribution du pain aux pauvres, à la porte de l'hôtel-Dieu, avait eu lieu. Près de cent personnes avaient reçu leur obole à l'orée du jour. Des sœurs s'affairaient aux tables et près de la cheminée, coupaient des légumes, faisaient bouillir de l'eau, surveillaient la cuisson des denrées ; elles saluèrent Balbine avec respect. Elles demeuraient toutefois attentives à poursuivre leur tâche sans se laisser distraire. Les besoins des souffreteux ne sauraient attendre. Balbine passa comme une ombre, un sourire accroché aux lèvres et un peu de mélancolie dans le regard car elle était toujours dans la tourmente à cause de Maric. Elle ne souhaitait pas déranger le travail des soignantes et demanda à se recueillir dans la chapelle. Elle s'abîma en prière face à l'autel et au polyptyque du *Jugement dernier* dont la richesse et la beauté la tinrent longtemps captive, alors même que ses prières étaient achevées. Aujourd'hui, on l'avait ouvert, ainsi qu'on le faisait les dimanches et jours de fête. Les couleurs et les lumières des tableaux explosaient à la vue de la dame hospitalière. Ce chef-d'œuvre n'avait pas été mis par hasard en ces lieux où la mort était omniprésente. La spiritualité était ainsi encouragée, pouvant guérir le malade selon les croyances de l'époque et favorisant son passage dans l'au-delà en raison de l'état de grâce qu'il faisait naître chez ceux s'apprêtant à quitter le monde terrestre.

Les années avaient passé sans que les sentiments de Balbine envers Maric ne tiédissent. A force de le côtoyer, elle avait fini par comprendre qu'il partageait son émoi. Elle en éprouvait une satisfaction personnelle qui n'avait pourtant rien de réconfortant car le danger de succomber à la tentation n'en était que plus redoutable. Maric incarnait sa torture et son bonheur. Ne plus le voir serait insupportable mais le fréquenter tous les jours, sans pour autant s'abandonner à lui, relevait d'une épreuve de plus en plus insurmontable. Cette situation éprouvait les nerfs de la dame hospitalière.

Elle ne parvenait toujours pas à maîtriser les élans de son cœur. C'était plutôt une cacophonie qui régnait au sein de cet organe. Et dire que les sœurs avaient la réputation d'être des « femmes dévotes et de bonne conduite » ! Correspondait-elle à ce portrait ? Elle en doutait, néanmoins elle s'efforçait de plier corps et esprit à une discipline qui l'épuisait. Après avoir longuement réfléchi à son dilemme, Balbine était parvenue à la conclusion que troquer son rôle contre une vie d'épouse serait une erreur : elle ne désirait pas partager son existence avec n'importe quel homme, seul Maric Lambert possédait le pouvoir d'ébranler les fondations de sa vocation. Peut-être, se disait-elle dans un éclair de lucidité, parce qu'il était l'un des rares qu'elle côtoyait avec constance. L'apathie des malades ne poussait pas à inspirer un sentiment amoureux. Alors que la situation enviable du médecin, bien de sa personne de surcroît, pouvait affecter tant de femmes… Heureusement, le praticien habitait à présent en ville, une vaste maison mise à sa disposition par les hospices. Balbine avait été étonnée d'apprendre que ses gages s'élevaient à vingt francs par an, une somme qui lui avait paru colossale. Toutefois, il était le docteur le plus qualifié qui ait accepté de travailler à l'hôtel-Dieu.

Après sa discussion avec la mère supérieure et les conseils avisés de cette dernière, Balbine s'était efforcée de fuir la présence de Maric. Mais ce jour-là, sa visite aux cuisines achevée, quand elle poussa la porte de l'apothicairerie, il officiait à l'intérieur et elle ne pouvait rebrousser chemin sans provoquer l'étonnement.

Elle salua donc l'apothicaire et le médecin plus froidement qu'elle ne l'aurait voulu. A force de faire attention à ne pas prêter le flanc aux médisances, elle se métamorphosait en créature distante et froide. Les distillats suintaient des pélicans chauffés sur les grands fourneaux construits à cet effet. L'apothicaire les recueillait ensuite dans des cuvettes puis les conditionnait dans des centaines de fioles. Des senteurs de plantes, d'herbes, de camphre, d'autres moins reconnaissables, envahissaient l'air de la pièce. Balbine avait besoin de sirop, toujours conservé dans des boîtes d'étain, ainsi que d'opium pour soulager la douleur, gardé lui dans une boîte de plomb. Il lui fallait aussi des herbes mais elle s'aperçut soudain que ses mains tremblaient. Son quotidien allait devenir impossible si ses émotions transparaissaient ainsi à la vue d'autrui. On risquait de la supposer souffrante et de la forcer au repos, sa fonction interdisant la moindre faiblesse, surtout si elle se révélait dangereuse pour les patients.

Balbine força la voix afin de passer commande. L'apothicaire alla peser et couper des herbes dans une pièce voisine. Pendant ce temps, Maric posa le pot de miel qu'il avait en main sur le comptoir puis tourna vers la sœur un visage soucieux.

— Vous allez bien, sœur Balbine ?

— Oui, grand merci, maître. Et vous-même ?

Maric vérifia que l'apothicaire ne pouvait les entendre avant de répondre.

— J'ai l'impression que vous me fuyez. Aurais-je commis quelque impair par étourderie ?

— Pas du tout ! protesta Balbine qui sentit sa peau la brûler de honte.

Le médecin ne sembla pas convaincu par la vive dénégation de la soignante. Cependant, ce n'était ni le lieu ni le moment pour démêler cet imbroglio.

— Je désirerais vous entretenir en tête à tête à ce sujet, reprit-il en s'emparant d'un savon et de confiture qu'il ajouta au miel. Si vous le voulez bien, voyons-nous en aparté à Beaune dans un endroit tranquille, loin des hospices afin de ne pas éveiller l'attention.

— Je vous assure qu'il n'y a pas de quoi en venir à une telle extrémité, souffla Balbine au désespoir.

A l'évidence, il ne souhaitait pas la voir à l'extérieur pour lui déclarer sa flamme mais afin d'exiger des explications à sa conduite et, dans la foulée, de la tancer vertement. Elle n'était pas sûre de survivre à pareille humiliation.

— Si, si, j'insiste.

— Je ne vous importunerai plus si c'est ainsi que vous considérez les choses. Mais par grâce, épargnez-moi cette épreuve !

— Au contraire, je…

En revenant, l'apothicaire l'empêcha de terminer sa phrase.

Balbine ne s'attarda pas. De retour dans le couloir, elle se jura de ne plus se départir d'une attitude neutre en présence de Maric. Elle avait eu bien trop peur de faire l'objet d'un scandale. Désormais, quelles que soient la profondeur et la sincérité de ses sentiments, elle briderait ses émotions et garderait sous contrôle tout épanchement déplacé, tout comportement étrange, soit trop familier, soit trop retenu. Sa réputation, son rôle même de soignante étaient en jeu. Elle ne saurait se justifier sans mentir auprès des instances de l'hôpital, si ces dernières soupçonnaient quelque chose, et ses aveux signeraient sa perte. Il était manifeste que Maric Lambert, quoi qu'il éprouvât envers elle, avait choisi d'écouter la voix de la raison ; elle allait donc condamner son amour au silence et à l'oubli.

Il la rattrapa alors qu'elle s'apprêtait à entrer dans la chambre particulière d'un malade.

— Je dois vous parler, insista-t-il.

Vaincue, Balbine songea que c'était peut-être là l'occasion de mettre un terme à une situation embarrassante. Mais tout son être se rebellait à cette idée car son supplice lui était cher, presque indispensable. L'idée d'y mettre fin la rendait encore plus désemparée. Elle préférait souffrir par son amour que par son absence.

Ils se réfugièrent au sein d'une pièce inoccupée et froide. La dame hospitalière lisait sur le visage du médecin une expression ferme, presque dure, trahissant son besoin d'échanger avec elle sans les politesses d'usage. Et pourtant, tandis qu'il la contemplait, ses traits se radoucirent comme s'il la prenait en pitié, pensée qui était intolérable à Balbine.

— De quoi vouliez-vous m'entretenir ? s'enquit-elle d'un ton glacial dissimulant son émoi.

— De nous.

Face à la crudité des mots, les joues de la soignante s'empourprèrent. Elle ne prévoyait pas une telle franchise dénuée des tournures habituelles de savoir-vivre.

— De nous ? répéta-t-elle.

— Profitons de ce moment d'accalmie pour éclaircir certains points.

Des pas dans le couloir les tinrent quelques instants aux aguets avant qu'ils ne s'éloignent. Cette poignée de secondes n'avait pas permis à Balbine de se ressaisir et son cœur continuait à battre la chamade comme celui d'une jeune fille.

— Depuis mon arrivée aux hospices, reprit le praticien, je n'ai eu qu'à me louer de votre compagnie : vous êtes compétente, douce et généreuse envers les malades, courageuse aussi… Je comprends que vous ayez choisi cette voie qui vous correspond à la perfection, le dévouement aux autres et l'abnégation à notre Seigneur.

Il s'interrompit comme pour réfléchir, le regard presque ailleurs, puis prit une profonde inspiration.

— Une seule chose me gêne, votre inclinaison pour moi…

Choquée, mortifiée, elle voulut protester mais il l'en empêcha.

— J'en éprouve une semblable.

Elle le contempla, stupéfaite, s'attendant si peu à cette confession qu'elle demanda :

— Envers moi ?

— Naturellement, envers vous ! Pas envers la mère supérieure !

Ils se sourirent malgré les circonstances, songeant tous deux au menton poilu et aux bajoues de cette dernière dont l'âge avoisinait les soixante ans.

— Je n'aurais jamais imaginé... commença Balbine.

— Si fait, ma mie. Puisque j'exige de vous la plus complète sincérité, je me dois de faire preuve de la même à votre égard. Nous sommes d'une trempe identique tous les deux, animés par une passion similaire qui nous rapproche d'autant. Notre attirance n'est pas contre-nature, et néanmoins elle est interdite.

— Je le sais aussi.

Très mince dans sa robe austère de dame hospitalière, Balbine en devenait fragile aux yeux de Maric, alors qu'il n'ignorait pas combien elle devait puiser de force et de volonté en elle-même pour exercer son sacerdoce. Elle n'en demeurait pas moins un être vulnérable face à la tourmente de son cœur et de ses sens. Il la croyait aussi plus candide qu'elle ne l'était en réalité, même si son unique expérience se limitait à un viol et avait faussé son rapport aux hommes. Il remarqua son teint très pâle, les ombres sous ses yeux, ses longues mains fines aux veines saillantes... Etait-il le responsable de ces preuves d'affliction ou bien résultaient-elles de son travail harassant ?

— Croyez bien que, si je n'étais pas médecin et vous sœur aux hospices, j'envisagerais la situation autrement.

Certes, elle pouvait lui rétorquer que ses vœux n'étaient pas irrévocables, toutefois était-ce vraiment ce qu'elle désirait, les renier pour épouser Maric

Lambert et devenir la gardienne de son foyer et de ses enfants, s'ils étaient encore capables d'engendrer ?

— C'est la première fois que de tels sentiments m'affectent, avoua-t-elle, voulant ainsi lui démontrer qu'elle n'était pas une femme légère ou qui donnait son cœur trop facilement.

— Pas moi. Je n'ai jamais caché être veuf.

Il ne souhaitait pas s'épancher sur ce qui l'avait lié à son épouse par respect pour sa mémoire. Balbine n'en éprouvait aucune jalousie, elle était trop âgée et assez intelligente pour ne pas considérer cette pauvre femme comme une rivale. Non, la rivale à craindre, c'était l'hôtel-Dieu et l'importance qu'ils accordaient tous deux à l'honneur, à la loyauté, à la décence.

— J'ai tout tenté pour les refouler.

Elle ne parvenait pas à exprimer la vérité. Trop ardu d'expliquer combien il était à la fois doux et complexe de vivre avec une passion qu'on croyait non partagée. Qu'avait-il besoin de lui confier qu'il avait les mêmes scrupules ? A présent, elle pouvait presque se pardonner ses errances. Ils étaient deux à s'être égarés.

— Que pouvons-nous faire ?

— Maintenant que la situation est claire, nous nous porterons secours mutuellement en instaurant entre nous des relations cordiales et dépourvues de faux-semblants.

— Croyez-vous que ce soit possible rien qu'en le décidant ? protesta la dame hospitalière, un peu acerbe.

— Oui, car nous sommes deux adultes mûrs, armés pour contrer nos instincts. J'ai confiance aussi en l'aide du Seigneur pour nous aider à rester dignes.

— Je le prie tous les jours afin qu'il me délivre de cette obsession.

— Il faut continuer.

Tout en parlant, ils s'étaient rapprochés l'un de l'autre, comme mus par une attirance qui s'imposait en dépit des bonnes résolutions. Sans même en avoir conscience, la dame hospitalière considérait le médecin avec une expression de tendresse et de désir démentant ses paroles, les rendant absurdes et dénuées de sens.

— Je ne renoncerai jamais à le supplier de m'ôter de l'esprit les mauvaises pensées qui l'assaillent, déclara-t-elle tout en dévorant des yeux les muscles de Maric sous le drap de son habit.

— C'est bien, répondit le praticien en l'entourant de ses bras tandis qu'ils mêlaient leur souffle. Tout n'est pas perdu, nous en sortirons victorieux.

— J'en suis sûre, rétorqua Balbine en lui présentant ses lèvres.

— Ma douce, je crois que nous sommes en train de perdre la tête…

— C'est une bêtise, un péché que nous regretterons…

Ils se mirent à s'embrasser passionnément, indifférents à ce qui les entourait, même à l'intrus qui pouvait pousser la porte et les surprendre. Balbine fermait les yeux afin de ne plus contempler sa défaite, de ne pas avoir la tentation de la combattre. Une odeur d'herbes se répandait autour du couple comme le symbole de ce qui l'avait uni, ce goût pour leur fonction, les simples, la médecine. Chavirée par sa sensualité, victime d'un brasier dont elle espérait être entièrement consumée, Balbine n'était plus elle-même. Elle découvrait avec gratitude que l'amour envers un homme pouvait être perte de soi, vertige, abandon. Stupéfiée par sa réaction, cette avidité qui l'aurait fait renoncer à tout sauf à Maric, elle se jugeait bien faible mais rien n'aurait pu à cet instant la faire renoncer. Elle avait la sensation d'être l'objet d'une fièvre intense, de délirer.

Quand ils s'éloignèrent l'un de l'autre, la dame hospitalière était épuisée comme si elle avait livré un combat sans merci contre un ennemi implacable.

Après cette scène, pendant plusieurs minutes, Balbine évolua au hasard dans les hospices pour se ressaisir. Elle longea les deux cellules chauffées destinées aux personnes ayant perdu tout sens commun et plongées dans la démence. Non sans ironie, elle se dit que, si elle continuait dans cette voie, cet endroit serait pour elle. Néanmoins, peu de fous y séjournaient si bien que les pièces servaient à entreposer du matériel.

Le souvenir du baiser restait imprimé sur ses lèvres brûlantes. Et ça n'avait été qu'un baiser ! Qu'en serait-il si elle fautait pour de bon ? Ensorcelée comme elle l'était, elle ne saurait plus vivre sans ces étreintes qui finiraient par la détruire. Comme sa chair se révélait faible face à la tentation ! Quel démon s'était emparé d'elle pour qu'elle trahisse ainsi ses vœux les plus sacrés ? Proche de la capitulation, trouverait-elle la force morale de repousser le péché ? Elle se croyait solide, elle n'était qu'impuissance. Elle avait trop présumé d'elle-même par orgueil et aussi pour la raison bien excusable qu'elle s'imaginait à l'abri de ces tourments en raison du sacrilège d'Audouin sur sa personne. Comme elle s'était fourvoyée !

Quand ses mains cessèrent enfin de trembler et ses pensées de s'éparpiller dans tous les sens, la dame hospitalière put reprendre ses tâches du jour. Elle passa en revue la salle des pauvres. Comme chaque semaine, une ancienne malade était en train de nettoyer les étains et les bassins de cuivre. Les convalescents, en attendant de quitter les lieux, aidaient souvent les sœurs pour l'entretien du matériel. Elle adressa quelques mots à Flore qui traitait un lit en bois avec un produit de l'apothicairerie, en raison des punaises, avant de l'encaustiquer.

— Comment vas-tu ce matin, ma mie ?

— Fort bien, fort bien. Tiens, pendant que tu es là, pourrais-tu observer ces urines ?

Elle désignait une fiole laissée sur une chaise. D'ordinaire, cet examen était l'apanage d'un médecin mais, avec le temps et l'expérience, les sœurs devenaient aussi capables de donner leur avis. Par prudence, elles ne se limitaient pas à un seul.

— Elles sont bien troubles, murmura la soignante après plusieurs minutes à les contempler. Je suis soucieuse…

— Attendons maître Lambert, alors.

A la mention de ce nom, Balbine tressaillit. Elle se rendit ensuite dans une chambre particulière afin d'y changer les draps, les mains tremblantes à nouveau. Cela ne finirait donc jamais ?

Séjournait en ce lieu un homme souffrant de douleurs dans le dos qui lui occasionnaient une gêne constante dans son quotidien, ce qui l'avait amené à prendre du repos à l'hôpital. Originaire de Chablis, il ne se sentait pas capable de voyager jusqu'à son logis à cheval, ni même en litière. Et il se jugeait mieux installé ici qu'entre les murs humides de son château. Fortuné, le dénommé Gabriel de Rex avait demandé à dormir dans une chambre privée, plus confortable que le dortoir, mais payante. Ces honoraires versés par les nantis permettaient que les pauvres soient soignés gratuitement. Sept chambres avaient ainsi été aménagées, octroyant quelques commodités supplémentaires aux personnes qui déliaient les cordons de leur bourse, comme une cheminée et plusieurs couchages pour les domestiques. Gabriel exigeait que les vivres pour ses repas soient apportés par un serviteur. Toujours grâce à sa fortune, il ne manquait de rien dans cette pièce qu'il avait décorée à son goût, sans pour autant en ôter les meubles car cela était interdit, mais où il ne piaffait pas moins d'impatience à force d'être immobilisé en raison de ses douleurs dorsales. Consciente que les miséreux avaient besoin de cette manne, Balbine le servait de son mieux ; il était d'ailleurs de belle prestance, jeune, et plutôt plaisant à côtoyer malgré ses plaintes. Un bref sourire le rendait encore plus séduisant quand Balbine brisait sa solitude et son ennui en venant le voir.

La grande pièce où il avait trouvé refuge était attrayante et même fastueuse. On y entrait par une porte gothique à flammes, avant-goût des richesses intérieures dont les trois fenêtres ouvrant sur la galerie n'offraient encore qu'un aperçu. On n'y trouvait pas moins de quatre lits, tous dotés de ciels aux courtines en lin, une couche de duvet, une sorte de grosse couverture qu'on appelait un lodier et une couverture perse. De nombreux meubles étaient disposés tout autour, ainsi que du linge et de la vaisselle à profusion.

Gabriel n'était pas l'unique occupant payant des hospices. Certains avaient même décidé d'y couler une fin de vie entourée de la sollicitude des soignantes, dans un environnement plus agréable que la solitude de leur immense château. Ces pensionnaires permettaient de grossir un patrimoine non négligeable pour les impécunieux, aussi étaient-ils traités avec déférence.

— Vous portez-vous bien, ce matin ? demanda Balbine qui avait requis l'aide de Bérénice afin de soulever le malade pour l'installer sur une chaise tandis qu'elle mettrait des draps propres.

Un corset lui enfermait les lombaires. Il grimaça quand les soignantes le déplacèrent, sans toutefois proférer un son, par orgueil. Pendant que Balbine s'affairait seule autour de sa couche, il entreprit de lui faire la conversation.

— J'espère que mon séjour ici, outre le fait qu'il soulagera mon dos, amassera assez d'argent pour secourir quelques miséreux.

Balbine approuva.

— Nous avons un besoin constant de dons et de legs car les pauvres sont de plus en plus nombreux. Nos bienfaiteurs sont heureusement importants, qu'ils bénéficient de traitements à l'hospice ou pas. Ce sont en majorité des gens de Beaune et de ses environs. On m'a dit que la noblesse de robe en particulier, des magistrats, était généreuse. La noblesse de cloche, maires et échevins, n'est pas en reste. L'armée aussi, ainsi que la bourgeoisie. Et puis, nous avons les métiers liés aux hospices comme les marchands drapiers, les apothicaires, enfin les négociants en vin. Tous les milieux en vérité. Néanmoins, ce sont surtout les femmes qui remplissent nos caisses. Ah, j'allais oublier les ecclésiastiques !

— Ce qui paraît pourtant évident, plaisanta Gabriel. Vous êtes trop modeste, chère amie. J'ai appris que quelques sœurs dont vous faisiez partie avaient contribué à fournir des aumônes.

— C'est vrai, convint Balbine. Les médecins aussi. Certains ont pensé aux hospices lors de la rédaction de leur testament.

— Il doit bien y avoir quelques individus obsédés par l'idée de réparer leurs fautes et d'échapper ainsi aux enfers.

— Sans doute. Mais il y a également des personnes ayant subi une perte, comme celle d'un enfant, et qui font un don ensuite en sa mémoire.

Ces biens nous permettent d'acheter du blé afin de nourrir les malades et de leur redonner des forces. Voilà ! conclut-elle. Le lit est prêt. Néanmoins, restez encore assis un petit moment. Il ne faut pas vous ankyloser en demeurant trop longtemps dans la même position.

— Avec plaisir. Quelle chance de pouvoir contempler le mur opposé !

— Arrêtez de vous plaindre, messire. Je vous assure qu'il se trouve ici des malades dont le sort est pire que le vôtre.

Balbine se demanda si ses propos n'avaient pas outrepassé les limites du respect qu'elle devait à ce patient pas comme les autres mais l'ombre d'un sourire se dessinant sur les lèvres de Gabriel chassa ses inquiétudes.

— Donnez-moi donc le livre qui se trouve sur ma table de chevet.

Balbine obéit, lisant le titre au passage : *Le Roman de Renart*.

— Qu'est-ce donc ?

— Des histoires animalières composées par différents auteurs, répondit Gabriel, amusé par l'esprit d'indépendance de cette sœur.

Alors qu'elle rejoignait la buanderie, elle croisa Flore qui la cherchait.

— Il y a une visite pour toi. Deux femmes et une jeune fille. Elles t'attendent dans la cour d'honneur.

La soignante sursauta. La dernière personne qui l'avait sollicitée en ces lieux était Guillaume, bien des années auparavant.

— Tu les as reconnues ? s'enquit-elle en chargeant les bras de Flore des draps sales qu'elle transportait.

— D'après leurs atours, ce sont des gens de qualité.

Le cœur de Balbine s'emballa : le murmure du passé lui soufflait sa douce nostalgie à l'oreille, cependant elle avait trop peur d'être déçue pour nourrir l'espoir qu'Hermione, Alix et Jeanne guettent son arrivée. Elle dirigea sur sa compagne un regard impénétrable qui masquait son excitation mais ne put s'empêcher de presser le pas jusqu'à l'endroit du rendez-vous.

Tout d'abord, ses yeux virent la jeune fille et la déception l'abattit au point qu'elle dut s'arrêter pour reprendre son souffle, accablée par l'espérance insensée qui l'avait soulevée et qui venait de retomber comme la trappe d'une fosse de prison. Puis son regard effleura l'adulte qui l'accompagnait et sa foi rejaillit telle une fontaine. Oui, c'était bien Hermione, très droite et tout en noir, inspectant le décor de la cour d'honneur avec une admiration manifeste. Et donc, il ne pouvait s'agir que d'Alix en la personne de cette grande jeune fille au visage mutin. Incroyable comme elle avait changé ! A douze ans, elle offrait les apparences d'une damoiselle à marier. A ses côtés, Jeanne souriait. Le cœur de Balbine tressauta dans sa poitrine en découvrant son enfant.

Oubliant toute retenue, elle souleva sa jupe et courut vers les visiteuses. Telle une volière en émoi, elles se mirent à s'enlacer et s'embrasser en poussant des exclamations, même Hermione qui céda à l'émotion des retrouvailles.

Soudain, le visage de Balbine se plissa d'angoisse.

— Rien de grave au château ?

Elle pensait à Aude.

— Non, se hâta de répondre Alix. Mère n'a pu venir mais elle va bien.

— Aude ne se sentait pas la force d'entreprendre ce voyage, déclara Hermione, toujours directe. Elle m'a chargée de te transmettre toute son affection.

— Etes-vous à Beaune pour longtemps ? Où logez-vous ? Pourquoi ne pas m'avoir prévenue ?

Hermione expliqua qu'elles séjournaient chez les Lanvalle, amis de la famille qui possédaient un château à Meursault. Balbine nota que le visage d'Alix s'était rembruni à l'énoncé du nom de leurs hôtes. Elle se promit d'en apprendre davantage mais ne gâta pas le plaisir de l'instant avec des questions plus précises, surtout qu'Hermione souhaitait peut-être s'entretenir avec elle en l'absence de la jeune fille.

— Suivez-moi à l'intérieur. Nous pourrons nous asseoir et bavarder.

— Pourquoi ne pas se promener un peu ? proposa Alix. J'aperçois des moulins, là-bas… Croyez-vous que nous puissions les contempler de plus près ?

Balbine approuva, non sans légitime fierté.

— Ils appartiennent à l'hôpital. On les appelle les moulins de la Tour et ils nous approvisionnent en farine. Dans la mesure de nos moyens, nous nous efforçons de fonctionner d'une manière autarcique.

— Je compte faire un don aux hospices, déclara Hermione tandis qu'elles s'ébranlaient en direction du quartier où se dressaient les moulins, à cent pas à peine.

Elles longèrent plusieurs maisonnettes et la rivière la Bouzaise qui traversait les hospices à couvert mais coulait à cette hauteur, bien visible d'Alix et de Jeanne que le paysage émerveillait. Comme elles faisaient mine de courir par-devant les deux femmes, Hermione rappela Alix à l'ordre d'un ton qui ne souffrait aucune contestation. Si Balbine fut un peu surprise, elle n'en laissa rien paraître. Quant à Alix, ses traits exprimaient le mécontentement éprouvé sous la férule de cette tante qui désirait qu'elle se comporte déjà en adulte. Balbine ignorait les motivations d'Hermione, elle en avait toutefois une vague idée qui l'épouvantait : se pouvait-il que se dessinent déjà des projets d'épousailles pour la belle Alix, loin des mièvreries et de l'agitation des premières années de vie ? Balbine en frémissait rien que d'y songer. En dépit de son éloignement, elle aurait aimé être consultée à ce sujet. De plus, elle se demandait si Guillaume aurait donné son accord. Alix était trop jeune. Malgré son apparence dont la maturité avait frappé Balbine, elle appartenait encore au monde préservé de l'enfance. « Arrête de t'inquiéter ainsi, se morigéna la dame hospitalière alors qu'elles s'extasiaient face à l'hôtel des ducs de Bourgogne, tout près des moulins. Il est possible que tu te trompes et, de toute façon, on ne va pas marier Alix dans l'immédiat. Ce ne sont que promesses d'union entre deux familles prospères et contrat signé en vue de noces qui n'auront pas lieu avant des années. »

Elles s'arrêtèrent devant les moulins, fascinées par la grâce des mouvements de leurs ailes. Balbine expliqua que les réserves de céréales étaient abritées dans les combles de l'hospice, au-dessus des chambres de la galerie haute, mais qu'on réfléchissait à un autre refuge en raison du plancher trop peu robuste. Puis elle ajouta qu'elle ne pouvait rester plus longtemps en leur compagnie sous peine d'être réprimandée.

— J'aimerais profiter de votre présence, avoua-t-elle, tournée vers Hermione dont le visage demeurait impassible. Je peux me libérer un soir… hasarda-t-elle, ne sachant comment organiser une nouvelle rencontre.

Balbine s'interrogeait : Hermione, Alix et Jeanne devaient-elles satisfaire aux exigences d'un séjour au château dont elle était fort éloignée à l'hôpital de Beaune ? Elle ignorait tout de ces pratiques de courtoisie intéressée qui s'élaboraient au gré des amitiés et des alliances, source de transactions et d'engagements futurs.

— Nous resterons deux semaines chez les Lanvalle, consentit enfin à livrer Hermione.

Balbine attendait une invitation qui ne vint pas. Ou Hermione ne pouvait s'avancer pour ses hôtes, ou sa présence n'était pas recommandée chez des personnes pour lesquelles elle incarnait le fruit d'une mésalliance. En aucun cas, la dame hospitalière ne désirait contrecarrer des projets favorables à Alix, même si elle désapprouvait leur précipitation. Néanmoins, elle se sentait un peu désemparée.

Sur le chemin du retour, alors qu'Alix et Jeanne se tenaient devant les deux femmes, Hermione s'empara du bras de Balbine qu'elle serra avec affection tout en se penchant vers son oreille avec la mine d'une conspiratrice.

— Tu as remarqué comme Alix a grandi et embelli ?

— Certes, j'ai même failli ne pas la reconnaître !

— J'aurai des choses à te dire plus tard, murmura Hermione, prenant visiblement plaisir à tous ces mystères au grand désappointement de Balbine qui s'indigna :

— Tu as quelque idée de gentilhomme pour la marier ?

Hermione pinça les lèvres de dépit ; elle accordait à son rôle de tutrice une importance que sa compagne estimait disproportionnée. Mais Balbine n'était-elle pas jalouse en définitive ? Face à un sentiment si vil, la dame hospitalière s'efforça de revenir à la bonté caractérisant sa fonction.

— Tu t'occupes d'Alix à merveille, affirma-t-elle en répondant à l'étreinte de sa tante. Aude n'est plus elle-même depuis la mort de Guillaume... Tu l'as remplacée auprès d'Alix du mieux possible.

— J'ai agi selon ma conscience, répliqua Hermione en une phrase concise qui cachait mal son émotion.

Elles se séparèrent aux marches des hospices.

Se hâtant pour rattraper son retard, Balbine jeta un coup d'œil distrait au miroir qui ornait l'un des murs vers les chambres privées. Elle eut un choc face à la femme entraperçue. Elle dont la guimpe blanche dissimulait à peine quelques mèches de cheveux ternes ? La robe, blanche de Pâques à la Toussaint, grise le reste de l'année, qui la différenciait des novices, épaississait sa silhouette dont elle n'était plus consciente quand elle se déshabillait dans sa cellule. En réalité, elle avait encore maigri. Balbine réalisait tout à coup combien le temps avait passé vite depuis ce jour où elle avait assisté avec toute sa famille à la pose de la première pierre. La jeunesse et le charme d'Alix lui avaient comme dessillé les yeux. Elle en éprouvait une certaine stupeur, sans pour autant désespérer des pertes subies. Ayant depuis des décennies renoncé à toute forme de séduction, il lui était plus facile qu'à d'autres d'accepter le début de l'âge mûr.

Avant de retourner à son labeur, Balbine passa quelques instants à l'infirmerie des sœurs, située au-dessus de la cuisine. Elle emprunta un escalier dérobé pour y parvenir. Huit lits avaient été installés ici afin d'accueillir les soignantes malades ou trop âgées pour exercer. Sœur Adèle était couchée dans l'un d'eux. Balbine ne lui rendait jamais visite sans éprouver une profonde reconnaissance envers cette femme qui l'avait soignée et soutenue après le viol, sans jamais par la suite révéler à quiconque que la jeune fille ne pouvait postuler à l'hôtel-Dieu en raison du crime dont elle avait fait l'objet.

A présent, affaiblie par la vieillesse, l'ancienne dame hospitalière dormait une bonne partie de la journée. La plupart du temps, Balbine se contentait de prier à son chevet sans échanger un mot avec elle. Mais ce jour-là, ses yeux étaient bien ouverts, elle était consciente, et elle sourit à la visiteuse.

— Balbine... Quelle heureuse surprise !

— Je suis souvent venue mais vous vous reposiez.

— Le repos éternel va bientôt arriver, je le sens et je l'espère avec foi. Tout va bien aux hospices ?

Si Adèle avait été moins souffrante, la soignante lui aurait confié l'épreuve qu'elle endurait. Elle ne voulait pas la contrarier et lui infliger des tourments supplémentaires alors que Maric ne lui donnait plus que quelques mois à vivre.

— Tout se passe au mieux, répondit-elle en réajustant la peau de mouton qui glissait à terre.

Ce faisant, elle avisa une compresse sur le sol qu'elle ramassa.

— Elle a dû tomber de mon front, remarqua Adèle avec indifférence. Non, ne te donne pas la peine de m'en préparer une autre, ces remèdes ne servent à rien. Je meurs de mes soixante-dix ans, c'est tout.

Balbine considéra tous les onguents, compresses, cataplasmes, fioles, herbes séchées, plantes médicinales et pansements qui encombraient le trépied près du lit.

— Tout cela aussi est inutile, renchérit la vieille dame, et devrait plutôt servir aux jeunes malades qui ont l'espoir de guérir. Je suis lasse d'exister, Balbine, j'ai hâte que le Seigneur me rappelle à lui.

La dame hospitalière comprenait. Elle voyait déjà papillonner les paupières flétries de la sœur. Doucement, elle embrassa son front et se retira sur la pointe des pieds.

A mesure qu'elle rejoignait l'étage des malades, elle entendait les vociférations de l'un d'entre eux. Gabriel de Rex faisait encore des siennes... Si ce patient la touchait, elle réprouvait sa nature impétueuse, conséquence de son immobilité forcée à un âge où le corps entier ne demande qu'à s'exprimer. Entrant dans la chambre, elle constata que Gabriel piaffait en vain face à la fenêtre fermée. Réprimant un rire moqueur, elle s'enquit de ses besoins.

— Ah, vous voilà enfin ! Mais où étiez-vous donc passée ? récrimina-t-il en la toisant d'un air furieux.

Songeant qu'en effet elle avait quitté son poste depuis un temps que la maîtresse serait en droit de lui reprocher, Balbine ne pipa mot et se mit à redresser les coussins du fauteuil en évitant son regard.

— Je vous ai vue dans la cour avec deux femmes et une jeune fille.

Ainsi, il l'avait surprise. Serait-il capable de la dénoncer ? Déçue par son attitude, elle lui présenta un visage contrit.

— Oui, je me trouvais avec ma tante et ma cousine, accompagnée de sa servante, venues me rendre visite. Je sais bien que je suis demeurée absente trop longtemps, cependant pour ma défense...

Il balaya ses justifications d'un moulinet du bras.

— Laissons cela, voulez-vous ? Vous avez parlé de votre cousine… C'est bien cette jolie jouvencelle blonde qui m'a fait, je dois l'avouer, forte impression ?

Interloquée, Balbine ne répondit pas tout de suite.

— Il s'agit bien d'elle, oui, Alix de Joinville.

Et pourtant, elle avait parlé trop vite. Nul, parmi les malades, ne devait avoir vent de ses origines aristocratiques. Elle faisait même en sorte que le cercle le plus restreint soit au courant de son patronyme et utilisait celui de son beau-père, Haubenois, quand cela s'avérait nécessaire.

Comme elle le craignait, Gabriel était stupéfait.

— Joinville ? De la famille de Guillaume et Audouin de Joinville ? Ceux qui possèdent le château de La Rochette ?

Balbine soupira.

— Guillaume et Audouin étaient mes oncles.

Décontenancé, il la fixa, hésitant à poursuivre son interrogatoire. Un peu amère, la dame hospitalière lui fit une remarque :

— Vous allez me considérer sous un autre jour à partir de maintenant, n'est-ce pas ?

Démasqué, Gabriel haussa les épaules en une feinte indifférence.

— Mais non. Je suis étonné, c'est tout. Pour en revenir à cette Alix… Je l'ai trouvée charmante.

— Comme vous y allez, messire ! protesta Balbine, choquée. Alix a douze ans !

Une grimace de dépit déforma la bouche de Gabriel de Rex.

— Douze ans ? Dame ! Je lui en aurais donné seize…

— Il est vrai qu'elle paraît plus âgée, admit Balbine, pensant clore la conversation sur ces paroles. Je dois retourner dans la salle des pauvres.

— Certes. J'ai toutefois une dernière question à vous poser : où loge votre famille à Beaune ? Et encore une autre à la réflexion : votre cousine et votre tante reviendront-elles aux hospices ? Et quand ?

— Ce qui fait trois, souligna Balbine, oscillant entre blâme et amusement. Non, ce n'est pas leur intention.

A cet instant, elle était soulagée de l'absence d'Alix. Qui savait à quelles extrémités irait cet homme fasciné par la damoiselle ? Répondre à la première interrogation se révélait plus ardu car elle ne souhaitait pas lui faire part du lieu de résidence d'Alix. Avec cette fougue qui le caractérisait, elle l'imaginait envoyer un domestique enlever la belle ! Balbine était convaincue qu'il ne pourrait jamais se déplacer lui-même en raison de l'état de ses lombaires, mais il avait à sa solde suffisamment de personnel pour intervenir en son nom. Néanmoins, se rendrait-il coupable d'un acte aussi odieux, passible de prison ? D'ailleurs, il aurait trouvé peu crédible qu'elle ignore l'endroit où séjournait sa famille. Dans l'expectative, Balbine choisit de lui accorder sa confiance :

— Hermione et Alix sont logées chez les Lanvalle.

Elle ne cita pas le nom du château mais, à son vif désappointement, Gabriel le connaissait. Il parut satisfait tel un chat repu. Contrariée, Balbine osa lui demander ce qu'il comptait faire.

— Oh, rien, répliqua-t-il d'un air innocent. Souffreteux comme je suis, comment puis-je agir ?

Balbine marmonna des paroles inaudibles qui ressemblaient à des reproches puis elle prit congé du malade en lui jetant un regard sévère. Elle se réfugia quelques minutes dans la bibliothèque, là où elle était certaine de trouver silence et solitude. S'emparant d'une bible, elle en lut un verset, un peu réconfortée.

Fils unique, seul héritier, Gabriel de Rex avait été gâté et protégé par sa mère, toujours inquiète à l'idée qu'il lui arrive quelque chose. Etant né et ayant grandi au sein d'un foyer noble et aisé, il n'avait jamais manqué de rien. A défaut de jouer avec une fratrie, il avait eu pour camarades les enfants des métayers du domaine. Il exerçait sur eux un ascendant à la limite du despotisme. Il ne leur prêtait jamais aucun de ses jouets en argile, tirelires, chevaux et cavaliers, sifflets en forme d'oiseau, épées de bois avec lesquelles il se mesurait à ses compagnons maniant le bâton, qui le laissaient gagner de peur des représailles. Gabriel était loin d'être insensible mais sa suprématie lui semblait inéluctable ; il ne songeait même pas qu'elle pouvait contraindre autrui. Et pourtant, il s'était attaché à certains de ces garçons au point qu'il éprouva un grand chagrin quand l'un d'entre eux disparut lors d'un banal trajet entre sa maison et les prés où avaient lieu les moissons. Si sa famille avait été aussi riche que celle de Gabriel, on en aurait déduit qu'il avait été enlevé contre une rançon. Comme ses parents étaient de pauvres paysans et que sa dépouille ne fut jamais retrouvée, on estima que le garçonnet avait été emmené comme esclave chez les « Sarrasins ».

Au fil du temps, Gabriel se sentit de plus en plus isolé car ses amis travaillèrent très tôt alors qu'il étudiait avec un précepteur au château de Chablis. Outre les matières principales, le latin et l'instruction religieuse, il se familiarisa avec l'usage des armes. Jusqu'à son adolescence, sa mère se montra très protectrice à son égard, terrifiée quand il était malade à l'idée de perdre son unique enfant. Le père de Gabriel était aussi effrayé par cette perspective mais il intervenait peu dans l'éducation de son fils et ne montrait envers lui aucune affection démesurée. Ce n'était pas le rôle d'un homme.

Gabriel aurait donc pu devenir timoré à force de côtoyer une mère qui surveillait la moindre de ses respirations. Son physique avantageux le sauva de cette disgrâce. Connaissant très vite un beau succès auprès de la gent féminine, il réussit à se libérer de ses chaînes. Mais habitué à l'adoration de sa mère, il considéra comme un dû que toutes les femmes se comportent à son égard avec la même ferveur. S'il avait de la tendresse pour sa génitrice, Gabriel la méprisait aussi un peu en raison de sa servilité. Il en fut de même avec les damoiselles qui gravitèrent autour de lui, il s'attacha peu et ne put s'empêcher de les méjuger car elles lui rappelaient madame de Rex par leur aveuglément. Néanmoins, il aimait la griserie que provoquait leur conquête. En outre, cette jolie Alix lui avait chaviré le cœur. Elle ne se laisserait pas aussi facilement séduire que d'autres, elle appartenait à un milieu où les filles restaient sages jusqu'à leurs épousailles. Mais il espérait bien lui voler au moins un baiser et quelques caresses.

Le voisinage des vignes arracha à Alix et Jeanne des cris de joie. Elles ne se lassaient pas de ce paysage. Attirées par les ceps verdoyants, elles oublièrent toute retenue et se mirent à courir entre les rangées de sarments en poussant des exclamations. Le froncement de sourcils de Hermione les ramena à un comportement plus réservé, surtout Alix qui désirait se concilier les bonnes grâces de sa tante.

— Ces acres appartiennent aux hospices, expliqua cette dernière en faisant signe au cocher d'avancer la voiture. Le vin fortifie les malades et aseptise les plaies.

Un chien aboya dans le lointain. Les yeux d'Alix se perdirent dans le vague ; elle pensait à son fidèle lévrier mort de vieillesse plusieurs années auparavant. Refusant de céder à la tristesse – elle finirait par songer à la mort de son père puis à la neurasthénie de sa mère –, la fillette convoqua des images riantes pour chasser la mélancolie qui menaçait de s'emparer d'elle. Tout naturellement, le visage entraperçu à la fenêtre de l'hôpital, alors qu'elle se tenait avec Hermione, Jeanne et Balbine dans la cour d'honneur, s'imposa à son esprit comme un antidote. Elle avait lu la curiosité sur les traits séduisants du jeune homme puis y avait succédé une expression qu'elle connaissait bien : l'admiration face à sa beauté puis le désir impétueux de lui être présenté.

Déjà petite, Alix avait l'habitude de susciter le ravissement : on la comparait volontiers à un ange, du moins pour ce qui était de son apparence physique, son caractère n'ayant rien de séraphique. D'épais cheveux blonds, de grands yeux clairs, une carnation pâle, tout cela contribuait à renforcer l'image de pureté qu'elle véhiculait. Quand son corps commença à se parer de formes délicieusement féminines, sans qu'elle en ressentît la moindre gêne, le regard des gens changea : à l'émerveillement, se substitua un sentiment plus dubitatif chez les femmes et plus dissimulé chez leurs compagnons. Constatant les réactions que sa nièce provoquait, Hermione n'avait pas été longue à prendre une décision, sans même consulter Aude. Il fallait la marier. Pas question pour autant de l'offrir au premier venu. Certes, quelques alliances s'étaient déjà formées alors qu'Alix était enfant, néanmoins en constatant combien la joliesse de la jouvencelle constituait un atout, Hermione avait revu ses ambitions à la hausse.

Conrad de Lanvalle était issu d'une lignée honorable aux biens considérables. Il n'avait que cinq ans de plus qu'Alix. L'accord fut conclu, Aude ne s'y opposant pas. Grâce à ce séjour à Meursault, Hermione entendait favoriser les relations entre la fougueuse Alix et son promis. L'intéressée se doutait bien que quelque chose se tramait. Elle avait posé des questions demeurées sans réponse avant de comprendre qu'on la destinait au fils Lanvalle, un garçon qu'elle aimait bien mais dont elle n'était pas éprise. D'ailleurs, face aux compliments de la gent masculine, elle éprouvait davantage de fierté que d'émoi.

Quand la voiture s'ébranla, Alix affichait un visage serein, heureuse de cette diversion dans un quotidien assombri par le chagrin d'Aude. Alix avait toujours ignoré les raisons de l'emprisonnement de son père et les véritables causes de son décès. Plus que la disparition de son père, ce fut les tourments endurés par Aude qui ternirent l'enfance d'Alix. La présence aimante, bien que pesante parfois, d'Hermione rétablissait l'équilibre, ainsi que celle de Jeanne. Alix n'avait pas souffert de l'arrivée inopinée de Jeanne même si elle appréciait que l'attention se focalise sur son unique personne. Elle était friande d'éloges, elle les recherchait même, et exultait à chaque fois. Si par malheur, ce qui survenait très rarement, une autre jeune fille monopolisait les prévenances à son détriment, Alix pouvait entrer dans des colères pénibles puis bouder pendant d'interminables heures. Cependant, Jeanne était si bonne, si généreuse et attentionnée, lui vouant une admiration sans bornes, qu'Alix ne réussissait pas à en être jalouse. De plus, elle était devenue sa servante, une subalterne, et son âge la reléguait parmi les anciennes. Hermione était cependant consciente des défauts de sa nièce, de son caractère emporté, de son besoin insatiable d'être adulée, et cela la troublait. Elle espérait que l'annonce de son mariage calmerait ses ardeurs.

Par bien des côtés, Alix ressemblait à Gabriel, en partie parce qu'elle non plus n'avait pas eu de fratrie, ce qui l'avait rendue égocentrique. Néanmoins, en l'absence de père, dotée d'une mère sans envergure et d'une tante à la moralité intransigeante, elle n'avait pas connu l'idolâtrie sur sa personne avant l'arrivée de Jeanne. Plus qu'influencé par autrui, son caractère s'était forgé afin d'affronter une solitude étrangère à la plupart des enfants de son âge. Si, de même que Gabriel, elle ne manqua de rien grâce aux richesses de sa famille, sa scolarité fut bien plus courte en raison de son sexe. D'ailleurs, elle détestait cette contrainte, en particulier les problèmes insolubles : un jour, un petit garçon fut mordu mortellement par un serpent ; sa mère lui demanda : « Mon fils, si tu avais vécu autant que tu as vécu jusqu'à présent, puis encore autant, et la moitié encore, combien de temps aurais-tu vécu au total ? » La lecture et les travaux d'aiguilles l'intéressèrent davantage, cependant elle ne se passionna pas pour l'étude des simples au grand regret de Balbine et de Jeanne qui avaient tenté de la convertir. Il est vrai qu'Hermione, épouvantée à l'idée que sa nièce devienne dame hospitalière et renonce à procréer, y mit fin assez vite.

La nature emportée d'Alix puisa aussi sa source dans cette oisiveté, lit de bien des maux, à laquelle on forçait les filles. Là encore, son statut d'enfant unique fut lourd à supporter. Pendant des heures, comme oubliée dans sa chambre, elle ruminait de sombres pensées alors que, à la même époque, Gabriel, pour chasser sa tristesse, jouait avec d'autres garçons, allait chasser, pêcher, chevaucher, se livrait à toutes sortes d'activités interdites ou restreintes pour ses consœurs. Afin de s'occuper et de ne pas sombrer dans la mélancolie, Alix lisait et priait mais son tempérament s'accommodait mal de cette langueur imposée.

Au cours de sa jeune existence, elle se rendit plusieurs fois aux hospices en compagnie d'Hermione, mais sans Jeanne jusqu'à aujourd'hui. La magnificence des bâtiments l'impressionna, de même que le service irréprochable des personnes dévouées aux malades. Toutefois elle n'éprouva rien de ce sentiment de plénitude qui avait sa vie durant uni Balbine à cet endroit. Si elle envia aux sœurs leur faculté à travailler sans subir les foudres de la bienséance, elle jugea leur ordinaire austère. Certes, son propre quotidien ne la satisfaisait pas mais elle savait que le mariage lui ouvrirait un horizon nouveau tandis que cet espoir était refusé à ces dames. Aussi aspirait-elle à épouser quelqu'un lui autorisant une liberté dont, selon ses aspirations et son tempérament, elle avait grand besoin. Mais hélas elle n'avait pas l'impression que Conrad soit cet homme providentiel.

Le château des Lanvalle avait été édifié au début du Moyen Age. Après les richesses architecturales des hospices de Beaune, il offrait une vision plutôt farouche et même carrément lugubre qui effaça tout sourire sur les lèvres d'Alix. Puis le véhicule stoppa dans la haute cour et la vue du visage de Conrad rendit son entrain à la jeune fille. Elle n'avait pas la moindre envie d'unir sa destinée à celle du jeune homme, devenant par conséquent inaccessible aux hommages masculins, néanmoins il serait plaisant de se laisser courtiser par ce jouvenceau…

12

— Par Dieu, comme vous êtes belle ! s'exclama Jeanne en contemplant Alix écartant son drap pour sortir du lit.

En écho à ce cri d'admiration, un pigeon perché sur le bord de la fenêtre émit un roucoulement. Au loin, résonnèrent des trompes de chasse et la jeune fille frissonna comme si elle partageait la terreur de la biche pourchassée.

— A quoi me sert d'être ravissante si je ne peux pas épouser celui que j'aime ? rétorqua Alix d'un ton amer.

— De grâce, taisez-vous donc, on pourrait vous entendre ! s'écria Jeanne en désignant la porte entrouverte de la chambre.

— Eh bien, ferme cette porte, Jeanne, car j'ai encore beaucoup à dire ! répliqua Alix, la voix batailleuse.

Elle releva le menton dans un geste de défi et ses lèvres se retroussèrent en un sourire obstiné.

— Nous n'allons pas nous laisser faire…

— Nous ? balbutia Jeanne en contemplant Alix d'un air indécis.

Elle ne connaissait que trop bien sa nature emportée qui ne souffrait aucune contrainte, encore moins qu'on lui impose un destin tout tracé.

— Tu n'ignores pas que, si j'ai de l'amitié pour Conrad, je ne ressens pas d'amour pour lui.

— C'est le cas de beaucoup de jeunes filles à marier, vous savez. Vous apprendrez à chérir votre promis plus tard. Monsieur de Lanvalle possède une lignée prestigieuse, une belle fortune… Croyez-moi, vous n'êtes pas à plaindre. Pensez à la pauvre Bathilde…

Bathilde de Lilly, une amie d'Alix, avait été contrainte par sa famille à épouser un homme de quarante ans son aîné.

L'espace d'une seconde, le visage d'Alix refléta la peine qu'elle éprouvait pour Bathilde puis elle revint vite à des préoccupations plus égocentriques et son expression se teinta de courroux.

— Certes, cela aurait pu être pire pour moi. Néanmoins, je n'ai pas l'intention de passer ma vie en compagnie d'un homme dont je ne suis pas éprise.

— Que savez-vous donc de cette griserie ? plaisanta Jeanne qui ne la prenait pas au sérieux.

Soudain rêveuse, Alix hésita à s'épancher auprès de Jeanne. Elle souffrait de devoir dissimuler ce bonheur qu'elle avait envie de partager avec ceux qui comptaient dans sa vie. Mais si Jeanne rapportait ses confidences à sa tante ?

— Comprends bien que j'aspire parfois à être une femme de moindre condition. Certes, il me faudrait travailler, mais au moins je sortirais, je verrais du monde ! Le milieu dans lequel j'évolue est si étroit.

En dehors des visites que je reçois au château et de celles que je fais en retour, mes relations sont presque inexistantes. Mes rares voyages ont tous pour but la fréquentation de mon futur époux. Je garde un souvenir enchanté de ce séjour à Meursault. J'ai pu revoir Balbine dans ses précieux hospices... Je m'ennuie, Jeanne, je m'ennuie affreusement !

— Justement, le mariage vous autorisera davantage de liberté.

— En es-tu si sûre ? marmonna Alix. Et si la famille de Conrad aimait les femmes soumises, gardées dans leur foyer telles des prisonnières ? Pas le droit de mettre un pied en dehors de la haute cour sauf pour aller à la messe, et encore, en se gardant bien de bavarder avec quiconque de peur de propager des ragots. Il faudra peut-être marcher le buste droit mais les yeux au sol, à l'image d'une pénitente. Tu seras moins enchaînée que moi, Jeanne...

La servante ne trouva rien à répondre et opta pour un argument qui, elle l'espérait, allait mettre un terme à cette conversation les affligeant toutes les deux.

— De toute façon, vous n'avez pas le choix. Alors, inutile de se lamenter.

Perdue dans des divagations romanesques, Alix tressaillit à ces mots et fixa son attention sur la jeune femme en fronçant les sourcils. Comme Jeanne la connaissait mal, en réalité ! Sa décision fut prise, elle ne lui livrerait pas une miette des secrets de son cœur ni surtout du plan ourdi pour échapper à une union forcée. Elle devait faire preuve de mesure et de maturité. Comment avait-elle pu envisager de faire de Jeanne une complice ? Elle aurait couru tout répéter à Hermione et le projet éventé, sa fuite n'aurait jamais pu être mise en œuvre. Hermione aurait été capable de l'enfermer à double tour dans le donjon jusqu'au matin de ses noces !

— Tu n'es qu'une sotte, tu ne comprends rien !

Jeanne se garda bien de répondre. En dépit du caractère de sa maîtresse, elle la respectait. Surtout, elle savait rester à sa place et se taire face au comportement parfois injuste de la jeune fille. Au fil des années, elle avait appris à écouter les conversations des domestiques et il ne lui avait pas échappé qu'un drame honteux ternissait le blason des Joinville et en particulier Alix, même si nul ne se serait aventuré à en parler ouvertement. Ne connaissant pas l'existence de la sodomie, n'imaginant même pas que cela puisse exister, Jeanne n'avait pas tout compris des propos qui circulaient aux cuisines. Néanmoins, elle savait que la personne sur laquelle l'opprobre était tombé était le père d'Alix en personne, ce Guillaume de Joinville dont on ne parlait jamais.

De son côté, la jeune Alix éprouvait de l'affection pour sa servante. Une affection teintée de condescendance pour celle qui était inférieure à sa condition. Elle soupçonnait bien quelque secret dans l'arrivée imprévue de Jeanne voilà bien des années. Elle aussi était curieuse et possédait des oreilles ! Si elle se refusait à penser que son père ait pu commettre un acte odieux qui lui avait valu de mourir en prison, elle admettait fort bien que la gentille Jeanne soit issue d'une aventure entre un membre de sa famille et une domestique. Elle pensait que feu Audouin de Joinville, qu'elle n'avait pas connu, était le père de Jeanne, mais elle hésitait sur l'identité de sa mère : la cuisinière ou bien quelqu'un de mieux née. Balbine ? A voir comment se comportait cette dernière à l'égard de Jeanne, Alix nourrissait des doutes. Néanmoins, cela semblait si extraordinaire que la dame hospitalière ait fauté avec son propre oncle que la jeune fille n'y croyait guère. Elle n'avait jamais songé que Jeanne ait pu être conçue lors d'un viol.

Alix congédia sa servante. Elle ferait appel à son aide pour sa toilette, juste après avoir pris une collation dans sa chambre, comme elle en avait l'habitude. Jeanne partie, la jeune fille ouvrit ses trois coffres de bois et d'ivoire, tous très ouvragés comme il convenait à son rang, contenant ses affaires personnelles, vêtements, linge de maison, parchemins, bijoux, objets pieux… Son rêve bâti sur un grand amour ne pouvait s'accommoder de viles nécessités matérielles, cependant elle regretterait d'abandonner derrière elle tant de biens auxquels elle tenait, le rappel rassurant d'une existence dont elle aurait aimé conserver quelques souvenirs tangibles. Gabriel avait néanmoins été inflexible : il ne fallait en aucun cas trahir l'évasion en préparant des bagages. D'ailleurs, il avait convaincu Alix en lui rappelant que la fortune des Rex lui suffirait pour renouveler sa garde-robe et les ustensiles du quotidien selon ses goûts. Une nouvelle vie commençait dont elle serait l'actrice et non plus la spectatrice. Il était préférable de l'entamer sans le poids du passé palpable au travers de ses frusques d'antan ou du crucifix ayant appartenu à son père. Alix se sentait sereine, sa confiance tout entière offerte à Gabriel, pour tirer un voile sur le temps jadis.

Une pointe d'angoisse étreignit le cœur d'Alix, une sensation qu'elle avait déjà expérimentée par le passé. Pire, le doute la gagnait à mesure que le dénouement approchait.

Ce soir, à minuit, Gabriel l'attendrait près des douves du château. Certes, à cette heure tardive, le pont-levis serait relevé mais il existait une porte donnant sur l'extérieur dont Alix s'était procuré la clé en fouillant la veille dans un meuble où les domestiques rangeaient les trousseaux. En plein cœur de l'été, le niveau de l'eau avait baissé et, même si la jeune fille avait du mal à concilier l'image de sa personne pataugeant dans la fange avec celle d'une héroïne en détresse, elle savait que Gabriel serait là pour l'assister au cas où elle vacillerait face à l'épreuve. Dans la forêt, les deux chevaux permettraient aux fugitifs de parcourir rapidement une partie de la distance entre La Rochette et Chablis. Par crainte qu'Hermione n'envoie une troupe à leur poursuite quand elle se rendrait compte de la disparition de sa nièce, ils ne passeraient pas la nuit dans une auberge, dormant quelques heures au sein même de la forêt, en espérant échapper aux maraudeurs. Gabriel avait tout prévu : le curé qui les marierait à l'aube et l'arrivée conquérante au château d'Alix, l'épouse légitime de l'homme qu'elle aimait ; elle serait alors définitivement hors de portée des manigances de sa famille.

Serait-elle pour autant en sécurité ?...

La vieille Mathilde frappa à la porte et entra avec un plateau fumant, la tirant de ses réflexions.

— Je vous ai fait mon omelette aux herbes. Et j'ai ajouté dessus plus de fromage que d'habitude.

Alix la remercia. Les multiples plantes dont usait Mathilde pour cette recette lui octroyaient un parfum et un goût incomparables. A cela s'ajoutaient une tourte au melon, du lait d'amande et des poires à l'hypocras.

L'estomac serré par l'anxiété, Alix se força à manger pour affronter la journée et la nuit à venir. La fébrilité menaçait de troubler les longues heures précédant sa fuite. Elle serait contrainte d'agir comme à l'ordinaire, sans rien changer à ses habitudes. Elle aurait de la peine pour Aude, tout en déplorant que sa mère n'ait jamais été capable de surmonter la mort de son mari et se soit presque désintéressée de sa fille depuis. Une double perte pour l'enfant qui avait reporté sa soif d'affection sur Hermione. Cette dernière n'avait pas démérité dans sa fonction de tutrice mais elle s'était souvent montrée trop dure et austère, deux traits de caractère incompatibles avec la nature fantasque d'Alix. L'annonce de l'alliance entre Hermione et les parents de Conrad avait fait basculer la jeune fille vers une insubordination dont l'apogée et la conclusion auraient lieu ce soir.

Cela faisait cinq ans qu'elle connaissait Gabriel de Rex, depuis ce jour où il s'était présenté à Meursault, alors qu'elle séjournait chez les Lanvalle. Le dos entravé par un corset, les traits contractés par la douleur que le trajet et même chaque mouvement de son corps entraînaient, il n'avait pas hésité à braver le destin pour approcher la jeune fille. Cinq ans émaillés de rencontres trop rares n'ayant fait qu'attiser le désir, le besoin, le fol amour qu'elle éprouvait pour cet homme charismatique, qui avait juré d'empêcher son union avec Conrad de Lanvalle.

Quand enfin guéri, Gabriel avait pu quitter l'hôpital de Beaune, non sans avoir jeté la suspicion dans le cœur de Balbine en l'interrogeant sans relâche sur Alix, le jeune homme n'avait eu qu'un seul but : revoir celle qui n'était encore pourtant qu'une fillette. Ami des Lanvalle, il ne lui avait pas été difficile d'être présent à chaque fois que les Joinville se rendaient à Meursault, ce qui survenait plusieurs fois par an. Au fil de ces séjours, Alix s'attachait davantage à lui tant il mettait d'ardeur à la bouleverser par des déclarations enflammées inconnues de Conrad. Jusqu'à ce que l'inévitable se produise, conjugaison du tempérament fougueux de Gabriel et de la nature aventureuse d'Alix : ils avaient scellé avec de l'avance les liens du mariage par plusieurs étreintes qui avaient rendu la jeune fille captive de sa sensualité. Gabriel personnifiait désormais la découverte puis l'embrasement de tous ses sens, elle ne pouvait plus se passer de lui. Sous sa capricieuse et dominatrice carapace, elle révélait une âme sensible, presque naïve, quand il s'agissait de volupté.

C'est ainsi que la jeune fille voyait les choses alors que les hospices abritaient son secret et les rares relations charnelles qu'elle parvenait à voler à un quotidien sous surveillance. Afin de rencontrer Gabriel sans éveiller les soupçons, Alix avait eu l'idée d'aider sa cousine pour de nombreuses tâches dont la dame hospitalière ne pouvait s'acquitter sans négliger son travail auprès des malades. Hermione n'avait consenti à cette activité qu'après s'être assuré qu'elle découlait d'un désir altruiste et non pas d'une vocation comme chez Balbine. Elle avait été aussi rassurée par la présence de cette dernière, chaperon de la jeune fille dans un monde où évoluaient des hommes et de peu de pudeur en raison des soins prodigués. Jamais l'austère Hermione n'imagina que sa nièce fût assez rusée et perverse pour, sous prétexte de piété et de philanthropie, côtoyer son amant et se livrer avec lui, dans un lieu où Dieu était omniprésent, à des fornications qui la transportaient d'aise !

Leur liaison se poursuivit par intermittence aux hospices où Gabriel séjournait en raison de maux de dos récurrents. Hôte payant, il feignait parfois de souffrir pour obtenir une chambre avec une facilité déconcertante. Les premiers temps, Balbine ne remarqua pas que la venue du jeune homme coïncidait souvent avec les périodes durant lesquelles Alix était assidue aux hospices. Lorsque sa méfiance s'éveilla, c'était trop tard : Alix avait succombé au charme du prétendu infirme et rien n'aurait pu la contraindre à revenir dans le droit chemin.

La jeune fille était sous la coupe de Gabriel au point d'accepter un travail qui heurtait sa dignité. Pas question qu'elle s'occupe des malades en raison de son inexpérience, elle était cantonnée à des tâches subalternes, attribuées à la domesticité au château de La Rochette, comme le ménage, la vaisselle, la lessive ou le raccommodage du linge. S'y pliant avec patience en sachant qu'elle serait récompensée par une étreinte avec Gabriel, Alix était moins motivée les jours où le jeune homme était absent. Cependant, s'atteler à son labeur uniquement quand son amant était dans les parages ne manquerait pas de nourrir la suspicion de Balbine dont la confiance en sa cousine était déjà ébranlée. Aussi Alix devait-elle se soumettre à ce programme dégradant pour de trop rares rencontres, parfois inabouties, la laissant frustrée. Les deux amants n'avaient pas toujours l'occasion de s'isoler dans la chambre de Gabriel ; parfois, ils se contentaient d'un rapide baiser, trop conscients que la porte pouvait livrer passage à une sœur que bouleverserait le spectacle de leurs corps nus.

Au fil du temps, Alix avait compris que ce qu'elle avait pris pour un sentiment d'amour pur ressemblait fort à une emprise des sens dont elle se sentait de plus en plus prisonnière. Son tempérament indocile s'accommodait mal de cette dépendance qu'elle jugeait dégradante. Des doutes s'emparaient d'elle à l'idée de la vie peut-être difficile qui l'attendait avec Gabriel. Alors qu'elle se forçait à manger, ils revinrent en force dans l'esprit bouleversé de la jeune fille qui ne savait plus quelle voie emprunter : celle de la rébellion ou de la sagesse ?

L'attente, l'impatience, bientôt l'angoisse faisaient douter Gabriel. L'incertitude le gagnait à mesure que les minutes passaient, interminables, aggravée d'un sentiment de perte qui en devenait douloureux. La voix d'Alix vibrait encore à ses oreilles alors même qu'il commençait à se poser des questions sur la sincérité de cette femme. Mais non, impossible. Le retard de sa promise signifiait peut-être qu'il était arrivé quelque chose de grave, l'empêchant de rallier le lieu de rendez-vous : une fièvre qui la clouait au lit, un accident de cheval, la mort d'un membre de sa famille... Gabriel envisageait toutes les possibilités en tentant de percer l'obscurité d'un regard de plus en plus hébété. Pas un bruit aux alentours, sinon celui des oiseaux de nuit et des prédateurs de la forêt. Son anxiété grandissait en échafaudant des explications mettant presque toutes Alix en danger et leur plan de fuite en péril si l'aube pointait avant que la jeune fille ne paraisse. Adepte des décisions vite prises, Gabriel se sentait désemparé à l'idée que leur projet commun puisse subir un revers. Néanmoins, il préférait cela à l'annonce d'une tragédie touchant la jeune fille.

Quelle heure pouvait-il être ? Devait-il renoncer à guetter Alix et retourner à Chablis ? Si seulement un messager se montrait, lui livrant une justification rassurante à l'absence de sa maîtresse, il rebrousserait chemin ! La fatigue s'accumulait sous ses paupières, ses yeux rougis trahissaient à la fois épuisement et chagrin. En dépit de la belle saison et de la température clémente, le froid s'emparait de tous ses membres, déjà engourdis par sa position inconfortable sur le cheval. Gabriel avait peur de s'endormir. Il avait l'impression d'être là depuis une éternité.

La panique s'empara de lui sans crier gare. Il avait du mal à respirer, il suffoquait, submergé par une vague d'angoisse jamais connue. Il lui semblait avoir été jeté par erreur dans les flammes de l'enfer. Le sang cognait à ses tempes. Il avait mal à la tête. Ses pensées, toutes plus absurdes les unes que les autres, s'entrechoquaient dans son esprit. Elles ressemblaient à une bande de papillons captifs et affolés. Un goût amer dans la bouche, il craignait de vomir. Tout son être se rebellait. Il ne se reconnaissait plus. Encore quelques minutes et il s'effondrerait. Il n'était pas sûr de survivre à de si bouleversants transports. A cet instant, il prit conscience combien il aimait Alix et comprit que, si un malheur lui était arrivé, il ne le supporterait pas.

Une once de conscience le ranima pourtant. Il trouva la force d'éperonner sa jument. Avait-il mal compris le lieu de ralliement ? Alix s'inquiétait-elle de son côté ? Impossible de pénétrer à La Rochette sans risquer de compromettre la jeune fille. Et sa propre mère qui était malade et qu'il avait dû abandonner sur son lit de souffrances en pensant ne jamais la revoir ! Il fila vers Chablis, le cœur en miettes.

Au château de La Rochette, à des degrés divers, chacun sentait combien la jeune Alix avait perdu sa sérénité. Elle qui cultivait un caractère gai, fantasque, aux antipodes de celui de sa mère et de sa tante, à la limite de l'impertinence souvent, se montrait à présent mélancolique, à l'image d'Aude qui ne quittait guère le donjon que pour des promenades à cheval solitaires. Ce retournement, qu'on mettait sur le compte de ses noces prochaines, n'avait pas eu lieu en un jour. Tout d'abord, Alix avait fait montre d'une extravagante surexcitation, appelant de tous ses vœux un séjour à Meursault, réagissant avec une colère disproportionnée quand sa tante lui objecta que rien de semblable ne pouvait être programmé dans l'immédiat. Elle avait alors sombré dans la mélancolie.

Depuis sa désertion, la jeune fille n'avait plus reçu aucun signe de Gabriel, à croire qu'il avait trépassé. Néanmoins, si un tel drame était survenu, Hermione aurait été avertie. Non, elle était certaine que rien de pareil n'était arrivé et commençait à envisager que le jeune homme ait pu ne pas se présenter au rendez-vous, se jouer de sa naïveté et renoncer à une union qui ne lui offrait plus d'attrayantes perspectives, à présent qu'il avait réussi à surmonter la pudeur d'Alix en partageant sa couche. Cet acte déshonorant de la part de Gabriel aurait été un soulagement si Alix n'avait pas eu peur d'être grosse. Depuis quelques semaines, elle ne saignait plus et souffrait de nausées matinales, tous ces indices attestant qu'un enfant s'annonçait. S'efforçant de refouler sa terreur, elle se mit à réfléchir de longues heures et, avec cette intelligence qui, parfois utilisée à mauvais escient, la caractérisait, avait acquis la certitude que le mariage avec Conrad était la seule issue possible. Certes, elle ne l'aimait pas mais il lui offrirait une vie digne de ce nom, elle ne manquerait de rien à ses côtés et l'enfant de Gabriel ne deviendrait pas celui du scandale.

Face à Conrad, Alix éprouva, comme trop souvent en sa présence, une pointe d'agacement qui la titilla sans répit. Chez lui, beaucoup de choses heurtaient sa nature. Bien qu'il possédât un visage et une silhouette plutôt avenants, un léger embonpoint commençait à le gagner. C'était déjà visible dans son menton dont la mollesse ne lui échappait pas. Quand il lui baisait les doigts, la moiteur de ses lèvres l'indisposait. Très intéressé par les armes, sujet qui ne passionnait pas les dames, on ne pouvait reprocher à Alix de ne pas partager sa flamme, il ne brillait guère par son esprit dans les conversations. L'amour courtois ne trouvait pas d'écho en cet homme un peu fruste, presque bourru, tout le contraire de Gabriel. Bien qu'elle le rencontrât régulièrement, elle notait chez lui des changements en sa défaveur comme ce début de calvitie. Elle se demandait avec inquiétude s'il en était de même pour elle, si elle perdait au fil des entrevues des bribes de sa séduction. Mais la plupart du temps, les éloges et les hommages appuyés dont elle faisait l'objet de la part de la gent masculine la rassuraient sur son charme.

Ce soir-là, un banquet réunissait les Joinville et les Lanvalle, ainsi que des amis et relations des environs. Dans la salle de réception aux vastes dimensions, des planches sur tréteaux avaient été dressées en U face à la large cheminée où un feu projetait ses lueurs dansantes. Les carreaux de terre vernissée représentaient un bestiaire, du cerf au poisson en passant par quelques animaux mythologiques, dont les couleurs vives brillaient comme un lac sous l'astre à son apogée. Alix nota que, outre la présence de nombreuses tentures comme à La Rochette, les Lanvalle avaient fait installer depuis sa dernière visite des panneaux en bois sur les murs à quelques pieds du sol et les recouvrant presque entièrement par endroits, à la fois décoratifs et isolant la pièce du froid. Les motifs sculptés représentaient le pliage d'un tissu, trompe-l'œil qui ravit la jeune fille. Ce modernisme lui fit prendre conscience de la dégradation progressive de La Rochette, figé dans un passé démodé.

De même avait-elle été surprise, lors de ses précédents séjours au château, de noter combien les vêtements se paraient de signes distinctifs de richesse que les Lanvalle, les femmes surtout, exhibaient avec un naturel confondant. Si Alix aimait arborer des habits qui la valorisaient, elle ne put qu'admirer ceux que portaient ses futures belles-sœurs et même sa belle-mère. Les robes offraient de riches étoffes et une taille haute, octroyant de l'élégance aux femmes dont les décolletés pointaient jusqu'à la taille, cachés par un triangle de tissu, le tassel. De la fourrure les ornait, ainsi qu'aux poignets et dans le bas des toilettes terminées par une traîne. Les coiffures, en particulier, subjuguaient Alix. Presque toute la chevelure était dissimulée, mettant en évidence un front très dégagé que ces dames épilaient pour sacrifier à la mode de la peau immaculée. Dans le cercle mondain des Lanvalle, les vêtements tenaient une place jugée bien frivole aux yeux d'Hermione qui avait néanmoins dû s'adapter. Détestant l'idée qu'on juge sa nièce mal attifée, elle avait renouvelé sa garde-robe, non sans gémir sur la somme nécessaire à cet effet. Lors de ce souper, Alix se rendait compte avec amertume que les dépenses de sa tante ne suffisaient pas à la hisser au même rang que ses voisines. La plupart portaient des matières somptueuses, draps de soie, fourrures luxueuses, pierres précieuses, perles rutilantes… La tenue de qualité mais simple de la jeune fille contrastait avec l'étalage fastueux des autres convives, à l'exception d'Hermione qui considérait d'ailleurs tout ce spectacle d'un œil acerbe.

L'une des sœurs de son fiancé était justement en train de parler de ses atours :

— Comment trouvez-vous ma robe noire ? demandait-elle à la cantonade. Cette couleur est un hommage aux Italiennes. Figurez-vous que les pauvrettes n'avaient pas le droit de porter du rouge dans leur patrie. Eh bien, elles ne s'en sont point laissé conter ! Elles ont réagi en exigeant des teinturiers qu'ils proposent un noir aussi dense et flamboyant que le carmin le plus obscène ! N'est-ce pas un beau pied de nez aux puritains ?

Dans l'ignorance de cette anecdote, Alix se sentait pareille à une fille sans éducation. Quant à Hermione, elle ne semblait pas gênée par ses lacunes mais plutôt frappée de stupeur et d'effroi face à tant d'indécence.

Dépitée, Alix s'efforçait de mémoriser toutes ces nouveautés comme les multiples découpes et accessoires bien onéreux. Elle se rappela ses lamentations auprès de Jeanne, plaintes qui trouvaient en ce lieu et en compagnie de ces personnes un cruel démenti. Certes, elle savait que les Lanvalle étaient très aisés, toutefois elle ignorait qu'ils pourraient lui offrir, de par son union avec Conrad, un train de vie qui, ce soir, s'apparentait à celui de la cour. La cour ! Se pouvait-il que Conrad soit admis dans ce cénacle et y inclue sa jeune épouse ?

Le repas fut à l'image de ceux qui y participaient. Observant tout, s'efforçant de tendre l'oreille à la moindre remarque, sans pour autant se joindre à un débat qui la désorientait par sa nouveauté, Alix voulait s'imprégner des nouvelles mœurs en vogue qui, d'après les échanges verbaux, venaient d'Italie. Au milieu du souper, celles-ci paraissaient si évidentes que la jeune fille se demanda comment les Français, et non les transalpins, n'y avaient pas songé les premiers. Comprenant que certains hommes avaient voyagé sur cette terre, elle sentit gonfler en elle le désir de la découvrir à son tour. Certes, voilà bien des années, Hermione avait évoqué un tour de France mais se pouvait-il que ce mariage, si décrié par elle-même, lui offre la possibilité de parcourir d'autres pays que le sien ? Face aux mets servis, Alix fut toutefois un peu déçue. Les viandes, épicées à outrance, se succédaient comme dans n'importe quel banquet traditionnel. La présence d'abats, une exploration culinaire pour elle, la dégoûta plus qu'elle ne l'enchanta. En revanche, elle fut charmée par la saveur de deux légumes inconnus, l'artichaut et l'asperge, dont Conrad se fit un devoir de lui décrire la provenance : encore la péninsule italienne ! La variété des pâtisseries servies à la fin du repas la surprit aussi.

L'esprit captivé par toutes ces innovations, Alix en avait oublié Gabriel. Se tournant vers Conrad, elle lui demanda d'un ton détaché des nouvelles des Rex.

— Ils auraient été parmi nous si Corentine, la mère de Gabriel, n'était souffrante. Son mari et son fils ne quittent pas le château dans l'angoisse de la voir si mal. Ils ne pourront pas être présents non plus à notre mariage.

S'évertuant à garder une expression simplement chagrine, Alix s'enquit :

— Mon Dieu, est-elle perdue ?

— Il semble que le mal se soit porté sur la poitrine… Elle tousse beaucoup…

Conrad glissa à l'oreille de sa fiancée que Corentine était à l'article de la mort. Choquée, Alix saisissait soudain la raison pour laquelle Gabriel ne s'inquiétait pas de son sort. Elle était toutefois assez fine pour deviner qu'un tel sujet n'était pas à encourager durant un banquet festif. Elle ne posa pas davantage de questions en dépit de la curiosité qui la tenaillait. Mais pourquoi Gabriel ne l'avait-il pas avertie par un message de la maladie de sa mère ? Eprouvait-il du dépit et de la colère à l'idée qu'elle ait renoncé à fuir avec lui ? La jeune fille balaya du regard le décor, la table, les nombreux domestiques, les convives, tout ce lustre, toute cette splendeur...

Tâtant son ventre, elle réfléchissait à toute vitesse, fixant l'insignifiant Conrad comme si elle le voyait pour la première fois. Une résolution émergeait en elle. Un revirement s'amorçait qui lui rendait une partie de sa gaieté d'antan.

Deux jours plus tard, Gabriel apprit qu'Alix séjournait à Meursault. Aussitôt, il sella son cheval et parcourut les lieues qui le séparaient de sa bien-aimée. A mesure que l'état de sa mère s'affaiblissait, il réalisait sa terrible erreur de ne pas rejoindre Alix, de ne pas tout tenter pour la convaincre de fuir avec lui afin de ne pas la perdre à jamais. Dans ce but, il lui avait fait parvenir plusieurs lettres expliquant sa défection.

Il fit en sorte de la voir seule dans les jardins où elle se promenait.

— Dès que je t'ai sue à Meursault, je suis venu en laissant ma mère qui peut s'éteindre d'un instant à l'autre.

— Ce geste me touche, Gabriel, mais je ne comprends pas comment tu as pu ne pas me donner de nouvelles après notre rendez-vous manqué.

— J'ai envoyé plusieurs messages qui sont demeurés sans réponse ! protesta le jeune homme. Crois-moi, Alix, ma mie, quand ma mère reposera en paix, nous nous retrouverons ! As-tu de ton côté une bonne raison à me soumettre pour ne pas avoir fait acte de présence à ce qui devait déboucher sur une nouvelle vie ?

« Comment ose-t-il me parler sur ce ton ! » s'indigna Alix. Elle le fixa d'un air plein de rancœur.

La bouche tordue par une sourde colère, elle répliqua :

— Tu me demandes beaucoup alors que tu mets l'affection que tu voues à ta mère au-dessus de notre intérêt commun. Je suis lasse de t'attendre ! s'exclama-t-elle, la voix raffermie par la rage qui la consumait, le visage en feu.

— Je ne comprends rien à tes reproches ! Je suis en droit d'en formuler, moi aussi. Tu m'as abandonné dans la forêt comme un manant. Que s'est-il passé, Alix ?

Elle se dégagea de l'étreinte qu'il tentait de lui imposer.

— Je me marie bientôt, martela-t-elle d'un ton dénué de tout sentiment.

— C'est donc cela ? Tu n'as jamais eu l'intention de venir avec moi, en vérité ?

Comme elle ne désirait pas poursuivre l'échange et esquissait le geste de partir, il tenta de la retenir mais elle fit volte-face sans lui accorder un regard et un mot de plus. Tout était dit et pourtant… Elle ne lui avouerait jamais combien elle était soulagée, tout en éprouvant quelques remords qu'elle écarta vite de son esprit. Après mûre réflexion, elle en était venue à la conclusion qu'il était préférable d'unir sa destinée à celle de Conrad, quand bien même elle ne l'aimait pas. L'existence qu'il lui offrirait valait quelques sacrifices et elle n'avait plus du tout l'intention de galoper sur les routes avec son amant, bien décidée à faire croire à Conrad que l'enfant était de lui. D'ailleurs, elle avait gardé le silence sur sa grossesse qui ne faisait plus aucun doute.

Ils avaient tant à se dire ! Néanmoins, il valait mieux que leur entrevue ait été écourtée puisqu'elle ne désirait pas donner suite à une aventure qu'elle considérait à présent comme une folie. Elle avait cru échapper à sa condition en partant avec Gabriel, qui avait su la conquérir grâce à sa fougue, son charme et l'emprise qu'il exerçait sur ses sens. A l'opposé, elle se serait déshonorée avec un individu que son père aurait sans doute déshérité. Dès lors, ils auraient été condamnés à errer en Bourgogne, sans le sou et incapables de subvenir à leurs besoins. Certes, peut-être Hermione et Aude auraient-elles fini par pardonner à la scandaleuse Alix et le couple, uni par les liens du mariage, aurait pu se réfugier à La Rochette. Alix et

Gabriel auraient alors subi l'opprobre de la noblesse et vu leur vie sociale réduite à néant. Sur les enfants nés de leur union se serait étendue cette vindicte, assombrissant leurs lendemains. Une existence sans éclat, remplie d'amertume et de regrets, teintée de culpabilité et de dépit. Tandis que l'ambiance du banquet avait laissé entrevoir à Alix le quotidien flamboyant dont elle n'avait pas osé rêver jusqu'à aujourd'hui.

Regagnant sa chambre afin de se changer, Alix demeurait toutefois pensive : n'aurait-elle pas dû se montrer encore plus ferme, plus dure ? Et si Gabriel se livrait à quelque extravagance qui ruinerait sa réputation ? Et s'il choisissait d'enlever sa belle ? Son cœur se tordait d'angoisse à cette idée.

13

Après le baiser échangé entre Balbine et Maric, il ne s'était rien passé. Conscients qu'ils ne se maîtrisaient plus, ils s'évitaient autant que possible et faisaient surtout en sorte de ne jamais se retrouver seuls. Ce baiser avait laissé à la dame hospitalière un avant-goût de l'extase mais désirait-elle la connaître dans sa totalité, ce qui incombait de pécher gravement ? Oui et non. Une partie d'elle l'implorait de toutes ses forces tandis que l'autre regardait cette éventualité avec horreur. Le médecin était dans les mêmes dispositions. Certes, rien ne l'empêchait de céder aux caprices de ses sens, toutefois la femme qui partagerait sa couche ne pouvait en aucun cas être une soignante ayant fait vœu de chasteté.

Il arrivait cependant qu'un contact se produise, frôlement des corps, visages s'approchant pour mieux se parler, yeux se croisant en une imploration muette... Balbine voyait alors Maric tressaillir, ses propres mains se mettaient à trembler, son cœur à hurler de rage et de désespoir, en pure perte. Un gouffre s'ouvrait sous les pieds de la dame hospitalière, elle ne s'appartenait plus. Un spasme tordait le ventre du praticien. Ils demeuraient impassibles, endurant le supplice en solitaire face à des spectateurs aveugles, autant de témoins qui ne semblaient rien percevoir ni comprendre de la scène cruelle qui se jouait devant eux.

Pour tenter de retrouver la paix, Balbine se vouait corps et âme au bien-être de ses malades. Assidue à la prière, elle avait appris avec le temps, la sagesse de l'âge, le départ d'Alardine et la douceur d'une supérieure à l'écoute de ses besoins à soumettre son caractère parfois rebelle pour le confort de sa communauté. Le plus difficile dans ce contexte était toujours de comprimer les élans de son cœur et de ses sens qui la poussaient à rechercher la compagnie de Maric au risque de trahir son vœu de chasteté. Elle y parvenait cependant, non sans souffrances.

Ce matin-là, elle offrait de l'eau bénite aux malades et les aidait, pour les plus faibles, à réciter leurs prières, consolant comme elle le pouvait ceux qui enduraient de vifs tourments. A un homme qui subissait d'insoutenables douleurs d'entrailles, elle utilisait les mots consolateurs de la religion. Tout en lui prodiguant des soins, elle l'exhortait à la patience et au repentir de ses fautes. Il demanda à être entendu en confession, conscient que ses jours étaient comptés. Son devoir accompli, la dame hospitalière se retira après un dernier signe de croix.

Après avoir prévenu le père spirituel, elle se rendit dans les cuisines afin d'y prendre son repas. La nourriture frugale servie aux hospices, semblable à celle donnée aux patients pauvres, ne gênait pas

Balbine. En revanche, Bérénice en concevait parfois de l'aigreur qu'elle avouait en confession. Non sans malice, Balbine se souvenait d'une scène d'anthologie dans le dortoir.

Balbine avait reçu la visite d'Hermione qui avait apporté quelques présents sous forme de desserts, le sucre étant devenu très à la mode et même incontournable dans les assiettes de la noblesse, suivant en cela la cour. La dame hospitalière avait pensé les refuser puis l'idée de les offrir à sa consœur l'avait traversée, bien que l'ascétisme régnât aux hospices. Toujours aussi gourmande, en dépit du fait qu'elle s'en défendait face à la maîtresse qui assimilait ce goût du bien-manger à un péché, Bérénice ne résista pas aux sorbets, crèmes glacées, sabayons, confitures, dragées, pâtes de fruits, de fleurs, de nougat, de frangipane ou meringues que Balbine disposa sur sa couche pour son bon plaisir.

Cette dernière rit de l'avidité avec laquelle Bérénice fit disparaître ces douceurs, inexistantes à l'hôtel-Dieu, sans même s'interroger sur son comportement. La félicité l'emportait sur la pondération. Elle engloutit une dragée et, dans sa précipitation, faillit s'étouffer. Balbine dut lui servir un verre d'eau pour la faire passer. Un peu ébranlée, la sœur modéra son appétit en étouffant un rot. Son ventre gargouillait après toutes ces agapes et elle s'efforçait de masquer ce bruit incongru par des raclements de gorge répétés.

La complicité entre les dames hospitalières renforçait l'agrément de Balbine à travailler à l'hôtel-Dieu.

Bien moins insatiable était l'appétit de Balbine qui se contenta d'un petit déjeuner léger au sein des belles cuisines. Il y flottait déjà les odeurs de nourriture pour le dîner et une buée grasse commençait à tout imprégner dont les sœurs viendraient à bout grâce à la propreté rigoureuse qui primait en ces lieux. Jambons, lard, filets de poisson séchaient pendus au plafond, à l'abri des chiens et chats qui auraient la malencontreuse idée de pénétrer ici, mais surtout des rongeurs. Le feu entretenait une chaleur bien trop forte, cuisant les denrées dans les grosses marmites.

Bérénice entra et sourit à Balbine tout en s'installant en face d'elle pour prendre à son tour quelque nourriture. Balbine lui rendit son sourire tout en songeant à Adèle, morte quelques mois plus tôt. Alors que la naïve Flore et Bérénice, elle en était presque sûre, ne soupçonnaient rien, Balbine s'était toujours demandé si Adèle avait remarqué son trouble à chaque fois que Maric Lambert se trouvait dans les parages. Quoi qu'il en soit, elle n'en avait parlé à personne.

Dans Beaune, le son de chansons à boire résonna jusqu'aux deux dames hospitalières dont les regards tolérants se croisèrent. Il devait s'agir d'étudiants de retour chez eux après une nuit passée à faire la fête dans quelque cabaret ou lieu de perdition, peut-être l'auberge du Chapon située tout près des hospices.

Incapable d'oublier qu'elle avait commis une faute en embrassant Maric, Balbine s'efforçait une nouvelle fois de le fuir. Vœu pieux mais difficilement applicable au sein des hospices où ils travaillaient en équipe soudée. Aussi s'évertuait-elle à baisser les yeux quand elle était amenée à le côtoyer, à ne s'adresser à lui qu'en cas de nécessité et surtout à ne pas le toucher ! Ces exigences lui demandaient des efforts qui la rendaient bien lasse. Et un jour qu'elle ne put faire autrement que de le fixer en lui posant une question importante sur un malade, elle lut dans son regard une telle douceur, une passion aussi, dévorante, la même que la sienne, que sa volonté faiblit jusqu'à rejoindre le néant. Il n'existait rien de plus extraordinaire que cet amour qui les unissait. Elle ne parviendrait jamais à y renoncer.

Comme s'ils avaient rendez-vous, le médecin et la dame hospitalière s'éloignèrent des lits pour se réfugier dans une pièce désertée où ils espéraient ne pas être dérangés. Le temps leur était compté, ils le savaient, et ne s'embarrassèrent pas de précautions oratoires. Leur émotion était de toute façon trop débordante pour cela.

— Balbine, je vous aime ! s'écria Maric. J'ai essayé de combattre cet attachement mais c'est impossible.

— Je ressens la même chose, avoua la soignante dont le fardeau s'allégea tandis qu'un flot de sang rosissait sa peau délicate.

Enfin, il laissait parler son cœur !

— Maric... murmura-t-elle avec les accents de la passion trop longtemps contenue en se collant à lui.

Il ne la repoussa pas, l'enveloppant de ses bras. Une timide prière vint à l'esprit de la soignante enfiévrée : « Seigneur, pardonnez-moi !... Pardonnez-nous !... »

Pas plus maître de ses sens, Maric cherchait à la déposséder de son uniforme, son seul rempart contre l'irrémédiable. En dépit du fait qu'ils pouvaient se faire surprendre, signant ainsi leur déshonneur à tous deux, Balbine ne protesta pas. Il faisait chaud dans la chambre, sombre aussi, un décor qui favorisait leurs caresses dans un clair-obscur rassurant pour la soignante qui n'avait jamais connu d'autre homme qu'Audouin le barbare.

Un filet de sueur se mit à couler le long de son dos alors qu'elle haletait en se contorsionnant pour ôter sa robe. L'ambre gris, parfum dont Maric était imprégné, lui tournait la tête. Il semblait presque habité par la folie avec ses yeux trop ardents et son souffle saccadé mais elle n'éprouvait pas la moindre peur, bien au contraire. Elle n'osa tout de même pas le déshabiller à son tour mais les formes rudes, tout en angles et muscles, du praticien se mouvaient sous ses doigts, et elle brûlait de parcourir son épiderme à main nue.

Tout à coup, des éclats de voix retentirent dans le couloir. Malgré son délire, Balbine reconnut celles de Flore et de Bérénice. Un vent de panique la fit trembler des pieds à la tête. En toute hâte, elle dissimula ses seins, que Maric noyait de baisers, sous le tissu protecteur et rabattit sa robe sur ses jambes qui chancelaient. Mon Dieu ! A quoi pensait-elle ? Et si ses consœurs l'avaient surprise en train de forniquer ? Ce n'est pas le terme qu'elle aurait choisi pour décrire ses ébats avec l'homme qu'elle aimait mais cela aurait été celui des dames hospitalières dont le choc, à la vue de Balbine et de Maric dénudés se prêtant à de sensuelles étreintes, aurait été sans commune mesure. Elle aurait perdu son emploi, Maric le métier qui lui permettait de vivre. Le scandale aurait pu rejaillir sur l'hôtel-Dieu si les témoins avaient parlé.

La fièvre s'était tarie. Tous deux se rajustaient en silence. Le murmure des voix s'éloignait mais ils étaient conscients d'avoir pris des risques sans précédent. Un mélange de soulagement, de déception et d'abattement gagna Balbine.

— Je suis si désolée…

— Sans doute est-ce mieux ainsi.

— C'était une folie.

— Oui, je sais. Mais une douce folie, une belle folie.

Ils se contemplaient avec tristesse. Seraient-ils allés jusqu'au bout sans l'approche de Flore et de Bérénice ? Ils n'auraient jamais la réponse à leur question. Balbine était persuadée que cet instant d'égarement ne se reproduirait plus. Resteraient les sentiments, purs, ardents. La capitulation semblait impossible en ces lieux et jamais Balbine n'accepterait de suivre Maric à l'extérieur, dans une chambre, comme une ribaude. Finalement, les hospices la protégeaient, tout en entretenant son calvaire.

— Que pouvons-nous faire ? C'est sans fin.

— A moins que je n'abandonne mon poste à Beaune, nous serons toujours soumis à la tentation.

A l'idée qu'il puisse partir, disparaître à jamais de sa vie, le cœur de Balbine se contracta dans sa poitrine.

— Si vous me quittez, j'en mourrai !

— Je n'en ai pas l'intention, lui répondit le médecin d'une voix tendre.

Mais son expression grave démentait ses paroles ; on aurait dit que l'idée cheminait en lui.

Personne ne remarqua le trouble de Balbine et de Maric. Ou du moins, si quelqu'un s'en avisa, il le mit sur le compte de la situation aux hospices.

Un lépreux avait cherché à s'introduire dans l'hôpital, provoquant la panique chez les malades. Compatissantes, les dames hospitalières n'en refusaient pas moins l'accès à ces êtres frappés d'une pathologie qui inspirait l'épouvante. Les infirmités sévères qu'elle engendrait, visions de cauchemar, entraient pour beaucoup dans la répulsion des gens à traiter ces pauvres hères avec humanité. Néanmoins, l'hôtel-Dieu n'était pas un endroit conçu pour les accueillir, il existait des maladreries où on prenait soin d'eux tout en les gardant à l'isolement. Aucun remède n'existait pour endiguer ce fléau et les personnes qui en étaient victimes vivaient l'enfer, considérées comme des exclus auxquels on jetait leur nourriture de loin par dégoût et par peur de la contamination. Parmi de nombreuses interdictions les concernant, on trouvait celle de ne laver ni leur corps ni leurs vêtements dans les fontaines, les ruisseaux, les rivières fréquentés par les gens sains, ou encore de ne pas toucher aux enfants.

En dépit du sentiment de pitié qui lui serrait le cœur, Balbine ne pouvait prendre le risque de laisser pénétrer un lépreux en ce lieu et elle se joignit aux autres sœurs pour le repousser à l'extérieur. Maric les aida du mieux qu'il put avec un mélange de douceur et de fermeté. Tout le monde était bouleversé de devoir agir avec si peu de charité mais cette règle était stricte et nécessaire. L'émoi de la dame hospitalière et du médecin fut ainsi noyé dans la tourmente provoquée par le lépreux. Ils parvinrent peu à peu à se ressaisir dans le tourbillon des tâches qui les attendaient de l'aube au crépuscule.

Jeanne avait accompagné Alix à Meursault pour améliorer son quotidien et, en particulier, l'aider à se toiletter, se coiffer et se vêtir en ces circonstances où elle devait briller face à son promis. Les relations entre la jeune fille et sa servante devenaient plus tendues, la complicité d'antan ayant laissé place à une certaine animosité. Certes, Jeanne ne pouvait se targuer d'un quelconque pouvoir sur Alix et en raison de sa position subalterne devait conserver aigreur et acrimonie par-devers elle. Quant à Alix, elle n'abusait pas trop du pouvoir qui lui avait été conféré par la naissance car elle appréciait sincèrement le voisinage de Jeanne dont le caractère conciliant s'accommodait avec le sien. Néanmoins, au fil des années, Jeanne avait pris de l'assurance, en partie parce que les Joinville ne la traitaient pas de la même manière que les autres domestiques.

Tout le monde l'avait remarqué, Alix y compris. On lui donnait des ordres mais d'une voix douce. On la grondait quand la situation l'exigeait mais avec pondération. On veillait sur elle comme sur une personne à part dans la maisonnée. Et surtout, on l'évoquait souvent lors des conversations et elle bénéficiait d'une liberté de ton et de paroles stupéfiante pour une simple servante. Alix avait aussi noté qu'Eulalie et Gaspard, s'ils paraissaient apprécier Jeanne, se mettaient presque toujours en retrait en présence d'un membre de la famille Joinville comme si ce dernier avait des droits sur elle. Le fait que Jeanne soit si bien éduquée pour quelqu'un de son milieu avait étonné Alix. Très vite, elle s'était intéressée aux plantes, excellant dans ce domaine à l'image de Balbine. Hermione, Aude, Alix aussi n'hésitaient pas à faire appel à ses compétences en la matière quand elles étaient souffrantes. Tout cela donnait de l'importance à cette petite intrigante, songeait Alix, un peu jalouse, bien qu'elle eût d'autres sujets de préoccupation en ce moment.

La pluie ruisselait sur les vitraux. Jeanne frappa puis pénétra dans la chambre d'Alix. Celle-ci se tenait immobile près de la fenêtre comme une statue séculaire. Son expression tourmentée démentait toutefois la réplique d'une sculpture lisse et placide de l'Antiquité. Ses mains se tordaient dans un effort vain pour comprimer une montée de panique qu'elle exprima dans un cri :

— Toi, enfin ! Dépêche-toi, nous sommes en retard...

Elle se précipita sur la porte dont elle tourna la clé d'un geste théâtral. Puis elle prit appui sur un lutrin intégré dans l'accoudoir d'un siège comme si une faiblesse s'emparait d'elle au moment de livrer une pénible vérité. Jeanne lui trouva l'air factice d'une tragédienne, rôle qu'elle devait parfois jouer à Meursault où beaucoup de fausseté régnait.

Jeanne s'avança. Alix consentit à s'asseoir et la servante se mit à brosser ses longs et soyeux cheveux avec patience.

— Que de merveilles culinaires, ici, à Meursault ! s'exclama Alix en contemplant son joli reflet dans le miroir avec vanité. A La Rochette, on me sert trop de pois chiches, j'en suis écœurée, surtout avec le fenouil et l'anis dans lesquels ils macèrent.

— Ce régime facilite la digestion, s'interposa Jeanne, le front barré de plis de concentration car elle relevait la chevelure de sa maîtresse en un savant échafaudage. N'avez-vous pas droit aussi à des massepains aux amandes, ainsi qu'à du sirop à l'eau de rose ? ajouta-t-elle avec un sourire malicieux, faisant référence à la gourmandise d'Alix.

— Si fait, et à du vin coupé d'eau comme les enfants ! s'exclama Alix en riant.

En dépit de leurs divergences de caractère et de la tension qui régnait parfois entre elles, Jeanne pouvait se permettre certaines libertés qu'Alix n'aurait pas tolérées chez une autre.

Un orage s'annonçait, il faisait déjà presque nuit. Des ombres dansaient sur les murs et le silence fut soudain troublé par les cris d'un corbeau. Le vent gémissait contre les fenêtres, Alix fut parcourue d'un frisson. Il faisait frais au sein de la chambre où les braises se consumaient, apportant un semblant de clarté à mesure que leurs yeux s'habituaient au clair-obscur. Alix demanda à Jeanne de ranimer le feu et d'allumer les bougies. Consciente que le ciel en colère pouvait prêter une ambiance maléfique au décor, la jeune fille tenta de réfréner son malaise. En dépit de sa naissance, de son éducation et de sa position, Alix nourrissait une véritable appréhension à l'égard de tout ce qui touchait au mystère de la vie et de la mort, au spiritisme, aux forces du mal. Elle craignait les mauvais sorts et les sorcières, elle était superstitieuse et attentive aux signes du destin.

Et tout à coup, le corbeau apparut derrière le vitrail, lui arrachant un cri d'épouvante. Ses yeux fixés sur elle lui firent l'effet d'une brûlure. Elle avait l'impression qu'ils lui transmettaient un message, pire, qu'ils cherchaient à sonder son âme.

La voyant en proie à la panique, Jeanne tenta de la tranquilliser.

— Il est parti. D'ailleurs, c'est moi que l'oiseau regardait.

— Tu en es sûre ?

— Par Dieu, oui !

Le cœur d'Alix se comprimait dans sa poitrine. Elle y porta une main tremblante.

— Si c'est ainsi, méfie-toi. Ce corbeau porte malheur !

— Je ne crois pas, non, décréta Jeanne avec dédain.

Alix fut si vexée qu'elle ne pesa plus ses paroles. La fatigue engendrée par cette scène éprouvante, mêlée à son émoi, ajouta à la virulence de son attaque.

— Oh, toi, bien entendu, tu n'as peur de rien ! Dieu sait de qui tu tiens ! D'une sorcière sans doute !

Jeanne blêmit. Sa main s'immobilisa au-dessus de la tête d'Alix comme en attente d'excuses. Alix regrettait déjà ses propos, néanmoins une femme de sa condition ne reconnaissait pas ses torts face à une servante.

— Il est vrai que j'ignore qui est ma mère… Mais savez-vous au juste qui est votre père ?

Le regard d'Alix croisa celui de Jeanne dans le miroir. Leurs yeux lançaient des éclairs. Elles ne se contenaient plus. Elles étaient allées trop loin et ne pouvaient plus revenir en arrière.

— Que cherches-tu à me faire comprendre ?

A son tour, Jeanne aurait voulu ravaler son insinuation. Mais elle savait combien Alix pouvait se montrer pugnace. Elle ne la lâcherait pas tant qu'elle n'aurait pas eu de réponse à sa question.

— On prétend que votre père a mis fin à ses jours en prison.

— C'est faux ! s'exclama Alix, choquée et bouleversée. Il a été victime d'un arrêt du cœur. Son injuste incarcération l'a tué. Mais peut-être en sais-tu plus aussi à ce sujet ? s'enquit-elle d'une voix mielleuse.

Jeanne secoua la tête.

— Non, pas du tout.

— Tu mens !

Jeanne s'affola. Elle venait d'achever la coiffure. S'inclinant en une rapide révérence, elle fit mine de quitter les lieux.

— Reste là ! lui ordonna Alix. Par Dieu, tu en as trop dit ou pas assez ! Je t'ordonne de poursuivre.

La servante ne tint pas compte de la sommation et s'éclipsa.

Bien loin du digne maintien d'une femme de haut rang, Alix lui courut après et cria dans l'escalier où sa silhouette se profilait encore :

— Je n'en ai pas fini avec toi ! Crois-moi, tu parleras !

Le lendemain, ayant le projet de se rendre aux hospices avec Jeanne, Hermione l'emmena tout d'abord chez Isabeau afin qu'elle fasse la connaissance de sa tante sans pour autant dévoiler les liens qui unissaient ces deux êtres si différents. La jeune sœur de Balbine était devenue une matrone au triple menton et à la taille épaissie par six maternités. Elle était à présent grand-mère d'une ribambelle d'enfants. Si son apparence s'était dégradée, il n'en était rien de son niveau de vie qui, grâce aux « vins de Beaune », grands crus de prestige, que son mari avait produits toute son existence, avait connu une belle croissance. Sa maison en attestait. Elle avait laissé la jouissance de son ancien logis à son aîné et emménagé dans la demeure de feu ses beaux-parents. Le point commun entre tous les bâtiments vignerons était la présence d'une cave et d'un cellier sous les fondations et desservis par un escalier parallèle à la façade. La porte d'entrée donnait sur une cour, cernée par des bâtiments abritant cochons et chèvres. Accolés à d'autres bâtisses du même style, les lieux avaient fière allure et témoignaient de l'enrichissement de ses habitants.

Si Isabeau et Balbine avaient été proches durant leur enfance, une distance s'était installée en raison du choix de vie de la dame hospitalière. Quand elles se rencontraient, leur conversation languissait parfois de ne pas trouver de sujets à partager. Isabeau se rappelait alors que Balbine n'était que sa demi-sœur, née d'un père noble dont elle pouvait se glorifier. Certes, Balbine se gardait bien de telles prétentions mais l'écart se creusait entre les deux femmes, sauf lorsqu'elles évoquaient le passé, renouant alors avec leur complicité de jadis.

Face à Hermione et Jeanne, Isabeau n'éprouvait pas d'émotion ni d'empathie. Cette femme, hautaine à ses yeux, et cette servante trop belle pour être honnête incarnaient pour elle des étrangères. La visite se limita à quelques banalités. Jamais Isabeau ne soupçonna qu'elle avait devant elle la fille de Balbine, sa nièce.

Comme elles repartaient vers leur voiture, le mari d'Isabeau, Constantin, qui rentrait à ce moment-là, proposa de les guider dans les vignes. Isabeau parut contrariée et Hermione se fit une joie d'accepter, rien que pour voir sa mine se renfrogner encore plus. Devant les versants de ceps, Jeanne exprima son plaisir. Le véhicule avait traversé bois et champs, parsemés de petites cabanes circulaires de pierres sèches, dites « cabotes » ou « cadoles », dont Constantin expliqua qu'elles servaient d'abris temporaires au vigneron, cantonnier ou berger. Au cœur de l'été, les vignes offraient une maturité presque complète et le temps des vendanges approchait.

— Balbine a grandi dans ce décor, souligna Constantin à l'adresse d'Hermione en balayant le paysage du bras.

— Je crois qu'elle a été heureuse de vivre ici et surtout aux hospices car c'est sa vocation, déclara Jeanne.

— Et vous, quelle est votre vocation ? s'enquit le vieil homme, diverti par ces propos.

Jeanne hésita, coula un œil interrogateur vers Hermione qui hocha la tête en signe d'approbation.

— J'aurais voulu être un grand voyageur comme Christophe Colomb !

Si Constantin fut impressionné par le terme « grand voyageur », il ignorait qui était Christophe Colomb. Dérouté par la réponse, il ne savait s'il devait l'accueillir avec amusement ou sérieux. De peur de commettre un impair, lui aussi se tourna vers Hermione qui s'empressa de trancher :

— Christophe Colomb est un homme !

— Alors, j'aurais été la première femme à naviguer, insista Jeanne.

— Peut-être pas la première mais pas loin, concéda Hermione. En attendant de réaliser ces lointains voyages, Jeanne, nous allons commencer par nous rendre à Beaune. Puis nous effectuerons un périple en France, expliqua-t-elle pour Constantin qui trouvait cette idée à la fois extraordinaire et fantasque. J'ai l'intention de faire connaître le pays à ma fille, Alix, avant qu'elle ne prenne époux, et sa servante l'escortera.

Si Jeanne était venue une fois aux hospices avec Hermione et Alix, elle n'y avait pas reparu depuis. Cette visite lui procura un grand plaisir. Intéressée en particulier par l'apothicairerie, elle posa une multitude de questions à Balbine, ravie de revoir sa fille en bonne santé et visiblement heureuse. Selon toute vraisemblance, Jeanne connaissait très bien le sujet, ce qui procura à la soignante un bonheur supplémentaire.

La « chambre-Madame », pièce réservée jadis à Guigone de Salins, avait été transformée en office après sa mort. Accolé au bâtiment, le cimetière s'étendait sur un espace de plus en plus vaste, au rythme des nombreux décès ; bien qu'on imposât d'enterrer les défunts très proches les uns des autres, il devenait évident que les places feraient défaut d'ici quelques décennies.

— Je me demande si je ne préférerais pas être dame hospitalière au lieu de voyageuse, décréta Jeanne au terme de l'inspection.

Hermione pointa son nez aquilin tandis que Balbine choisissait de se taire pour ne pas nourrir la rancune de sa tante.

— Rien ne me sourit dans tes projets. Tu peux toujours rêver mais seul le mariage est envisageable.

Jeanne fit la moue.

— Et vous, maîtresse, qu'en pensez-vous ? Me voyez-vous plutôt en voyageuse ou en soignante ?

Hermione voulut répondre d'un ton léger mais elle se ravisa en songeant à Balbine. Cette dernière avait sacrifié une vie d'épouse et de mère, consacré un interminable et contraignant quotidien aux tâches les plus ingrates… Elle ne désirait pas encourager Jeanne dans cette voie. De plus, celle-ci se fourvoyait en croyant avoir le choix.

— Je serais atterrée de te savoir seule femme en mer, à l'autre bout du monde. Et triste si tu te consacrais aux malades au détriment de la félicité conjugale. Profite donc du moment présent. La voiture nous attend, les bagages sont prêts. Nous allons partir à l'aventure !

A cet instant, un homme de belle prestance passa près d'elles et salua Balbine tout en poursuivant son chemin sans un mot. La dame hospitalière répondit de la même façon brève tandis que ses joues viraient au carmin sous le regard pénétrant de Hermione.

— Qui est-ce donc ? s'enquit sa tante qui ne cachait pas sa curiosité.

— Le médecin des hospices, répondit Balbine, très embarrassée.

— Comment s'appelle-t-il ?

— Maric Lambert, murmura la soignante, au supplice à présent.

Le sang n'avait pas déserté sa peau et elle pestait contre l'indélicatesse d'Hermione.

Alix manifesta alors de l'impatience, quelque chose qui ressemblait bien à des trépignements, une scène fort éloignée de la nature d'une jeune aristocrate bonne à marier, et Hermione dut sévir à son encontre. Balbine remercia intérieurement sa cousine d'être parfois si pénible.

Elles finirent toutes les trois par s'engouffrer dans le véhicule après avoir dit adieu à Balbine. Le cocher encouragea les chevaux de la voix et du fouet. Les bêtes s'élancèrent sur la route comme pourchassées par une meute de loups et Alix s'affala contre Hermione en pouffant. Cette dernière ordonna au domestique, penaud, de calmer ses ardeurs. On passa du galop au trot et le trajet s'effectua dans le calme de l'été. Nulle intempérie n'était à redouter.

Ce 14 août, quelques heures avant l'Assomption – qu'Hermione serait bien incapable de célébrer –, allait incarner pour la vieille dame la pire journée de son existence. En comparaison, le jour où son mari avait violenté Balbine semblait une épreuve presque douce à supporter. Rien ne la préparait au drame qui survint à six lieues de La Rochette.

Hermione, sa nièce et Jeanne, Aude ayant déclaré forfait, voyageaient escortées par trois fidèles serviteurs munis d'armes contre les bandes de maraudeurs susceptibles de sévir sur les routes désertes. Presque arrivé à destination, le cocher ralentit l'allure pour épargner ses chevaux ; puis Hermione envoya un domestique en éclaireur au château prévenir qu'elles n'étaient plus très loin. Comble de malchance, la jument d'un valet se mit à boiter ; pour éviter des souffrances inutiles à sa bête, son cavalier descendit de la monture et la fit marcher au pas, laissant le chariot, escorté d'un seul valet porteur d'une arme à présent, le devancer. Il n'y avait donc plus qu'un autre homme pour garder l'équipage, à l'exception du cocher qui se concentrait sur sa conduite.

Ce dernier fut tué le premier. Les chevaux se cabrèrent et menacèrent de s'emballer, empêchant les malfrats de perpétrer leur forfait. Deux individus sortis des fourrés mirent donc tout en œuvre pour les calmer. Le serviteur aurait pu alors tenter de les éliminer, mais il voyageait avec une arquebuse, pesant entre cinq et neuf kilos, au maniement difficile. A vrai dire, personne ne pensait avoir à se servir aujourd'hui de son arme dans un but défensif tant la région était réputée calme. La vue d'une arquebuse devait suffire à effrayer les éventuels voleurs, en user relevait du conte. Terrible erreur à laquelle le domestique dut de perdre la vie. Dans le véhicule, Alix et Jeanne criaient de terreur tandis qu'Hermione prenait conscience de l'ampleur du désastre et réalisait combien tous s'étaient montrés présomptueux et naïfs en accordant crédit aux rumeurs qui disaient la Bourgogne assainie de sa racaille. La tante d'Alix ne possédait rien qui puisse refouler les assaillants.

La voiture désormais immobile, un visage grêlé par la petite vérole se présenta à la portière, ouverte avec violence. Une main visiblement coutumière de cet acte s'empara des rares bijoux, sans véritable valeur, que portait Alix, des yeux avides balayèrent les occupantes... Ils s'attardèrent sur la jeune Alix, aussi exquise qu'une poupée malgré l'épouvante peinte sur ses traits délicats. Par un réflexe de protection, Hermione se pencha vers sa nièce comme pour lui faire rempart de son corps, offrant à la vue du soudard la grâce incarnée en la personne de Jeanne qui portait un collier susceptible d'attiser sa convoitise. Une lueur de concupiscence s'alluma dans l'œil du gueux ; d'un mouvement prompt, il tira la jeune femme hors du véhicule. Hermione tenta à nouveau de s'interposer tandis que Jeanne hurlait et se débattait. Elle eut le temps d'apercevoir le mouvement de bras du brigand et sentit le sang qui coulait de son propre nez, avant d'être projetée contre les coussins, impuissante à sauver Jeanne dont les appels au secours se faisaient de plus en plus faibles, atténués par la distance.

Pendant ce temps, la bande avait pu dérober leurs coffres et l'argent qu'ils contenaient ; à présent, deux individus détachaient les chevaux qui hennissaient de peur mais finirent par se laisser dompter et emportèrent les hommes dans la forêt où devait se trouver leur repaire. Le larcin avait duré moins de dix minutes.

Cette poignée de minutes durant laquelle plusieurs vies furent brisées.

Le messager envoyé à La Rochette, ne voyant pas arriver le convoi, s'inquiéta et décida de repartir à sa rencontre. C'est ainsi que les malheureuses voyageuses dévalisées furent retrouvées. Aucune ne pleurait sur la perte de ses biens, les deux femmes étaient affolées à l'idée du sort qui attendait Jeanne. Alix pleurait en s'arrachant les cheveux. Hermione était tombée dans une sorte de prostration dont l'écho du galop la tira brutalement.

L'enlèvement de la jeune femme ne pouvait rester impuni. Elle était servante chez des nobles. Les autorités dépêchèrent sur les lieux du drame des hommes qui connaissaient la région et à même de savoir où se cachaient les fripouilles. Les milieux coupe-jarrets de Beaune et de ses environs, véritable Cour des miracles en version provinciale, furent même mis à contribution pour identifier les gredins et les traquer jusqu'à leur retraite. Il fallait agir très vite, les kidnappeurs pouvant regretter leur geste et se débarrasser de l'otage en l'assassinant et cachant son corps dans la forêt, là où les animaux sauvages ne tarderaient pas à en faire disparaître toute trace.

Hermione aurait bien voulu participer aux recherches, cependant ses forces l'abandonnèrent sous le poids de l'angoisse. A peine parvenue à La Rochette où les attendait une Aude secouée par les sanglots mais s'évertuant à ne pas perdre espoir, elle s'effondra sur un siège dont le style gothique flamboyant semblait une injure à la gravité de l'atmosphère, les jambes trop faibles pour effectuer un pas de plus. La troupe de ménestriers, conviée à animer la soirée par Hermione, pénétra dans la salle, désemparée. Mathilde les chassa aussitôt ; ils seraient rétribués mais devaient disparaître au plus vite. Alix but deux verres de vin de Beaune qu'Hermione lui servit d'emblée en espérant que l'alcool l'aiderait à surmonter l'attente. Déjà, la vieille dame ressentait l'aiguillon de la culpabilité, d'abord pour avoir été l'instigatrice de ce voyage, même dans le but de plaire à Alix et Jeanne, ensuite pour avoir malgré elle dirigé l'intérêt du malfrat vers la fille de Balbine. Mais si elle ne l'avait pas contré, il aurait probablement enlevé Alix. Pensée atroce : elle avait l'impression d'avoir soustrait Alix à un rapt en offrant Jeanne en sacrifice.

Hermione ignorait qu'Alix éprouvait le même sentiment : ne s'était-elle pas disputée avec Jeanne la veille même de son enlèvement ? S'il lui était arrivé malheur, elle regretterait à jamais cette discorde absurde.

En dépit des poursuites menées jusqu'au crépuscule, la piste des maraudeurs s'était perdue. Le lendemain, dès l'aube, les hommes reviendraient sur le terrain. En attendant, rien n'adviendrait de nouveau et Hermione était au désespoir. Elle ne dormit pas de la nuit, s'abîma dans la prière de longues heures sur son prie-Dieu et se leva aux premières lueurs du jour, la promesse du matin ravivant ses espoirs.

Cette fois, malgré les réticences de son entourage, elle refusa de rester au château et participa aux recherches en ravalant ses larmes. Avec lenteur afin de ne pas passer à côté d'un indice, la multitude retournait les bois à la manière d'une meute de sangliers et interrogeait les villageois qu'elle rencontrait. Certains avaient vu les maraudeurs galoper vers l'est de la Bourgogne, en direction de Pouilly-en-Auxois, sans être en mesure de préciser si une jeune femme les accompagnait. A leur grand soulagement, les cavaliers ne s'étaient pas attardés car ils redoutaient vols, viols, razzias et tueries tels que les avaient connus leurs aïeux au temps des Ecorcheurs. L'heure était grave. Hermione éprouvait de l'angoisse à l'idée que les malfrats puissent se sentir traqués et en viennent à se défaire de leur proie en la tuant.

Une journée supplémentaire s'acheva sans trace de Jeanne. Hermione ne dormait plus, ne s'alimentait pas davantage. Elle dépérissait mais refusait l'inaction et suivait sur sa monture en scrutant la sombre forêt. A la fin du troisième jour, un soldat tomba sur un corps calciné caché sous les fougères, celui d'une femme. Un cadavre rendu méconnaissable par les brûlures mais qu'Hermione identifia aussitôt grâce au collier que les flammes avaient épargné, un bijou sans valeur que Jeanne avait tenu à porter à son départ des hospices.

Il allait falloir prévenir Balbine que sa fille n'était plus de ce monde.

— C'est une malédiction ! Je suis maudite ! Notre lignée est maudite ! s'écria Balbine, détruite par la nouvelle de la mort de Jeanne.

— Par le Christ, ne prononcez pas des paroles que vous regretterez par la suite ! s'exclama la mère supérieure tenue au courant de la funeste situation, qui ignorait que la soignante venait de perdre sa fille.

Les deux femmes avaient trouvé refuge dans la chapelle où un messager leur avait porté la terrifiante annonce. La dame hospitalière s'efforçait de prier mais, bouleversée et même la proie d'une ardente colère, elle ne réussissait qu'à se répandre en imprécations, oubliant sa légendaire sagesse.

Outre que Jeanne était passée de vie à trépas dans de sordides circonstances, Balbine devait supporter l'idée qu'elle avait sans doute, comme elle jeune fille, été violée. Dans toute son horreur, la damnation se répétait et, avec une logique extravagante, la dame hospitalière en concevait un profond sentiment de culpabilité. A genoux devant l'autel, en larmes, elle désirait s'abîmer dans le recueillement, prier pour le repos de l'âme de son enfant, cependant son esprit était trop torturé pour trouver la paix nécessaire. Sa supérieure finit par lui proposer de regagner sa cellule, la dispensant de travailler pour la journée. Elle reprendrait sa tâche plus tard lorsque le choc se serait un peu atténué. En attendant, elle et les sœurs prieraient à sa place pour la pauvre Jeanne que certaines avaient croisée. Balbine se laissa emporter comme une grabataire jusqu'à sa chambre où elle sombra dans la prostration.

Mise au courant, Flore souhaita lui parler mais son amie la repoussa.

— Par grâce, laisse-moi seule avec mon chagrin.

— Je repasserai tout à l'heure.

— Pour l'amour de Dieu, non !

Balbine était méconnaissable, ravagée par le chagrin. Personne ne l'avait jamais vue dans cet état. Elle avait même cherché à lacérer sa robe dans un geste hystérique qui avait nécessité d'appeler Maric Lambert. En voyant ce dernier, Balbine s'était aussitôt maîtrisée malgré son cœur brisé. Il n'avait donc pas eu besoin de lui administrer une potion calmante. Le visage du praticien exprimait une fervente empathie envers la soignante ; il était évident qu'il partageait sa peine, qu'il aurait voulu que le sort lui épargne cette épreuve. L'expression de la mère supérieure se transformait à mesure qu'elle les contemplait tous les deux, soudés dans un chagrin commun qui paraissait encore les rapprocher. Un doute s'immisça en elle. Après tout, Balbine lui causait bien des ennuis depuis l'aveu des sentiments qui l'attachaient à cet homme. Et à présent, cette folie qui s'emparait d'elle face à la mort d'une servante… Une fille trouvée dont on ne savait pas grand-chose… Le doute germa dans son esprit. Elle se trompait peut-être. Elle ne possédait pas la moindre preuve de ce qu'elle supputait. De toute façon, elle se refusait à remuer le passé, cela ne pouvait que nuire à la réputation de l'établissement. Et puis Balbine ne méritait pas que son infortune soit rendue publique, surtout après la mort de son enfant. Toutefois, une pointe de rancune se glissa dans la voix de la maîtresse quand elle s'adressa à elle :

— Reposez-vous. Et permettez-moi ce conseil : il serait bon de vous confesser. De vous confesser pour de bon, sans détour, sans rien omettre !

Balbine lui lança un regard égaré. Elle se tassa sur sa couche et ferma les yeux. Sa supérieure quitta les lieux en silence.

Effondrée, Balbine considérait son attirance pour Maric d'un autre œil. Ce qui lui avait paru insurmontable, cet amour et ce désordre des sens voués à ne jamais être assouvis, lui semblait à présent anodin, vain, presque odieux. Elle supposait aussi que Dieu la punissait pour avoir nourri des pensées impures. Terrible châtiment de sa part envers celle qui n'avait jamais succombé. Convaincue de cela, elle s'exposait à concevoir de la colère à l'égard de ce Dieu qui la frappait avec tant de cruauté, à le renier ainsi que d'autres avant elle avaient osé le faire. Mais non. Comment pourrait-elle lui reprocher d'avoir envoyé sa fille à la mort ? Alors qu'elle avait camouflé comme une indignité son existence, cachant aux instances de l'hôpital et à ceux qui lui avaient fait confiance qu'elle n'avait jamais été à la hauteur de leurs espérances. Et une nouvelle fois, il lui fallait se taire, mentir, présenter une façade sereine et avenante alors que tout son être hurlait de désespoir et de regrets. Pourtant, à l'instant même où Balbine décidait malgré tout de persister dans son rôle de dissimulatrice, elle se persuadait qu'une personne au moins devait être mise au courant de son inconduite. Et cette personne était Maric.

Le meurtre de Jeanne avait détaché Balbine du médecin. Pire, elle ne supportait plus son contact. Il incarnait le péché qui était en partie la cause de la disparition de la jeune femme. Par tous les saints, elle aurait donné la vie de Maric, et la sienne, pour que Jeanne n'ait jamais subi une telle tragédie ! Une mort précédée sans doute d'un calvaire que Balbine se refusait à imaginer. Elle était au bord de la crise d'hystérie quand elle se mit en quête de Maric ; il lui fallait le voir tout de suite afin qu'il comprenne le martyre qu'elle endurait et qu'il prenne aussitôt la mesure qui s'imposait pour leur quiétude à tous les deux. Balbine doutait de renouer un jour avec une quelconque forme de paix de l'âme mais elle souhaitait au moins être préservée des tourments de la chair. Et la vue de Maric risquait de raviver cette torture, si le récent drame en avait pour le moment chassé l'intensité.

Elle le trouva dans la salle des pauvres en train de prier Flore de pratiquer un lavement sur une femme alitée. Il s'apprêtait à déserter les lieux et la dame hospitalière fut soulagée de pouvoir l'accompagner vers un endroit plus discret. Ce qu'elle avait à lui dire ne devait en aucun cas être entendu par un tiers.

Balbine le suivit jusqu'au couloir.

— Je dois vous parler, murmura-t-elle.

Maric la considéra avec gravité puis obtempéra.

— Allons dans cette chambre non occupée.

Balbine se rappelait un baiser échangé il y avait bien longtemps, une éternité à ses yeux... Elle soupira et consentit à pénétrer au sein de la pièce froide et sombre.

Dès qu'ils se retrouvèrent seuls, la dame hospitalière s'évertua à dompter son chagrin pour que le médecin comprenne bien les motivations qui la guidaient. D'une voix ferme, trahissant parfois l'émotion qui la transperçait comme un poignard à la mention de sa fille disparue, elle lui narra toute son histoire, du viol au retour de Jeanne à La Rochette, de son enlèvement à la découverte de son corps calciné. Choqué, Maric l'écoutait en silence. Il n'imaginait pas qu'une sœur ait pu vivre autant d'infortunes et surtout celle pour laquelle il nourrissait un tendre sentiment interdit. L'horreur et le désespoir se partageaient son cœur. En tant qu'homme érudit, au bon sens aiguisé, il ne jugeait pas Balbine, comprenant combien garder l'enfant aurait été pour elle un sujet constant d'amertume et de regrets : élever la fille née d'un viol, celle qui aurait été responsable de sa vocation avortée, dont l'existence aurait même pu la priver d'un mari, aurait été au-dessus de ses forces. Marguerite avait su la convaincre et elle était si jeune à l'époque. A présent, Jeanne avait vécu à son tour l'innommable, elle en était morte. Sa mère parviendrait-elle à surmonter cette tragédie ?

Arrivée au terme de son récit, Balbine prit une profonde inspiration avant de conclure par ces mots qui terrassèrent le médecin :

— Mon cœur est devenu aussi sec qu'un vieux sarment de vigne. Je ne me sens plus capable d'aimer. Je vous demande… que dis-je, par Dieu, je vous supplie de vous éloigner de moi ! Notre histoire s'achève là. Je me sens soulagée de n'avoir jamais fauté, les remords n'en seraient que plus vifs aujourd'hui.

— Vous souhaitez mon départ des hospices ?

La tristesse contenue dans cette question émut Balbine. Pourtant, elle se rendit aussitôt compte que là résidait en effet son désir le plus intense. Elle était persuadée que la présence de Maric à ses côtés engendrerait toujours peine et frustration.

Pourtant, elle ne parvenait pas à répondre par l'affirmative.

— Je ne puis vous obliger à un tel geste, je n'en ai pas le droit.

— Certes, mais la situation devient intolérable pour nous deux. Elle risque encore d'empirer jusqu'à l'inéluctable. J'en suis conscient. Ce n'est pas la première fois que je songe à exercer et m'établir ailleurs.

— Ah ? fit Balbine, surprise.

— On m'a proposé un emploi à l'hôtel-Dieu de Paris.

La dame hospitalière tressaillit. Elle ne s'attendait pas à ce que les choses se précipitent de cette manière. Elle n'y était pas préparée et tout son être se révoltait, en dépit du fait qu'elle avait réclamé cette solution en son for intérieur. S'était-elle fourvoyée au point d'espérer que Maric refuserait de céder ? En fait, il se rangeait à son avis à l'excès, proposant même de vivre à des centaines de lieues de Beaune. Elle était sûre de ne jamais le revoir. Néanmoins, c'était la meilleure solution et son cœur se déchirait à cette pensée, preuve qu'il n'était pas si sec qu'elle le prétendait.

Forcée de s'incliner, d'autant plus qu'elle avait espéré ce dénouement, Balbine sentit ses mains trembler d'une façon incontrôlable.

— Et vous avez accepté ?

— Pas encore mais je vais le faire.

Il la contempla longuement.

— C'est bien ce que vous voulez, Balbine ?

Désorientée, elle ne réussissait plus à soutenir son regard comme si elle profitait de la situation pour lui infliger une épreuve qu'il ne méritait pas. Pourquoi ne partait-elle pas à sa place ? La question était sur ses lèvres mais, en tant que femme, elle savait combien il serait difficile de retrouver le même métier, présentant un intérêt identique, ailleurs. Et puis, elle ne souhaitait ni quitter sa famille ni l'endroit où la dépouille de Jeanne reposait.

Cette succession d'événements lui paraissait bien injuste. Toutefois, Dieu l'avait exigé ainsi.

— Oui, répondit-elle, la mort dans l'âme mais le visage impénétrable et d'une voix qui ne fléchissait plus. C'est ce que je désire au plus profond de moi, Maric.

Quelques semaines plus tard, Maric fut prêt à s'exiler loin de Balbine.

— Je n'aurais pas quitté les hospices sans vous dire adieu.

— Et je vous en sais gré. Nous ne sommes pas fâchés.

Pour la dernière fois, le couple s'était isolé dans une chambre vide. Si quelqu'un les y surprenait, ils s'en moquaient bien. Maric partait dans quelques heures pour Paris, sans espoir de retour, et la dame hospitalière tenait à lui prouver sa reconnaissance pour son sacrifice. Elle désirait aussi que leur ultime entrevue, la dernière image qu'il garderait d'elle, soit empreinte de paix et de bienveillance.

— Quelle sera votre vie à Paris ? s'enquit Balbine. J'aimerais le savoir pour mieux me la représenter quand vous serez là-bas.

— Mon existence ne sera pas si différente de celle que je mène à Beaune. Le bien-être et la guérison des malades seront mes priorités. Evidemment, les lieux où je travaillerai sont beaucoup plus anciens qu'ici, songez que la fondation de cet hôpital date de 650 ! L'endroit est plus vaste mais aussi plus vétuste. Et je serai en compagnie de religieuses.

Un pincement de jalousie, qu'elle jugea bien puéril, fit se troubler Balbine en imaginant le médecin au milieu du personnel féminin.

— De vraies sœurs, ajouta Maric comme s'il avait deviné ses pensées. Des femmes qui ont choisi de consacrer leur vie à Dieu et aux souffreteux. Le fonctionnement de cet hôpital est religieux, pas comme ici.

Cette précision rassura Balbine bien qu'elle s'en défendît. Pour ne plus se tourmenter à ce sujet, elle posa d'autres questions :

— Y êtes-vous déjà allé ?

— J'ai eu la chance de visiter l'hôtel-Dieu avec des confrères il y a dix ans... Balbine, la vie est plus douce à Beaune. Songez que les sœurs de Paris doivent se lever à trois heures et demie pour faire leurs dévotions jusqu'à cinq heures avant d'entamer leur journée. Mais la propreté est rigoureuse et la nourriture abondante, presque trop riche en viande et en graisse à mes yeux, cependant je suis un radoteur qu'on n'écoute pas trop.

— Moi, je vous écoute ! Et je partage votre avis.

— Il est vrai que beaucoup de gens du peuple souffrent de carences et cependant ce régime me semble excessif. Enfin, pour finir, même si le confort n'est pas égal à celui voulu par Rolin aux hospices de Beaune, les malades sont tenus en grande considération à Paris. C'est une des raisons, d'ailleurs, qui m'ont fait accepter d'y entrer.

Balbine buvait ses paroles, bouleversée à l'idée de la rupture. C'est elle qui l'avait souhaitée et elle ne pouvait à présent revenir sur son vœu en le suppliant de rester. Mais elle souffrait éperdument en songeant à sa solitude à venir. Elle avait perdu Jeanne ; était-ce raisonnable de s'isoler encore plus en se privant de la présence aimante de Maric ? Elle se jugeait coupable de l'avoir désiré comme si ce sentiment avait pu provoquer la disparition de Jeanne, comme si Dieu avait voulu punir la mère en faisant périr la fille. N'était-elle pas trop sévère envers elle-même ? Au moment des adieux, l'envie de tout arrêter et de retenir Maric était pressante. Elle y renoncerait néanmoins. Outre que le praticien pourrait la qualifier de versatile, elle n'ignorait pas, au tréfonds de son âme, qu'elle avait pris la bonne décision.

La pluie battait les vitraux, prêtant à la scène une tristesse supplémentaire. Autour d'eux, la pièce n'était que silence et dépouillement. Il y flottait une légère odeur de renfermé, il y régnait un clair-obscur propice aux épanchements et aux étreintes. Mais le couple tenait à se séparer dans la dignité, il se parlait à une distance respectueuse, à l'image de deux paroissiens échangeant des propos polis sur les marches de l'église, après la messe.

Pourtant, Maric ne pouvait accepter ce détachement. Avec une ardeur d'autant plus vive qu'elle avait été depuis longtemps refoulée, il s'empara des mains de Balbine qu'il caressa avec vénération.

— Ma mie, le coche m'attend. Je ne peux m'attarder…

— Ai-je eu tort d'exiger de vous ce départ ? osa-t-elle demander en proie à de vifs regrets à présent que le moment fatidique se profilait.

— Non, je ne crois pas, sincèrement, même si j'en souffre autant que vous. Nous étions trop faibles. Qui sait si nous aurions pu supporter cette faute et, par là même, si nous n'aurions pas fini par nous détester ?

— Jamais !

Maric se voulait réaliste.

— Et si un enfant s'était annoncé ?

C'en fut trop pour Balbine ; elle fondit en larmes. Penaud, ne se pardonnant pas sa malheureuse hypothèse, Maric s'excusa et embrassa la soignante sur la joue pour la consoler. Sans réfléchir, elle lui prêta ses lèvres. Un long baiser conclut leurs adieux.

Puis le médecin fut le premier à sortir. Ses pas résonnèrent dans le couloir, s'imprimant dans la mémoire de Balbine tels des gongs infernaux, l'écho d'une page de sa vie qui s'achevait.

Quand, quelques minutes plus tard, elle quitta la chambre à son tour, les sœurs qui la croisèrent lui virent un visage si ravagé par la douleur qu'elles lui demandèrent si un malheur était arrivé. Et Balbine, l'esprit en déroute, répondit que oui tout en passant son chemin.

QUATRIÈME PARTIE

14

Quatre années avaient passé depuis le départ de Maric.

Balbine se sentait apaisée. Elle souffrait toujours en pensant à Jeanne mais le temps avait réussi à alléger sa peine. Son travail aussi, l'essence même de sa vie, qui lui interdisait de s'appesantir sur son sort face à la souffrance d'autrui. Les malades avaient besoin d'elle, elle se devait d'être souriante et concentrée dans sa pratique des soins à donner. Le secours de la religion l'avait aussi aidée à surmonter son deuil. Quant à l'absence de Maric, elle se faisait encore sentir mais moins cruellement que par le passé. Elle songeait souvent à lui avec douceur et reconnaissance. Il aurait fini par causer sa perte en restant. Si elle avait cru se désintéresser du médecin après la mort de sa fille, elle savait à présent que l'attirance serait revenue, peut-être ravivée. Son corps souffrait d'un manque qui ne serait jamais comblé. Mais son esprit avait renoué avec une certaine quiétude qu'elle n'aurait jamais imaginée possible quatre ans auparavant.

Et pourtant, elle avait subi un double deuil en perdant son beau-père puis la mère d'Alix. La mort d'Achille la frappa durement car elle le considérait comme son père. Le vieil homme, déjà affaibli par son labeur dans les vignes et les bois, courbé par l'âge et attaqué de toutes parts par les douleurs, avait été bien en peine de survivre à Marguerite. La perte de Jeanne, qu'il savait être la fille de Balbine, avait hâté son trépas. Quant à Aude, elle ne s'était pas réveillée un matin, une fin tranquille, à son image. Balbine en avait été attristée, elle avait prié pour le repos de son âme comme pour celle des autres défunts mais elle devait reconnaître que la pauvre Aude était devenue une créature si effacée et insignifiante depuis des années que sa perte passait presque inaperçue. Balbine était surtout chagrinée pour Alix.

Cependant, cette dernière s'était mariée avec Conrad et avait accouché de leur premier enfant, Ermeline, puis d'un second, Cornélius. Métamorphosée par le mariage et la maternité – du moins aux yeux de son entourage –, Alix était devenue une jeune femme accomplie, épanouie, dont l'assurance ne reposait plus seulement sur le despotisme et les caprices qui avaient été autrefois son apanage. En réalité, plus que son époux ou sa progéniture, c'était la vie mondaine qu'elle menait à Meursault qui plaisait à l'aristocrate, satisfaite du rang et des plaisirs que son union avec le pâle Conrad lui valait. Un peu comme si elle avait signé un pacte et que l'autre partie l'eût respecté au-delà même de ses espérances. Balbine se réjouissait du bonheur de sa cousine dont la présence réussissait souvent à atténuer la perte de Jeanne. En dépit de son chagrin, la vie continuait avec une nouvelle génération de Lanvalle et de Joinville.

Ce matin-là, elle s'occupait d'un patient victime de dysenterie, arrivé la veille au soir. Il s'agissait d'un marchand de tissu aisé, en visite à Beaune pour ses affaires, qui avait dû être victime d'un aliment avarié. Constatant que les diarrhées empiraient et souhaitant ne pas déranger les hôtes qui l'accueillaient dans leur demeure de Beaune, il avait préféré louer une chambre particulière aux hospices, désireux surtout de ne pas infliger le spectacle de ses maux d'entrailles à son entourage. Après lui avoir administré ses potions et enjoint de se reposer, Balbine quitta la pièce en emportant le pot à vider.

L'hiver était très rude. Au même moment, à La Rochette, Hermione donnait l'ordre de distribuer du pain aux pauvres. Elle resserrait sur son corps frigorifié la pelisse qu'elle portait à l'intérieur du château, ne quittant pas les abords des cheminées, le confort encore renforcé par des chaufferettes placées aux quatre coins des salles de la trop vaste bâtisse. Hermione était toujours mélancolique depuis ce jour néfaste durant lequel Jeanne avait été enlevée par des soudards qui avaient brûlé sa dépouille dans la forêt. Pas de doute, il s'agissait bien de la jeune femme, son collier en attestait, et pourtant il subsisterait toujours une incertitude dans son esprit. Comment être sûr que l'un des bandits n'avait pas placé le bijou autour du cou d'une inconnue, une paysanne éliminée en catimini dans les bois, afin de tromper les poursuivants sur l'identité du cadavre ? Sa voix s'était élevée sans trouver d'écho chez quiconque, même pas chez Balbine. Il fallut se résoudre à accepter la disparition de Jeanne, à enterrer son corps. Hermione ne parvenait pas à se défaire de sa tristesse à la pensée de Jeanne victime d'une fin atroce : qui sait si elle n'avait pas été brûlée vive ?

Aux hospices, le silence et la retenue demeuraient la règle. Aussi des hurlements peu en rapport avec l'atmosphère de l'établissement poussèrent Balbine à s'interroger : que se passait-il donc à Beaune pour que des gens se mettent ainsi à donner de la voix d'une manière indignée ? Sans réfléchir, pensant qu'un accident avait eu lieu et que des blessés réclamaient de l'aide, elle bondit à l'extérieur de l'hôpital et se figea sur le trottoir, éberluée par le spectacle de la rue. D'emblée, elle pensa à un vol, les paroles échangées entre passants évoquant toutes un maraudage qui se serait déroulé à l'auberge du Chapon, aux environs immédiats des hospices. La confusion régnait. On prétendait qu'une bande armée avait pris pour cible la Bourgogne depuis quelques mois, se rendant coupable de faits très graves. Peu désireuse d'être confrontée aux brigands, la dame hospitalière préféra regagner l'enceinte de l'hôpital.

Plus tard dans la soirée, l'irruption d'Hermione dans la cellule où Balbine était allée chercher un peu de répit la fit sursauter et craindre le pire. En proie à une vive émotion, sa tante vint tout droit à sa couche, sans même s'excuser d'interrompre son repos, et déclara d'un ton plaintif :

— Par Dieu, Balbine, je ne sais plus que penser !

— Que se passe-t-il ?

— J'ai cru... Enfin, il me semble... il me semble avoir vu Jeanne tout à l'heure...

Balbine se mit à trembler. C'était impossible, bien sûr. Comment Hermione pouvait-elle se montrer aussi cruelle en évoquant sa fille vivante alors qu'elle était morte et enterrée depuis quatre ans ?

— Pourquoi ajouter foi à de telles folies ? C'est bafouer sa mémoire !

Oscillant entre espoir et doute, Hermione se demandait si elle avait eu raison de parler à celle qui était après tout la mère de Jeanne.

— Je me trouvais en ville quand il y a eu ce vol à l'auberge du Chapon...

— Je sais. J'ai entendu les cris des gens qui se répandaient en récriminations contre les criminels. J'ai appris par la suite que la bande des Matois était encore responsable de ce forfait. Elle sévit dans la région depuis longtemps.

S'efforçant de masquer son trouble, Hermione poursuivit :

— J'ai entraperçu la silhouette familière d'une jeune femme à cheval, emmitouflée sous un manteau et une capuche qui lui dissimulait en partie le visage... Mon but était de distinguer ses traits, j'ai tout fait pour y parvenir, je me suis concentrée sur cette tâche et rien d'autre, alors qu'aux alentours les passants fuyaient dans tous les sens, les plus courageux tentant de barrer le passage aux cavaliers. J'ai couru le long des maisons, les yeux rivés sur la forme qui m'intéressait et j'ai fini par apercevoir une mèche de cheveux blonds et... et... un profil qui m'a paru être celui de ta... de Jeanne...

Balbine contemplait sa tante avec compassion et tristesse mais aussi une pointe de colère.

— La peine et l'espérance mêlées t'égarent. Tu veux tellement que ce soit Jeanne que ton esprit a fabriqué de toutes pièces cette ressemblance.

Sa voix lui parut tranchante. Elle chercha la main d'Hermione qu'elle serra fort en signe d'affection et de réconfort.

— Je n'en suis pas certaine, c'est vrai, convint Hermione dont les doigts tremblaient, trahissant sa détresse. Néanmoins, j'ai le sentiment qu'il va falloir faire vite, la bande semble itinérante. Si elle quitte la Bourgogne, l'espoir d'identifier Jeanne s'amenuisera.

Indifférente aux arguments de sa tante, Balbine la contredit encore.

— Si c'est bien Jeanne, c'est à elle d'agir pour nous faire savoir qu'elle a échappé à la mort. Pourquoi nous laisse-t-elle dans l'expectative ?

— Si je ne me trompe pas sur Jeanne, il est évident qu'elle est retenue de force par ces monstres ! Il faut la délivrer.

— Ecoute, je vais essayer d'en apprendre davantage sur cette troupe. Au besoin, je reprendrai contact avec un ancien malade des hospices, Gabriel de Rex, qui a été chargé par le roi de chasser les bandits de nos villes et de nos campagnes.

— Non, non ! s'écria Hermione qui n'aimait pas Gabriel de Rex. Je me suis confiée à toi par besoin. Pour autant, je refuse ton assistance. Je ne te demande qu'une faveur : prie pour que je ne fasse pas erreur sur Jeanne, prie pour son retour à La Rochette.

— Bien entendu ! Je prie déjà pour toi, tu sais. Pour toute la famille d'ailleurs.

— Tu es une bonne fille, Balbine.

Hermione posa ses lèvres sur le front blanc de Balbine et quitta la cellule moins agitée qu'en y entrant.

Balbine se leva en soupirant, doutant que son enfant soit encore de ce monde. Elle était sûre que sa tante se fourvoyait ; plus dure à surmonter serait sa déception lorsque la femme, sous les traits de laquelle elle avait cru reconnaître Jeanne, se révélerait être une étrangère de la pire espèce.

Hermione n'avait jamais réussi à accepter la mort de Jeanne, même face à son cadavre martyrisé. Elle ressentait de la culpabilité à s'être interposée entre le malfrat et Alix, poussant ce dernier à choisir Jeanne. Les années qui avaient suivi, elle n'avait pas ménagé sa peine pour prouver qu'elle était dans le vrai comme si la découverte du corps ne possédait aucune valeur à ses yeux. Contre une importante rétribution, des individus à la réputation sulfureuse avaient œuvré dans l'ombre pour la châtelaine. Parfois, l'espoir avait soulevé Hermione avec l'amorce d'un indice conduisant à Jeanne. On l'avait prétendue réfugiée à l'abbaye de Cluny où l'on envoya un émissaire sans succès ; on l'avait vue en Franche-Comté, alors sous la domination des Habsbourg, à côté de Besançon, dans un village nommé Vaire où « le détective » se rendit en vain ; elle avait été recueillie par un couple de paysans du Morvan à la porte duquel Hermione toqua pour découvrir une jeune femme de l'âge de Jeanne, frappée de démence, qui avait été ramassée, inerte, sur les marches de l'église du bourg ; on avait même retrouvé son corps qu'Hermione dut identifier, soulagée et horrifiée à la fois face à la blonde inconnue. Ce dernier épisode entama son courage et elle renonça à ses investigations. Dès lors, Hermione se contenta de sursauter à chaque fois qu'elle entrevoyait une silhouette qui lui évoquait Jeanne. Quand elle ne courait pas après une forme entrevue pour mieux la détailler dans l'espoir de tomber sur celle dont elle ne parvenait pas à faire le deuil.

Durant les années précédentes, Balbine avait revu plusieurs fois Gabriel de Rex avec lequel elle continuait à entretenir des relations empreintes d'amitié et d'humour. Son dos le faisait encore souffrir et, sans pour autant séjourner aux hospices, il n'hésitait pas à recourir aux conseils et aux potions de la soignante qu'il jugeait moins stricte et plus conciliante que ses congénères. Jamais l'aristocrate ne lui parlait d'Alix, cependant elle n'hésitait pas à lui donner de ses nouvelles, remarquant combien il semblait attentif quand elle évoquait sa cousine. Lorsqu'il lui apprit que le roi l'avait chargé de la mission difficile mais passionnante de traquer les marauds qui sévissaient dans la région, la dame hospitalière l'avait félicité, ne se doutant pas que cette nouvelle fonction favoriserait ses intérêts. A présent, elle avait besoin de lui, aussi lui fit-elle porter un message à Chablis.

Avant de recevoir une réponse et peut-être sa visite dans la foulée, Balbine entreprit de mener sa propre enquête à l'auberge du Chapon. Depuis qu'elle exerçait aux hospices, elle n'était jamais entrée dans un tel endroit. Elle se souvenait encore de la taverne dans laquelle elle avait dîné avec Alban, voilà si longtemps... Si bien qu'elle ne se sentait guère à son aise en pénétrant dans la vaste cour, bruyante et sale, où les voyageurs laissaient leurs chevaux manger, boire et se reposer aux écuries. Son malaise augmenta quand elle se faufila dans la salle et fut accueillie par des cris et des rires qui ne s'adressaient pas à elle mais dont elle n'avait plus l'habitude. Son uniforme trahissait sa charge et des regards surpris, désapprobateurs, méfiants même, la fusillaient comme autant d'accusations : que faisait une sœur dans ce lieu de perdition ? Quelqu'un était-il blessé, malade, et exigeait des soins ?

D'emblée, la dame hospitalière se dirigea vers une femme qui servait boissons et plats, notant au passage que les gens attablés s'exprimaient dans plusieurs langues dont certaines lui étaient inconnues. Elle avait entendu dire que cette auberge avait ouvert une arrière-salle dédiée aux jeux de hasard. Si son but n'avait pas été aussi capital à ses yeux, elle aurait rebroussé chemin car elle se demandait ce qu'elle faisait là, ne s'estimait vraiment pas à sa place.

— Pardonnez-moi, puis-je vous parler un instant ?

— Oui-da ! répondit la serveuse en ouvrant une bouche presque entièrement édentée. Mais j'ai pas le temps !

— Juste quelques instants. Je vous en prie, c'est important.

Peut-être impressionnée par l'allure de la soignante, l'employée se laissa convaincre. Toutes deux tentèrent de s'isoler pour réussir à se comprendre dans le brouhaha ambiant.

— J'ai besoin de renseignements sur le vol d'hier.

— J'ai déjà tout dit à la maréchaussée.

— Oui, mais…

Balbine lui tendit timidement quelques pièces dont la femme s'empara avec une dextérité qui la stupéfia ; à croire qu'elle faisait aussi partie des voleurs !

— D'accord. Vous voulez quoi ?

— Y avait-il une femme parmi les bandits ?

— Ce que j'en sais, moi ! pesta-t-elle, la mine revêche.

Balbine la considéra avec dépit.

— J'espère que vous savez quand même quelque chose.

— J'étais même pas là quand c'est arrivé !

L'air innocent, la serveuse fit mine de repartir vers ses tâches du jour.

— Eh, attendez ! Vous n'aviez pas l'intention de m'aider, alors rendez-moi mon argent !

Mais déjà, la ribaude se perdait dans la foule. Des faces goguenardes ou menaçantes en émergeaient, des bras se tendaient vers la soignante qui devait se protéger de gestes pour le moins équivoques. En proie à la colère mais plus encore à la peur, elle renonça à récupérer ses sous et courut presque pour sortir de l'auberge, sous les acclamations, les rires et les quolibets.

Une fois en sécurité aux hospices, elle se jura bien qu'on ne l'y reprendrait plus. Elle était déçue de ne rien avoir obtenu de la friponne mais surtout humiliée d'avoir prêté le flanc à tant de mauvaise foi, victime d'une escroquerie qu'elle ne pourrait jamais dénoncer puisqu'elle devait garder secrète l'histoire de Jeanne.

« J'espère avoir plus de succès avec Gabriel ! »

Il se présenta aux hospices le lendemain. Comme à chaque fois, Balbine le trouva charmant. Cela ne tenait pas seulement à son apparence mais aux liens qui existaient entre eux. Après tout, Balbine l'avait soigné comme une mère. Elle avait été témoin de choses intimes qui resurgissaient entre eux à chaque visite. Il lui était redevable de l'avoir soulagé mais aussi d'avoir toléré ses frasques.

La dame hospitalière le scruta sans aucune gêne, attentive à ses traits tirés, les ombres violacées sous ses yeux…

— Votre dos vous fait des misères ?

— Pas en ce moment. Je suis fatigué en raison de la mission périlleuse dont m'a chargé le souverain. Attraper les bandits n'est pas de tout repos !

Subitement, Balbine se demanda si elle avait bien agi en faisant appel à lui. Après tout, il était censé rechercher et capturer les larrons pour les emprisonner, les exécuter peut-être. Si la jeune femme aperçue par Hermione était bien Jeanne, parler de cette histoire au sergent du roi équivalait à mettre sa fille en grand danger.

Elle n'avait plus le temps de réfléchir mais décida de se montrer prudente dans ses propos.

— Vous vouliez me voir au sujet du vol d'hier à l'auberge ? Vous avez des informations à me donner ? reprit Gabriel.

— Oui, enfin… il se trouve que j'ai été témoin de la scène. Or, j'ai vu une femme…

Elle s'arrêta, quêtant un encouragement.

— En effet, opina Gabriel. C'est la compagne du chef, mort il y a quelques mois. Elle se nomme Marie Daguerre.

— Ah ? fit Balbine, si désappointée que ses jambes se dérobèrent.

Elle vacilla et Gabriel se porta aussitôt à son secours. D'une poigne puissante, il l'aida à marcher jusqu'à un siège où elle s'efforça de retrouver ses esprits.

— Que se passe-t-il, sœur Balbine ?

— Oh, rien. Moi aussi, je suis épuisée. Trop de travail. J'ai peur de ne pas vous être d'une grande aide, dans ce cas. C'était une femme blonde…

— Elle était brune, l'interrompit-il.

Tout espoir était donc perdu. Même si elle n'y croyait pas, une infime espérance s'était logée en Balbine, réduite à néant par Gabriel qui lui plantait à chaque phrase un poignard dans le cœur.

— Tous mes hommes la pistent, elle et ses compagnons de maraude. C'est une créature sanguinaire, sans aucune pitié.

— Oh, mon Dieu !

Au final, il valait mieux que cette description ne corresponde pas à celle de Jeanne, sa mère n'aurait jamais pu le supporter.

— Je suis désolée, Gabriel. J'ai bien peur de vous avoir fait venir pour rien. Mes yeux ou ma mémoire m'ont trahie.

— Ce n'est rien. J'avais à faire à Beaune, aujourd'hui.

Balbine était si bouleversée qu'elle en oublia de lui donner des nouvelles d'Alix et Gabriel n'osa pas citer le nom de celle qui gardait une place à part dans sa vie pourtant bien remplie.

15

A l'abri du taillis, en lisière de la forêt de Cîteaux, les brigands se tenaient en embuscade. Douze hommes à pied, accroupis sur une ligne, derrière leur chef à cheval. Aucun bruit, aucun mouvement ne trahissait leur présence. Malgré leurs mines patibulaires, leurs mains larges comme des enclumes et leurs coutelas sortis du fourreau, ils étaient aussi discrets que des chats sous le nid d'un oiseau.

Leur chef était plus immobile encore. Vêtu d'une cape couleur de feuille morte dont la vaste capuche retombait sur son visage, il se fondait dans les frondaisons qui l'entouraient tel un fantôme des bois. Seul son cheval alezan rompait l'irréalité de la scène, secouant de temps à autre sa crinière pour chasser les mouches.

Le temps s'écoulait, lent et monotone… Puis un grincement léger s'éleva dans la forêt ; celui d'une roue de bois cerclée de métal écrasant les ornières de la route, en contrebas. Entre deux arbres se profilèrent les courtes cornes d'un bœuf, puis d'un second, puis les parois d'un chariot brinquebalant. A son allure, on devinait qu'il était lourdement chargé sous la toile de jute qui le couvrait. De part et d'autre, quatre hommes à pied le gardaient et quatre autres suivaient, armés de gourdins et de masses. Dans le taillis, dix pas au-dessus de la route, les mains se serrèrent autour des coutelas...

Le chef des brigands leva lentement le bras. Puis il l'abaissa d'un coup et talonna son cheval qui partit au galop. Dans le mouvement, sa capuche tomba. On vit alors apparaître un fin visage de femme encadré d'une chevelure blonde. Brandissant un long bâton ferré à la manière d'une lance, la cavalière se rua sur le chariot, protégée par ses chausses et son pourpoint de cuir. A sa suite, douze diables bondirent sur la route, où les gardes, affolés, reculaient en pointant leurs armes. Pendant un court moment, ce ne fut que cris, craquements sinistres et sang répandu, puis le silence revint peu à peu : les hommes du chariot étaient tous morts ou enfuis dans le sous-bois.

Alors Jeanne leva son bâton ferré très haut au-dessus de sa tête et, sous les acclamations de sa troupe, cria d'une voix claire :

— A moi les Coquillards ! En avant pour la Maurine !

Après l'attaque et le partage du larcin, Jeanne et sa bande trouvèrent refuge au sein du campement provisoire installé dans la forêt. Il était temps pour la jeune femme de vérifier l'état de ses hommes et de soigner les éventuelles blessures. Au fil des années, forte de sa lecture du livre des simples de Balbine et confortée par une excellente mémoire, Jeanne s'était découvert la même passion que la dame hospitalière ; elle avait commencé à traiter les maux des truands, s'improvisant apothicaire, médecin et même chirurgien-barbier quand les circonstances l'exigeaient.

Ce soir-là, il n'y avait pas de blessés graves à déplorer. Elle se contenta de mettre du romarin sur quelques plaies. La plante était aussi réputée souveraine pour adoucir les effets de l'alcool et Jeanne n'ignorait pas que ses hommes fêteraient la victoire par des libations. Les maraudeurs avaient hâte de manger et se prêtaient avec réticence à ses examens, répondant d'une façon évasive à ses questions. Ces hommes cruels mais fidèles à leur chef, bien qu'elle soit une femme, la faisaient souvent rire. Ils engloutissaient des plâtrées de nourriture sous son œil désapprobateur.

Elle les mit en garde comme à chaque fois. Un dénommé Blaise se gavait d'une viande dont l'aspect la déroutait.

— Sauf votre respect, on trouve drôle quand vous dites que ce qu'on mange prévient les maladies !

— C'est exact, Blaise, crois-moi. Vous savez bien que je ne souhaite que votre bien.

— On sait. Il n'empêche que beaucoup manger rend plus fort alors que la famine tue les gens, c'est bien connu.

Jeanne soupira et renonça à le convaincre.

La bande avait été surprise et ravie des nombreuses guérisons résultant des soins et des potions de Jeanne, sans qu'une tierce personne, un témoin gênant, ne soit mise à contribution. Mais leur chef professait aussi des préceptes étranges.

Elle ne put s'empêcher de revenir à la charge :

— La viande aurait dû être mieux cuite, je n'y goûterai pas. Ne vous plaignez pas demain de souffrir de flux de ventre !

— Oui-da ! répondit le plus jeune de sa bande, âgé d'à peine quatorze ans.

— Eric, est-ce que ta piqûre va mieux ?

— J'ai plus mal !

Eric avait été attaqué par une guêpe la veille. Pour calmer l'inflammation, Jeanne avait appliqué du suc de mauve sur sa peau douloureuse.

— Ta gorge, Gerbert ?

— La sauge m'a fait du bien.

— Tes yeux, Clovis ?

— Ça n'empire pas, dame.

La vue de Clovis baissait trop vite et Jeanne cherchait à y remédier avec de la menthe. Elle se doutait qu'il finirait par devenir aveugle, mais elle espérait retarder l'échéance, avec l'aide de Dieu. En plus d'une maraude, vous êtes une sorcière ! rit l'un de ses hommes.

Tous s'esclaffèrent et Jeanne se força à partager leur gaieté. Il n'avait pas tort en plaisantant ainsi. Si elle était capturée, on la forcerait à avouer sous la torture qu'elle était une sorcière. Sa science des simples elle ne l'appliquait pourtant qu'à son entourage immédiat, elle n'en faisait pas commerce. Et jamais elle n'avait rendu hommage à Satan comme celles qui sortaient la nuit pour le sabbat.

Loin de Dieu et du diable, son univers n'avait pas de maître. Néanmoins, elle faisait figure d'exception dans ce monde hors la loi à majorité masculine. Et elle se sentait souvent bien seule. Ce retour en Bourgogne, après presque quatre années d'absence, changerait-il quelque chose ?

La nuit venue, solitaire près du feu, ses hommes plongés dans un sommeil, prêts à se lever toutefois à la moindre alerte, Jeanne était de garde. Revoir les paysages familiers de son passé avait soulevé en elle quantité d'émotions. La bande avait quitté Paris, leur asile, où Jeanne avait prétendu qu'ils n'étaient plus en sécurité. Les hommes avaient suivi sans une protestation, heureux de revoir la Bourgogne.

Jeanne songea à sa maison parisienne avec regret et surtout à son jardin de simples qui lui manquait. En venant en Bourgogne, elle avait obéi à une prière, un appel, presque un ordre. Elle avait le sentiment qu'il lui fallait renouer avec le lieu où elle était née, où elle avait vécu jusqu'à son enlèvement, avant de tourner définitivement la page sur ce passé merveilleux et à jamais inaccessible.

Elle repensa à sa belle demeure parisienne…

Jeanne fut désarçonnée quand Maurin lui présenta sa maison, certes située dans un bas quartier de Paris, proche du Marais, au fond d'une impasse, mais constituée de quatre murs, un toit, plusieurs cheminées, offrant meubles de qualité, bibelots, tapisseries et épais tapis dérobés à des bourgeois, boiseries sculptées, le tout gardé par un serviteur, Jacob. Il s'agissait d'un ancien indigent dont Maurin avait payé les dettes alors que ses créanciers prétendaient lui régler son compte ; Jacob devait donc son salut à ce maître et le vénérait. Alors que ses comparses en crimes regagnaient un antre vétuste, Maurin bénéficiait d'une demeure confortable et presque attrayante, comme un honnête patriarche, qu'il souhaitait partager avec sa jeune maîtresse. Encore un sujet d'étonnement pour cette dernière : ce mauvais homme, cet individu démoniaque s'était attaché à elle. Certes, il la trompait avec tout ce que Paris comptait de ribaudes et de prostituées mais elle était tout de même sa compagne.

Dans les sous-sols de la maison parisienne, sur les instances de Jeanne, Maurin fit installer des étuves et une chambre à bains. Le plaisir de la jeune femme était de s'y reposer après une longue chevauchée. Sur son ordre, une cuve-baignoire en bois était remplie d'eau chaude tandis que la vapeur envahissait l'étroite pièce d'à côté. Fatiguée, avec l'impression de porter sur sa peau toute la crasse de ces dernières heures sur les routes, Jeanne se laissait volontiers tenter. Sans aucune gêne, elle se déshabillait face à Maurin qui admirait ses formes pleines et fermes à la fois, sa poitrine généreuse, ses hanches larges, son fessier rebondi, ses jambes et ses chevilles fines. Il aimait la prendre brutalement dans les vapeurs d'eau.

— Je te laisse, ma mie, je vais me coucher. J'ai demandé à une servante de venir te masser avec une poudre parfumée qui nous vient d'Italie.

— Je te remercie et te souhaite une bonne nuit, répondait Jeanne en se prélassant dans l'eau telle une Orientale.

Une heure plus tard, la peau douce, embaumant les parfums du Sud, Jeanne cherchait le sommeil. En dépit de la propreté qui régnait chez Maurin, la vermine parvenait à s'insinuer dans les lits et la jeune femme était la proie de puces et de punaises qui lui occasionnaient des démangeaisons et l'empêchaient de dormir. Agacée, comprenant que le combat serait vain, elle se levait pour contempler la nuit par la fenêtre, Paris dans la lumière du couchant. Son ancienne vie lui paraissait si lointaine, elle avait presque l'impression de l'avoir rêvée…

Depuis la disparition de Maurin, leur clique variait entre neuf et douze individus suivant les arrestations et les morts violentes. Elle se noyait facilement dans la foule, l'animation et le bruit de la vie parisienne où elle trouvait toujours à se loger et se nourrir. Lors des manifestations festives et des foires, les lascars faisaient provision d'argent en se faufilant parmi les badauds insouciants. Cependant, la plupart d'entre eux étaient nés sur cette terre de Bourgogne. Certains avaient été vagabonds et mendiants dans une autre vie, d'autres ecclésiastiques maintenant défroqués, paysans ruinés, garçonnets jetés à la rue, proscrits et rebuts de l'humanité.

Par moments, Jeanne ne se considérait même plus comme une femme. D'ailleurs, la plupart du temps, elle en abandonnait les attributs au profit de vêtements d'homme, bien plus confortables pour chevaucher et ne pas attirer l'attention, ou pire la convoitise. Certes, il existait des représentantes du sexe faible marginales, condamnées par la justice, mais la plupart d'entre elles agissaient dans le but d'aider leur famille à survivre. Elles se rendaient coupables de larcins sans user de violence et invoquaient la misère et la nécessité de voler afin d'échapper à la vindicte du juge. Si Jeanne avait été prise, ses nombreuses fautes lui auraient valu des châtiments corporels et le pilori, la récidive aggravant la peine.

En revanche, jamais elle ne s'était prostituée puisqu'elle appartenait à Maurin. Ce dernier possédait d'ailleurs un bordel à Paris, géré par un tenancier chargé de recruter les filles et de maintenir l'ordre entre elles. La plupart des pensionnaires vendaient leur corps par nécessité, ayant subi épidémies, guerres, famines, agressions sexuelles, des malheurs et des méfaits qui les avaient poussées à la déchéance. Jeanne n'avait jamais non plus tué le fruit du péché, les enfants nés de son union avec Maurin. Plusieurs fois, elle avait été grosse et avait perdu le nourrisson avant terme. Elle avait accouché d'un garçon neuf mois après le rapt et celui-ci était mort trois semaines plus tard ; elle l'avait retrouvé sans vie un matin en se réveillant. Mais elle n'avait pas pratiqué l'infanticide en dépit de l'horreur qu'elle ressentait à mettre au monde un bébé dans le milieu sordide, cruel et débauché qui était désormais le sien. Au fil du temps, elle ne fut plus grosse et en conclut que son corps était devenu aussi sec qu'un vieux cep de vigne.

Encore perdue dans ses pensées, Jeanne tisonna le feu afin qu'il ne meure pas. Elle devait réveiller l'un de ses hommes pour prendre un peu de repos. Dans quelques jours, ils avaient prévu de sévir à nouveau à Beaune où aurait lieu une foire importante.

— Par Notre-Dame, nous sommes cernés !

Réveillée en sursaut par Gerbert qui la secouait, Jeanne se dressa sur son séant, la main sur sa dague. Elle balaya le campement du regard en retenant un gémissement. Ses hommes, encore dans les limbes du sommeil, tentaient vaillamment de défendre leurs possessions et leurs vies face à une horde de soldats bien armés. Tout n'était que désordre, cris de rage et de désespoir, fuite éperdue ou attaque bien dérisoire de la part de la bande des Matois que l'irruption des sergents du roi avait surprise. La clairière où ils avaient trouvé refuge la veille paraissait, dans la lumière blafarde de l'aube, un lieu propice au guet-apens. Leurs ennemis les encerclaient et leurs chances de s'échapper étaient minimes. Ils allaient être tués jusqu'au dernier.

Le ciel bas et gris se mit à déverser des tombereaux d'eau tandis que, sans perdre de temps, Jeanne s'apprêtait à riposter. Elle se jeta dans la mêlée, espérant tuer le plus possible de soldats, que ses hommes fassent de même et qu'ils réussissent à rester saufs en se dispersant. Tout en se battant avec sauvagerie, elle essayait de calculer à combien d'hommes s'élevait la troupe adverse ; elle en compta une quinzaine, ce qui l'angoissa au point qu'elle relâcha son attention et se prit un coup d'épée à l'épaule. Le sang gicla, la douleur la fit vaciller.

Consciente de sa faiblesse, Jeanne chercha un endroit où se cacher. Son cheval avait disparu. Elle avait fait preuve d'imprudence en intimant l'ordre à sa bande de s'arrêter si vite après leur larcin à l'auberge du Chapon. Elle aurait dû mettre davantage de distance entre les gardes et elle. Heureusement, chacun de ses combattants dormait avec son arme et pouvait à cet instant même se défendre autrement qu'à mains nues. L'effet de surprise n'en avait pas moins joué en faveur des assaillants et déjà trois corps gisaient au sol. Jeanne reconnut celui d'Eric et ce qui lui restait de cœur en conçut de l'émotion car le garçon était bien trop jeune pour mourir.

Une sorte de rage monta en elle. Déchirant le tissu de sa chemise, elle le transforma en garrot pour son épaule. Puis, les dents crispées sur sa douleur, elle repartit à l'assaut. S'ils devaient tous trépasser, au moins qu'ils se soient défendus jusqu'aux limites de leurs forces ! Grâce à sa dague, elle éventra plusieurs colosses qui osaient s'opposer à elle avec une puissance qu'elle ne s'imaginait même pas.

— Prends ça ! Tiens, pour toi !

Mais ils étaient trop petits en nombre pour espérer la victoire. Jeanne savait que ceux qui résistaient encore, ceux qui n'avaient pas fui dans la forêt, parfois poursuivis par les gardes, allaient tous perdre la vie. Elle y compris.

Alors qu'elle songeait à sa fin proche, un homme lui fit face, l'arquebuse levée. Elle ne pouvait lutter contre une arme si efficace. La mort l'avait prise pour cible. Mais soudain, le combattant sembla hésiter. Il la considérait avec un mélange de stupeur et d'indécision. Elle fit de même avec méfiance. Par tous les saints, il s'agissait de Gabriel de Rex ! Elle se demanda la raison de sa présence, dans cette bataille bien loin de son monde policé. Il avait reconnu en elle l'ancienne servante d'Alix. Autrefois, dans une autre vie, elle lui avait parlé, ils avaient même ri ensemble comme des êtres civilisés. A présent, ils allaient s'entretuer.

— Jeanne, sauvez-vous ! lui cria-t-il.

Elle comprit qu'il avait décidé de l'épargner mais elle ne savait vers où se diriger. Partout autour d'elle régnait le chaos ; l'odeur du sang, les plaintes des blessés ajoutaient à la vision d'horreur de ses hommes à terre, morts ou agonisants.

— Par ici ! ajouta-t-il en désignant un passage dans les fourrés, à quelques toises.

Jeanne allait s'y engouffrer quand elle ressentit une vive douleur à la tête. Puis l'obscurité l'engloutit.

Pendant ce temps, tout entière tendue vers l'unique but de délivrer Jeanne des griffes de la meute, Hermione rendait visite à Balbine.

La dame hospitalière comprenait l'obstination de sa tante, tout en émettant des réserves sur l'heureux dénouement de cette entreprise. Gabriel de Rex avait été formel : la femme s'appelait Marie Daguerre et elle était brune. Mais Hermione s'entêtait : elle avait bien vu des mèches blondes. Balbine pensait qu'aucun retour en arrière n'était désormais possible et qu'Hermione s'aveuglait.

Elle adressa à cette dernière un doux sourire.

— J'ai droit à un traitement de faveur ici. Songe que la plupart des sœurs ne peuvent parler à un homme ou sortir à l'extérieur que si elles sont accompagnées par une collègue ! Les règles se sont adaptées à l'évolution des mœurs.

— Et j'en suis contente pour toi. Cela me gênerait beaucoup qu'un témoin assiste à nos échanges.

Balbine reprit, le visage si empreint de sérénité qu'Hermione ne douta plus de sa foi :

— J'ai l'impression qu'entre ces murs règne l'amour.

Et pourtant, Balbine n'était pas si sereine : depuis plusieurs semaines, Flore gardait le lit.

Ces derniers mois, Flore avait été souvent la proie de fortes diarrhées qu'elle avait tenté de soigner avec la médication des hospices. Ce jour-là, le médecin Léon Leroy, qui avait remplacé Maric Lambert, se tenait à son chevet, navré que son traitement soit impuissant à endiguer le mal.

— Jusqu'à présent, je vous ai soulagée avec du vif-argent administré à petites doses, expliqua l'homme de science qui consentait à dévoiler la teneur de ses potions parce qu'il se trouvait en présence d'une dame hospitalière. Puis je me suis vu contraint d'en augmenter les proportions car les vers ont résisté. J'ai bien peur qu'ils ne se soient multipliés dans votre organisme.

Flore soupira, à bout de forces. Balbine, le visage défait, s'était installée tout près d'elle pour l'assister.

— Je le sais bien, maître. J'ingurgite à présent le vif-argent en quantités redoutables.

Après un silence pour reprendre son souffle, elle ajouta d'une voix faible :

— Dieu ait pitié de moi…

La sœur réprima une grimace de souffrance. Les vers avaient gagné le gros intestin, l'intestin grêle, ils atteindraient bientôt l'estomac.

Peu économe de son temps, dévouée corps et âme aux patients, elle n'avait pas mesuré la gravité de son état. A ce stade de la pathologie, il devenait évident qu'elle ne pourrait plus lutter longtemps.

Balbine souhaitait rester auprès de Flore, s'occuper d'elle jusqu'à la fin. Peu avant, Flore avait quitté la cellule où elle dormait pour l'infirmerie des sœurs, un lieu qui lui permettrait de s'éteindre en paix, sans troubler l'ordre régnant aux hospices. Les soignantes venaient souvent à son chevet vérifier qu'elle n'avait besoin de rien et la réconforter ; elle n'ignorait pas que son trépas était proche. De plus, elle souffrait au-delà du supportable et le médecin s'était vu réduit à lui administrer des doses de mercure qui, si elles anéantissaient en partie les vers, seul remède, étaient aussi susceptibles de l'empoisonner et de précipiter sa mort. Le praticien l'espérait, sans pouvoir l'avouer, tant les douleurs liées à cette affection le bouleversaient. Il n'était plus permis d'espérer une quelconque amélioration mais au contraire il fallait escompter une mort rapide qui abrégerait ses souffrances.

Balbine refoula son chagrin afin de présenter un visage avenant à la moribonde, de ne pas la bouleverser davantage avec sa propre peine. Flore ne répondait guère, réagissant par un regard vitreux ou l'ombre d'un sourire. Une fois, elle tenta de tendre la main mais celle-ci retomba sur le drap, flasque, inerte. Balbine s'empressa de lui pétrir les doigts en signe d'affection, supposant que ce simple geste exigeait trop d'efforts de la part de Flore. En fait, cette dernière, plus lucide que son entourage ne l'imaginait, avait soudain songé qu'elle offrait une image repoussante et qu'il était préférable, dans son état, de ne pas susciter le dégoût. La vieille soignante n'en était pas moins très heureuse de la tendresse que lui témoignait Balbine sans laquelle son existence n'aurait pas été aussi riche.

Celle-ci promit de la veiller toute la nuit. A ces mots, Flore osa une réflexion ironique qui reflétait bien son vœu le plus cher en ces temps de misères :

— J'espère disparaître avant...

Sa prière fut exaucée.

La mort de Flore fut un choc pour Balbine. Elle s'attendait à cette issue. Toutefois, ne plus croiser son amie, ne plus échanger avec elle sur les malades et les remèdes, représentait un manque, un vide dont elle peinait à se relever. Des images la hantaient de ses jeunes années durant lesquelles Flore avait joué un rôle si marquant. Ses nouvelles collègues respectaient Balbine en tant qu'aînée dont l'expérience les impressionnait mais la dame hospitalière se sentait parfois de trop en raison de ce fossé de générations et des souvenirs qu'elles ne pouvaient avoir en commun. Adèle et Flore, d'autres encore dont elle avait été moins proche mais qu'elle regrettait à présent, s'en étaient allées. Lui restait Bérénice, bien affaiblie par son grand âge.

Si, pendant le jour, elle parvenait à oublier son deuil dans les multiples activités qui l'accaparaient, la nuit faisait renaître sa nostalgie et sa tristesse. Malgré la fatigue, le sommeil était long à venir. Les visages de Flore et d'Adèle traversaient ses rêves quand elle réussissait enfin à sombrer. Elle se réveillait souvent en ayant l'impression d'avoir pleuré. Sa vie était derrière elle comme en témoignaient les pertes subies. Elle éprouvait aussi des douleurs aussi fugaces que violentes dans la poitrine dont elle connaissait bien la gravité. On aurait dit des griffes de rapace lui lacérant le cœur. Ces crises se dénouaient en la laissant dans un état d'épuisement qu'une fois encore le sommeil ne parvenait pas à conjurer. Balbine n'ignorait pas que ces symptômes signaient les prémices de la maladie qui l'entraînerait sans doute vers l'au-delà – là où l'attendaient Flore, Adèle et ses autres chers défunts.

Quelques jours plus tard, alors que le jour déclinait sur Beaune, Balbine changeait les draps salis et nauséabonds d'un malade quand Bérénice vint la prévenir que quelqu'un de sa connaissance se trouvait à l'extérieur dans l'attente d'un lit et de soins. Fronçant les sourcils, la soignante s'apprêtait à répliquer que c'était peu probable. Néanmoins, quelque chose d'impératif, telle une injonction, lui ferma la bouche. Elle hocha la tête et suivit sa collègue en dissimulant son inquiétude à l'idée des ennuis à venir si ses soupçons se confirmaient.

Un vertige la saisit à la vue de la silhouette près d'un pilier de la cour d'honneur, à l'abri de la pluie tombant en rafales. Il s'agissait de Gabriel de Rex tenant dans ses bras un corps féminin dans lequel la dame hospitalière crut reconnaître Alix, blessée, morte peut-être. Elle réprima un cri de terreur en soulevant sa robe pour presser le pas vers l'aristocrate. Puis elle entrevit le visage de la femme et comprit que ce n'était pas Alix. Ralentissant le pas, elle considéra Gabriel avec plus de douceur. Accoutumée à la détresse humaine sous toutes ses formes, Balbine lisait en lui angoisse et espoir mêlés trahissant l'attention qu'il portait à la victime. Voilà pourquoi, elle avait cru qu'il soutenait Alix, parce que l'expression de Gabriel à cet instant ressemblait à celle qu'il avait parfois pour celle-ci. Pour autant, connaissait-il la femme qu'il amenait aux hospices ?

Balbine prit une profonde inspiration comme si elle émergeait d'une eau où elle se noyait. Oui, elle manquait d'air, l'angoisse lui étreignait le cœur sans qu'elle comprît pourquoi. Après tout, elle avait l'habitude d'affronter des urgences de ce genre et ne se laissait d'ordinaire pas gagner par l'affolement ou l'anxiété. Quelque chose de personnel, d'intime même, se mêlait ce jour-là à la scène mais elle refusait encore de s'abandonner à une quelconque espérance qui, si elle était vaine, l'achèverait après les chimères qu'elle avait connues.

A mesure qu'elle avançait vers Gabriel, Balbine discernait des mèches blondes, un teint buriné, plutôt rare chez une femme, un visage qu'elle ne pourrait jamais oublier en dépit des yeux clos qui empêchaient d'admirer le bleu frappant du regard de Jeanne.

Car, pas de doute, il s'agissait bien de Jeanne ! Oubliant la dignité propre à sa fonction, Balbine se mit à courir sans même dissimuler son bouleversement.

— Que faites-vous ici avec Jeanne ? demanda-t-elle en s'efforçant de garder son calme.

— Par Dieu, dépêchez-vous ! Je suis ici guidé par mon cœur alors que la raison voudrait que je remette cette femme à la justice !

L'épouvante s'empara de la dame hospitalière. Sans poser davantage de questions, elle inspecta rapidement sa fille, toujours portée par Gabriel, puis demanda à Bérénice que la blessée soit admise dans la salle des pauvres où un médecin l'ausculterait. Elle brûlait de fièvre, ce qui inquiétait Balbine. C'était la raison pour laquelle Gabriel avait pris tant de risques en transportant la chef des bandits dans cet hôpital réputé, parce qu'il savait ses jours en danger.

— Je ne peux rester. Je vous la laisse, déclara-t-il en fixant le corps de Jeanne avec insistance comme s'il regrettait déjà de ne pas l'avoir fait enfermer dans une prison du royaume. Personne d'autre que moi n'est au courant de son admission aux hospices.

Balbine hocha la tête, très surprise, et Gabriel lui livra quelques bribes d'informations avant de s'éloigner.

— Vous savez que je suis chargé par le roi de démanteler les bandes de brigands qui sévissent dans le secteur. J'ai pu en décimer toute une bande il y a quelques jours mais, en reconnaissant Jeanne, j'ai cédé à la compassion et failli à mon devoir. Je me suis trompé, sœur Balbine. Jeanne était bien la femme responsable du vol à l'auberge du Chapon. Occupez-vous d'elle mais ne cherchez pas à me donner de ses nouvelles. Cette scène n'a jamais existé. Et si je devais croiser à nouveau sa route, sachez que je ne pourrais une seconde fois me montrer magnanime.

— Merci, Gabriel. Je vous en saurai gré toute ma vie, lui souffla Balbine.

L'aristocrate s'évanouit dans l'ombre de la rue tel un chat de gouttière. La dame hospitalière savait qu'il ne dirait mot de la présence de Jeanne aux autorités. Celle-ci n'avait pas repris connaissance. Elle restait inerte, les yeux toujours fermés. L'urgence était de soigner ses blessures et surtout sa fièvre. On appela à la rescousse d'autres sœurs afin de la déposer sur une couche propre. Le visage de Jeanne était marqué par les épreuves, son corps revêtu d'habits masculins. Par conséquent, aucune ne reconnut en elle la servante d'Alix que toutes croyaient morte. Balbine manda le médecin. Puis elle ne put retenir un geste d'affection envers Jeanne. S'emparant de sa main, elle la serra très fort pour lui transmettre son amour et son soutien, geste qui n'échappa pas à Léon Leroy.

— Il semble que cette malheureuse ait été agressée. C'est du moins ce que m'a dit l'homme qui lui a porté assistance. Elle a reçu un coup de dague ou d'arquebuse à l'épaule, expliqua-t-elle.

Le médecin l'examina tandis que Bérénice faisait bouillir de l'eau.

Il nettoya toutes les plaies avec un baume à l'huile de millepertuis, profitant de l'inconscience de Jeanne pour procéder à cette opération délicate et douloureuse. Puis Balbine lui fit boire une décoction à base de rue, absinthe, camphre, menthe, romarin et cannelle, ayant mariné dans du vinaigre afin que la fièvre baisse et que la vigueur lui revienne. Elle s'affaira aussi à lui faire respirer des feuilles de menthe et apposa sur son cou, ainsi que son front, un linge imbibé de vinaigre dans le but de stopper l'hémorragie.

Balbine hésitait à présent entre demeurer auprès de Jeanne jusqu'à son réveil et s'abîmer dans la prière à la chapelle. Bérénice se pencha alors vers elle et murmura :

— Si tu le souhaites, je peux prier pour la guérison de cette petite.

— Oui, merci. Je vais rester quelques heures auprès d'elle.

Balbine ne trouvait pas d'arguments pour expliquer son besoin d'être au chevet de la malade. Mais Bérénice se contenta d'acquiescer sans poser de questions. Elles s'aimaient et se respectaient. Jamais Bérénice n'aurait essayé de percer de force un secret de Balbine.

Le visage livide et couvert de sueur, Jeanne ne réagissait toujours pas. Comme Balbine pouvait à présent la contempler longuement, sans éveiller les soupçons, elle se rendit compte que sa pauvre fille avait beaucoup vieilli depuis quatre ans. Elle chercha à se convaincre que ce masque épuisé, flétri, était la conséquence de ses blessures, pas de l'âpre existence qui avait été la sienne après son enlèvement. Assise sur une chaise près du lit, elle serrait les grains de son chapelet à s'en faire mal : « Mon Dieu, murmura-t-elle, vous ai-je jamais demandé quelque chose ?... »

Fallait-il prévenir Hermione et Alix ? Balbine hésitait. Dans leur émoi, elles risquaient de se trahir et d'alerter les dames hospitalières ; Jeanne était recherchée par la police du royaume, quelle serait l'attitude des instances des hospices en apprenant que l'hôpital abritait une femme si coupable qu'elle pouvait être pendue ? Néanmoins, si Jeanne venait à mourir, Balbine regretterait que ses parentes n'aient pas eu possibilité de la revoir une dernière fois vivante.

Comme pour contredire Balbine, un gémissement s'éleva de la couche de Jeanne et sa tête frémit sur l'oreiller. Balbine s'approcha davantage de sa fille, guettant un signe. Toutefois, rien d'autre ne se produisit. Après avoir avalé un repas frugal, elle la veilla, dormant par intermittence.

Alors qu'elle préparait une nouvelle décoction, Balbine la vit tressaillir ; ses paupières se mirent à frémir comme les ailes d'un papillon qui tente de se libérer d'un filet et lentement ses yeux s'ouvrirent avec une expression de complet désarroi. Balbine s'empara de sa main, dont la chaleur était moins cuisante, et lui parla d'une voix douce :

— Tout va bien. Vous êtes en sécurité ici. C'est un hôpital où vous serez soignée avec compétence et dévouement. Vous avez été blessée et vous êtes demeurée longtemps inconsciente. A présent, vous voilà éveillée et nous allons nous occuper de vous jusqu'à ce que vous puissiez quitter les lieux. Me comprenez-vous ?

Jeanne la considéra une poignée de secondes d'un air hagard puis un léger soulagement se répandit sur ses traits.

— Je... je crois...

Balbine ne cherchait pas à se faire reconnaître. Elle l'aida à avaler le remède puis expliqua qu'elle la laissait seule quelques instants le temps d'aviser sa supérieure de son état. Balbine aurait souhaité transporter Jeanne dans une chambre particulière mais aucune n'était libre. Elle eut alors une idée et demanda à une collègue de la seconder afin de la déplacer sur son propre lit, dans les cellules réservées aux sœurs. Si la mère supérieure s'étonnait de cette faveur, Balbine pourrait toujours dire que la victime était une cousine.

Au sein d'un cadre austère mais plus digne du lien de parenté qu'elle entretenait avec sa soignante, Jeanne ne devrait pas tarder à recouvrer la santé. Balbine, très inquiète, essayait de s'en persuader. Elle se demandait encore si elle devait prévenir Hermione et Alix. Hermione semblait s'être tellement attachée à la fille de Balbine ! Cette dernière devinait que c'était en partie parce qu'elle se jugeait coupable de son triste sort. Elle avait été renseignée sur les circonstances du drame mais n'en avait jamais voulu à sa tante. Quant à Alix, Jeanne avait été sa servante pendant des années, elle avait dû partager avec elle ses joies mais aussi ses peines. Balbine ne se sentait ni le courage ni l'envie de leur cacher la réapparition de celle qui avait tenu une place considérable dans leur vie.

Néanmoins, elle n'eut pas le temps d'envoyer un message avant plusieurs jours. L'état de Jeanne lui causait trop de souci. Certes, elle reprit connaissance au matin et la joie de contempler ses yeux bleus, dont l'éclat n'avait pas changé depuis quatre ans, fut incommensurable pour Balbine. Mais la malade se consumait de fièvre. La sueur abondante qui suintait de sa peau obligeait la dame hospitalière à la laver souvent, à la changer, à mettre des draps propres. Elle ne s'accordait aucun répit, puisant dans cette attention portée à la jeune femme le courage de braver la mort.

En proie au délire, Jeanne psalmodiait :

— Non, Maurin, non… A moi !… Au secours ! Je ne veux pas ! Par Dieu, achevez-le ! Tuez-le !

Balbine était bouleversée par ces incantations. Elle imaginait derrière tout un monde de terreur et de désespoir. Elle craignait aussi qu'une sœur ou un médecin ne conçoive des soupçons si Jeanne trahissait sa position de hors-la-loi par une parole malheureuse. Aussi avait-elle supplié d'être la seule à s'occuper de la patiente, arguant que Jeanne, rebaptisée Marie, était sa cousine. Remplie d'angoisse mais conservant son calme, Balbine ne dormait guère, s'alimentait juste le nécessaire, s'évertuait à ne pas négliger ses autres tâches mais demeurait le plus possible au chevet de sa fille en repoussant toute aide.

Au fil des heures du troisième jour, une amélioration se fit. La fièvre diminua, le teint de Jeanne renoua avec sa couleur naturelle, son discours devint plus cohérent. Balbine dut répondre à ses questions angoissées. Jeanne ne l'avait pas encore reconnue et la soignante attendait qu'elle soit hors de danger pour lui faire le récit de son sauvetage.

Mais elle n'en eut pas besoin. Un matin, en ouvrant les paupières, Jeanne murmura, la fixant avec étonnement :

— Balbine, c'est vous…

— Oui, Jeanne. Je vais tout vous expliquer. Sachez d'abord que, pour votre sécurité, vous serez Marie en ces lieux…

Quelques jours plus tard, Alix et Hermione quittèrent Meursault et La Rochette pour se rendre à Beaune afin de voir Jeanne. L'après-midi était déjà bien entamé. Balbine leur avait fait porter un billet sibyllin et elles avaient cru comprendre que Jeanne avait trouvé refuge à l'hôtel-Dieu. A présent, elles se trouvaient toutes deux auprès de la jeune femme qui avait réintégré un lit dans la salle des pauvres. Encore pâle et émaciée, elle était cependant hors de danger.

Un climat de tension régnait. Malgré son soulagement de savoir Jeanne vivante, Hermione avait la désagréable impression que la jeune femme allait l'accuser d'être à l'origine de son enlèvement et des drames qui en avaient découlé, détruisant sa vie à jamais. De son côté, Alix ne parvenait pas à oublier qu'elle s'était disputée avec son ancienne servante juste avant que celle-ci ne disparaisse, qu'elle lui avait jeté de viles accusations à la figure et qu'elle l'avait même menacée. D'autant que Jeanne ne semblait pas dans de bonnes dispositions. Une au moins que cela ne surprenait pas, c'était Balbine. Elle avait compris que sa fille ne souhaitait pas renouer avec sa vie d'antan et qu'au contraire elle aspirait à retrouver ses compagnons de maraude.

Les premières minutes de la visite ne furent donc que malaise et confusion. Hermione se répandait en propos optimistes concernant un avenir qui devait paraître bien hypothétique à Jeanne, laquelle gardait un visage fermé, tandis que Balbine dissimulait sa gêne et qu'Alix se taisait, songeuse. Seule Hermione ne semblait pas réaliser combien Jeanne était loin du sentiment de bonheur qui l'habitait et réfractaire à son projet, celui de la ramener dès que possible au château. Submergée par l'émotion, elle ne réussissait pas à réfréner ses larmes alors que la malade conservait les yeux secs. Elle avait serré Jeanne contre sa poitrine, troublée de sentir son corps maigre dépourvu de réaction comme si elle étreignait une morte.

— Balbine nous a appris que tu étais complètement rétablie, dit-elle en couvant Jeanne d'un regard possessif.

Essoufflée d'avoir tant parlé, le ton peu naturel en raison de son grand trouble, Hermione quêta une approbation chez Jeanne. Cette dernière demeurait muette et distante. Désemparée, elle détourna son attention du lit ; elle aperçut un livre de piété sur la table de chevet sans savoir qu'il avait été placé là par Balbine. Si Jeanne était capable de se plonger dans un ouvrage de ce genre, c'est qu'elle avait à cœur de se repentir, de commencer une nouvelle vie dénuée de sang, de violence. Alors, pourquoi ce silence, cette froideur ?

Quand Jeanne se décida enfin à répondre, Hermione et Alix durent tendre l'oreille tant sa voix s'apparentait à un murmure.

— Je suis si heureuse et si malheureuse de vous revoir. Heureuse parce que cela me renvoie à une période sereine de mon existence, heureuse parce que cela vous rend heureuses. Mais malheureuse parce que je vais vous faire de la peine.

— Non, jamais ! s'écria Hermione. Nous t'avons retrouvée et personne ne t'enlèvera désormais à nous.

— J'ai traversé tant d'épreuves innommables... J'ai été témoin de tellement d'atrocités...

Pour l'instant, Jeanne se donnait le bon rôle, incapable d'avouer qu'elle n'avait pas seulement assisté à des scènes insoutenables mais qu'elle en avait aussi été l'instigatrice.

— Quelle a été ta vie durant ces quatre années ? demanda Alix avec douceur. Tu as dû beaucoup souffrir...

Jeanne hésitait encore à parler. Son image de victime, présente dans l'esprit de ses parentes, la soulageait. Elles n'éprouvaient envers elle que de l'affection, de la compassion, une pointe de culpabilité peut-être. Qu'en serait-il si elle disait la vérité ?

— Quelques heures après mon enlèvement, la bande a brûlé devant moi la dépouille d'une pauvre paysanne qui cherchait des baies dans la forêt. Leur chef lui a attaché mon collier au cou.

— Et c'est ainsi que nous t'avons cru morte, murmura Balbine.

— Pas moi ! s'exclama Hermione avec une note d'hystérie dans la voix. J'ai entrepris des recherches qui n'ont hélas pas abouti.

— Je m'en souviens comme si c'était hier, reprit Jeanne sans tenir compte de l'interruption. Après un galop effréné dans un paysage accidenté, le ciel s'est obscurci et nous avons fait une pause pour la nuit. C'est alors que Maurin m'a violée.

Les trois femmes se doutaient bien que la jeune femme avait été l'objet d'un pareil crime. Balbine en fut plus choquée que les autres en raison de son passé. Mais Jeanne l'évoquait avec un tel naturel qu'elles ne savaient comment réagir. Elle ne semblait pas si bouleversée comme si ses valeurs avaient changé. Evidemment, pour survivre, elle avait dû s'endurcir.

— J'ai passé de longues heures bâillonnée, les poignets serrés par une corde, sans réussir à dormir, certaine qu'on me tuerait dès l'aube. Quand j'ai compris que ce ne serait pas le cas, j'ai pensé que, si je parvenais à m'échapper, je rentrerais au couvent. J'étais une fille souillée, une fille perdue. Je voulais me retirer de la société pour ensevelir ma vie et mon abjection.

Hermione voulut encore protester mais quelque chose l'en empêcha : peut-être le ton à présent plat, presque indifférent, de Jeanne comme si elle racontait une histoire qui ne la concernait pas. Comme si son cœur était devenu aussi froid que son regard quand elle le posait sur ses parentes, sans rien de cette tendresse qui les liait autrefois.

— J'ai eu la chance... mais est-ce une chance ? d'attirer l'attention du chef de bande, Maurin, dit le Vérolé.

Hermione frissonna en se rappelant le visage couturé de cicatrices de celui qui avait volé leurs bijoux et capturé Jeanne.

— Maurin a été mon compagnon jusqu'à sa mort, tué par la maréchaussée. Il était de vingt-cinq ans mon aîné. A part ça, je n'ai jamais su grand-chose de lui. Il m'a raconté avoir été soldat dans une autre existence, un soldat vite privé de solde que le dénuement puis la misère ont poussé à rejoindre des camarades d'infortune afin de constituer une bande de malfrats. Hormis ce viol, il m'a toujours bien traitée, à condition bien sûr que je sois docile.

Les trois femmes demeuraient silencieuses maintenant, même Hermione, épouvantées par ce récit, et toutes les choses que Jeanne taisait. Toutes ces choses qu'elles ne pouvaient même pas concevoir tant elles étaient étrangères à leur milieu.

Pourtant, comme le silence s'installait, Alix posa la question qui l'obsédait depuis qu'elle savait Jeanne vivante :

— Tu n'as jamais eu d'occasions de t'échapper ?

— Si, répondit Jeanne d'un ton maussade.

Ce qu'elle s'apprêtait à révéler allait sans doute permettre à ses parentes de faire le deuil de la Jeanne qu'elles avaient connue. Mais comme c'était difficile ! Aussi les fixa-t-elle avec défi, toutes les trois si innocentes dans leur attente et leurs vaines espérances, les regardant comme si elles incarnaient des ennemies. Elle était en réalité terrorisée à l'idée de les décevoir, en particulier Hermione. Jeanne était bouleversée par son visage décharné, las, vieilli, qui ne ressemblait pas au souvenir qu'elle en conservait. Elle espérait que cette déchéance physique n'était pas le résultat de l'immense chagrin éprouvé à la croire assassinée, voici bientôt quatre ans.

— Au fil des mois puis des années, j'aurais pu maintes fois m'enfuir. En mon for intérieur, je m'étais juré de profiter d'un moment d'inattention de mes geôliers pour partir et vous retrouver, réintégrer un foyer dont j'avais la nostalgie. La honte d'avoir été déshonorée pesait peu désormais face à ma tristesse et ma solitude.

Elle marqua une pause, reprit son souffle.

— Jeanne, si tu es fatiguée, il faut cesser cette conversation, s'empressa Balbine.

— Non, je vais bien, répondit Jeanne. J'ai besoin de parler. Il le faut.

Elle s'arrêta à nouveau, consciente qu'elle livrerait l'argument le plus méprisable aux yeux de ces femmes pétries de bons sentiments.

— J'ai toujours reculé face à la liberté qui s'offrait parce que j'ai fini par m'attacher à Maurin, à sa bande devenue la mienne, à la vie que nous menions.

Si Balbine demeura impassible, Alix et Hermione exprimèrent leur incrédulité par des cris et des protestations. Aussitôt, Jeanne les fit cesser d'un geste autoritaire de la main.

— Je me doutais de votre incompréhension. Vous ne pouvez imaginer ce que j'ai fait. Je me suis rendu coupable de vols avec violence, de tortures, de mutilations. J'ai assisté à des viols collectifs sans laisser transparaître la moindre émotion et abandonné derrière moi des victimes à l'agonie. Je suis entrée dans l'illégalité la plus complète, je suis devenue une étrangère, une larronne qui, au regard de la justice, ne mérite pas d'autre sort que la pendaison. J'ai les mains couvertes de sang. L'appât du gain m'a ôté toute compassion, toute sensibilité. Bien entendu, au début, toute cette barbarie m'a fait horreur puis je me suis en quelque sorte habituée à elle. Je mérite la damnation et les flammes de l'enfer. Vous me voyez réintégrer le château avec ce lourd passé que je traîne ? Je vais en effet quitter les hospices mais ce sera pour retourner auprès de ma bande, ou ce qu'il en reste, ma seule famille désormais. J'espère rester en contact avec vous. Alors, cette rencontre n'aura pas été vaine. Mais en aucun cas, je ne retournerai à La Rochette qui m'est devenu étranger. Je finirais par vous faire horreur.

Jeanne se tut et ferma les yeux, épuisée par son récit.

Désespérée, Hermione se tourna vers Balbine qui ne disait mot, plus sensible que sa tante au raisonnement de Jeanne. Elle était très triste pour sa fille. Elle réalisait aussi qu'Hermione refusait de regarder la vérité en face. Si Hermione l'avait pu, elle aurait ordonné à sa mémoire d'effacer l'horrible confession de Jeanne. Une détresse sans bornes s'emparait d'elle, un sentiment d'impuissance insoutenable face à l'obstination de Jeanne. Etre si près du but et renoncer... Hermione songea soudain qu'elle ne supporterait plus une autre désillusion.

Quant à Alix, elle était pétrifiée de stupeur et d'horreur. Son ancienne servante était devenue un monstre. Elle regrettait moins la scène qui les avait opposées avant le rapt.

Hermione s'apprêtait à trouver de nouveaux arguments pour convaincre Jeanne quand des lamentations résonnèrent dans l'hôpital. Aussitôt sur ses gardes, Jeanne se ressaisit et avança la main jusqu'à sa dague. Puis elle réalisa qu'elle ne possédait plus aucune arme. Celui qui l'avait sauvée ou les bandits qui l'avaient blessée avaient dû s'en emparer. Tant pis ! La fréquentation des patients et des soignantes l'avait rendue moins méfiante ; si la souffrance et la mort étaient omniprésentes aux hospices, la violence se trouvait reléguée à l'extérieur. Mais Balbine avait vu l'expression de Jeanne.

— N'aie crainte. Ce ne sont que cris d'une douleur que nous nous efforçons de soulager par tous les moyens à notre portée.

Le lendemain, quand Hermione et Alix revinrent à l'hôtel-Dieu, elles y trouvèrent Balbine en larmes. Sans un mot, elle leur tendit un billet. Hermione le parcourut rapidement en étouffant un gémissement de détresse :

Hermione, Alix, Balbine,

Ma sécurité n'est plus assurée ici. Je dois partir. Ne vous inquiétez pas pour moi, j'ai trouvé ma voie et ne peux retourner en arrière. Oui, tout retour est désormais impossible.

Je ne vous oublie pas et vous rendrai visite quand cette démarche ne présentera plus le moindre péril. Cela prendra du temps mais je vous promets d'essayer.

Portez-vous bien. Vous avez une famille et j'ai ma vie de mon côté. Aucune d'entre nous ne doit souffrir de cette séparation. Il est trop tard pour espérer un changement radical. Il faut l'accepter. N'oubliez jamais que je suis vivante quelque part et pas si malheureuse que vous l'imaginez.

Jeanne

— Elle a laissé le carnet des simples que je lui avais donné autrefois, expliqua Balbine.

— Signe qu'elle ne reviendra pas, répondit Hermione, pessimiste.

— Ou que son apprentissage est bel et bien terminé.

— Cependant, Jeanne le conservait par-devers elle. N'est-ce pas un témoignage de l'affection qu'elle te vouait ?

La remarque laissa la soignante rêveuse…

Suffisamment rétablie pour se déplacer, Jeanne avait entamé avec ce qui restait de ses fidèles comparses le long périple jusqu'à Paris où elle comptait rester plusieurs mois pour se faire oublier. En raison de son état encore fragile, ses hommes choisirent de la faire voyager en litière plutôt qu'à cheval malgré le temps perdu avec ce moyen de locomotion. Elle protesta vigoureusement mais ils lui tinrent tête et elle céda. Ils avaient fait fabriquer une litière très confortable, recouverte de soie. Comme elle s'en étonnait, Blaise évoqua cette coutume existant en Inde, la litière étant là-bas portée par des esclaves. Stupéfaite, Jeanne voulut en savoir davantage, cependant il se rembrunit et se ferma aussitôt ; impossible dès lors de lui arracher une explication sur la manière dont il avait connu cette tradition. Avait-il foulé le sol de ce lointain pays autrefois avec Maurin ? Jeanne n'ignorait pas que tout un pan de leur passé lui demeurait opaque.

Ils atteignirent Paris au bout de plusieurs semaines, sans être inquiétés, dormant à la belle étoile pour ne pas se faire repérer. Les feux toujours entretenus chassaient les loups.

Parvenue à destination, Jeanne alla jeter un œil sur son jardin des simples, mal entretenu en raison de sa longue absence. Depuis des années, elle y cultivait toutes sortes de plantes destinées à cuisiner et à guérir : menthe, sauge, romarin, thym, sarriette, marjolaine, lavande, tant d'autres encore consignées dans des carrés bordés de buis. Avec le temps et l'expérience, Jeanne pratiquait même les saignées dévolues aux chirurgiens-barbiers.

La vue de son jardin en friche lui arracha des larmes, les premières depuis sa fuite des hospices, mais elle savait qu'elle ne pleurait pas seulement le saccage de ses remèdes. Renouer avec Hermione, Alix et Balbine avait ravivé sa peine et la conscience de la perte immense due à son enlèvement. Elle se sentait soudain beaucoup plus démunie qu'à la suite de la blessure qui l'avait contrainte à séjourner à l'hôpital. Elle détestait le sentiment de faiblesse et de désespoir qui ne la quittait pas. Là résidait sa seule vulnérabilité, or il lui fallait être forte pour affronter un quotidien dénué de la moindre sensiblerie.

16

Depuis plusieurs mois, la santé d'Hermione déclinait. Une fatigue persistante freinait ses activités ; son cœur battait d'une manière irrégulière, elle s'essoufflait au moindre effort tandis qu'une mauvaise sueur lui mouillait les tempes et que ses jambes gonflées la lançaient. Ne désirant pas inquiéter Balbine, elle avait renoncé à la consulter à ce sujet et elle se résigna à faire appel à un médecin. Ce dernier pratiqua saignements et lavements qui l'épuisèrent encore davantage. Elle revint à ses plantes, sachant que si son cœur était malade et devait s'arrêter de battre, elle n'en souffrirait pas trop.

Pour faire cesser ses palpitations, elle mélangea fleurs d'aubépine, de mélilot, fleurs et feuilles d'aspérule odorante et feuilles de menthe, les fit infuser dans de l'eau, qu'elle filtra puis sucra au moyen de miel de lavande. Une tasse après chaque repas la soulagea un peu.

Au cours de ces dernières années, Jeanne avait frappé plusieurs fois à la porte de La Rochette, déchirant à chaque fois le cœur d'Hermione. Elle lui donnait des nouvelles de la famille. De son côté, Jeanne se montrait peu prolixe, ne pouvant évoquer son existence placée sous le signe de l'illégalité et du crime. Hermione tremblait pour elle. Elle avait peur qu'on lui annonce un jour sa capture puis sa condamnation à mort. Oserait-elle alors révéler sa véritable identité, au risque de subir l'ire de son entourage ? Cela suffirait-il d'ailleurs à sauver Jeanne ? Hermione se sentait étrangère à tout cela, la vie se retirait d'elle. Son corps la trahissait et son esprit n'était pas en reste. Inutile de tergiverser, elle devenait une matriarche nostalgique que l'avenir et même le présent n'intéressaient plus, ruminant ses souvenirs et décrétant à qui voulait bien l'écouter que rien ne valait les temps anciens. Comme elle s'était moquée des radotages des vieilles gens autrefois ! Et voilà qu'elle leur ressemblait… Il était temps que Dieu mette un terme à cette existence absurde.

Et pourtant, au moment fatidique, toute la figure d'Hermione affichait la peur de mourir. Elle avait pris froid puis ce simple rhume s'était étendu à ses bronches et elle avait dû s'aliter ; à présent, elle savait que sa dernière heure était arrivée. Les paroles du prêtre, appelé à son chevet, parvenaient à peine à conjurer sa terreur de l'au-delà.

Dotée d'un physique banal, mariée à un pervers, privée d'enfants, vieille à trente ans, le cœur aigri mais l'autorité intacte, Hermione de Joinville désirait s'éteindre sans péchés. Elle avait souhaité que Balbine et Alix soient présentes lors de ses ultimes instants. Outre que la vision d'Alix lui apportait du réconfort, elle avait une confession à lui faire, un repentir qui, si elle ne s'en débarrassait pas, l'encombrerait aux cieux, quand bien même son confesseur l'avait entendue. Et puis elle avait aussi une supplique à lui adresser, en dépit de l'aveu qu'elle s'apprêtait à faire.

Abîmées dans les prières mais attentives aux désirs de l'agonisante, Alix et Balbine se tenaient assises près de sa couche, dans la chambre qui avait toujours été celle d'Hermione à La Rochette. Elles la sentaient pétrie d'anxiété, ce qui ne manquait pas de les étonner de la part de cette femme de caractère. Mais qui pouvait savoir comment se comporteraient les plus courageux face au trépas inéluctable ?

Alix était grosse de sept mois et Hermione se sentait peinée de ne pas connaître l'enfant à venir.

— Nous sommes seules, j'ai besoin de m'entretenir avec toi, déclara-t-elle en tâchant de se redresser sur ses oreillers.

Balbine voulut se retirer mais la malade l'en empêcha.

— Reste. Tu peux entendre ma confession.

Alix l'aida à s'asseoir tout en restant attentive, pressentant que ses mots ne seraient pas anodins. Mais Hermione peinait à retrouver son souffle et une violente quinte de toux retarda sa révélation. Une odeur de cumin, qu'elle mâchait pour se purifier l'haleine, se répandit dans la chambre. Cela rappela à Balbine le parfum de coriandre dont Guillaume était toujours imprégné.

— As-tu pris de la bourrache ? demanda-t-elle. C'est souverain pour les maux de poitrine.

Enfin, Hermione parvint à parler au prix d'un grand effort :

— Par Dieu, je refuse tout remède à présent, à quoi bon ? Laissons cela ! Si je me tais, je vais finir dans un chaudron bouillant, entourée de démons aux gueules béantes et de cris des damnés.

— Que racontez-vous là ? s'écria Alix, choquée.

Hermione devait être victime de la fièvre et délirer pour proférer de telles horreurs, de pareils blasphèmes !

— Je crois pourtant que j'ai toujours été une personne pieuse et bonne, poursuivit-elle sous le regard affligé de sa nièce. Personne ne peut me reprocher de n'avoir pas donné aux pauvres, j'ai été charitable et plus que familière aux offices religieux et aux pèlerinages. Je n'ai jamais omis une prière, j'ai beaucoup médité et parcouru les Saintes Ecritures... L'Eglise n'a pas été oubliée lors de la rédaction de mon testament et toi non plus...

— Je vous en prie...

— Et pourtant, je t'ai trahie, ma chère fille, et le pire c'est que je ne regrette rien !

— Que dites-vous ?

Malgré son apparent étonnement, Alix devinait la suite. Elle l'avait toujours sue.

— J'ai dérobé les lettres écrites par Gabriel à ton intention. Oui, je l'ai fait pour ton bien parce que tu étais promise à un autre qui te rend heureuse alors que cet individu ne t'aurait apporté que désillusions, crois-en mon expérience ! Même s'il est vrai que je suis persuadée avoir agi comme il convenait, je te demande, à l'approche de la mort, de m'accorder ton pardon.

— Bien sûr, vous êtes pardonnée…

Alix hésita puis, songeant qu'elle serait sans doute la dernière personne à discuter avec la mourante et qu'elle pouvait compter sur le mutisme de Balbine, elle ajouta :

— Vous avez eu raison. J'aurais commis une erreur en épousant Gabriel de Rex.

— Alors, je n'ai plus peur de rien. Alix, je te demande une dernière chose : être enterrée auprès de mes parents et non pas de mon mari.

Cette fois-ci, Alix ne simula pas la surprise ; elle avait toujours ignoré le drame de Balbine.

— Vous êtes sûre ?

— C'est mon désir le plus cher. J'en ai déjà parlé au prêtre afin qu'il appuie tes dires.

— Il en sera fait ainsi, ma tante. Je vous le jure.

— Merci. Je pars en paix. Je regrette simplement l'absence de notre chère Jeanne…

Alix s'empara de la main d'Hermione et attendit la fin. Balbine avait gardé le silence. Hermione se tourna alors vers elle. Un peu délirante, elle lui demanda pardon pour avoir failli à ses devoirs au sujet de Jeanne. La dame hospitalière eut peur qu'elle ne la trahisse en révélant devant Alix que Jeanne était son enfant. Mais Hermione était trop épuisée par cet échange pour prononcer un mot de plus. Elle s'éteignit quelques minutes plus tard.

Si Balbine fut surprise par la tournure de l'échange entre Alix et Hermione, jamais elle n'en parla. Elle avait compris que sa cousine avait entretenu une liaison avec Gabriel. Comme la dame hospitalière, Alix avait ses secrets et la soignante ne les trahirait pas.

Après avoir aspiré une grande goulée d'air, Balbine retrouva ses esprits. Elle se trouvait dans la cour d'honneur des hospices où elle avait dû se réfugier car elle avait été victime d'un étourdissement dans la salle des pauvres. Sa santé n'était plus aussi florissante que jadis et la perte d'Hermione, après celle de Flore, avait ébranlé sa foi en la vie. Non pas qu'elle jugeât cette fin injuste, Hermione ayant vécu jusqu'à un âge avancé, mais cette femme avait été présente dans tous les moments importants de son existence, bons ou mauvais et même tragiques. Sa disparition laissait un grand vide dans son cœur devenu plus fragile avec les années.

Ce devait être aussi la raison pour laquelle elle avait été contrainte de sortir ; une amputation se pratiquait chez un malade victime de gangrène et Balbine s'était révélée incapable d'apporter son aide au barbier, réquisitionné pour cette tâche jugée indigne des médecins. Un tel désespoir, additionné d'impuissance, avait assailli la dame hospitalière à la vue du membre violet qu'on allait scier qu'elle avait préféré laisser sa place à une soignante moins sensible… et moins vieille, se disait-elle avec amertume. Allons, il lui fallait plutôt avoir recours à la sagesse en acceptant l'idée que le Seigneur la rappellerait bientôt à lui. Elle espérait s'éteindre avant de comprendre que sa place n'était plus aux hospices. Que deviendrait-elle si on l'y chassait ?

Ses ennuis ne se limitaient pas à ce déclin. Un matin, les sœurs constatèrent la disparition de meubles et de titres au sein de l'établissement mais aussi dans les maisons léguées à l'hôtel-Dieu, plus accessibles aux voleurs. Ces biens envolés constituaient un problème financier de plus pour l'hôpital qui souffrait déjà beaucoup dans la gestion de sa trésorerie. Balbine fut chargée d'écrire au doyen de la Sainte-Chapelle de Dijon afin que cette vilaine affaire n'en reste pas là. Un monitoire sous menace d'excommunication fut lancé contre les coupables, toujours introuvables. Les détenteurs des objets dérobés devaient les rendre avant six jours sous peine de subir cet anathème. L'affaire fit du bruit. Balbine se disait que meubles et titres allaient leur revenir tant cette menace inspirait la terreur, même aux individus tombés hors la loi. Hélas, rien de tel ne se produisit et la vieille sœur en conçut un nouveau sujet d'amertume.

Quelques semaines plus tard, Balbine reçut une visite imprévue. Cela commença par l'annonce qu'un groupe de médecins et de religieuses viendraient de Paris pour voir les hospices et comprendre leur fonctionnement. La dame hospitalière ne prêta pas une grande attention à la nouvelle. Cependant, elle tressaillit et se troubla quand Bérénice lui précisa que les arrivants officiaient à l'hôtel-Dieu de Paris. Se pourrait-il ?... Si Balbine avait supplié Maric de quitter Beaune, voilà bien des années, c'était pour éviter qu'ils ne succombent à la tentation et ne se pardonnent jamais leur égarement. C'était aussi parce qu'elle croyait Jeanne morte et que sa culpabilité la poussait à se punir en se privant de la présence de son aimé. Et en définitive, Jeanne était bien vivante, comme si sa mère avait été absoute de ses péchés. Avait-elle eu raison d'exiger ce sacrifice de la part de Maric ? Ou bien justement, ce renoncement qu'ils s'étaient imposé n'était-il pas à l'origine de cet immense bonheur de savoir Jeanne miraculée ? Balbine se sentait perdue entre espoir et angoisse. Revoir Maric représentait un délicieux tourment. Elle avait tellement changé physiquement qu'elle craignait qu'il ne soit déçu de ne pas retrouver en elle la femme qu'il avait chérie. Mais les années avaient passé aussi pour lui. De plus, Maric était assez lucide pour savoir que les effets du temps étaient impitoyables.

Quand le groupe s'avança dans la cour d'honneur, Balbine se tenait derrière un pilier, de façon à pouvoir le regarder sans pour autant révéler sa présence. Et une immense déception l'envahit en comprenant que Maric Lambert n'en faisait pas partie. Un sanglot l'étrangla et elle dut regagner sa cellule pour pleurer à son aise. Face à sa peine, elle réalisa combien elle avait cru en la venue du médecin, combien elle aurait été heureuse de lui parler, de savoir qu'il allait bien. Elle n'avait même plus envie d'échanger avec les nouveaux venus. Et pourtant, il fallait qu'elle leur demande s'ils connaissaient Maric. Elle ne voulait pas les laisser partir sans au moins avoir une réponse et peut-être des nouvelles de celui qui tenait toujours une place capitale dans son vieux cœur.

Veillant à présenter un visage apaisé, elle se rendit dans la salle des pauvres où le petit comité admirait le confort dont bénéficiait chaque malade. Il y avait là trois religieuses et deux médecins. Tous arboraient un aspect sévère avec leurs vêtements noirs, démenti par l'intérêt bienveillant qu'ils portaient aux détails du décor vanté par la mère supérieure. Balbine se joignit aux sœurs qui travaillaient en leur lançant des œillades discrètes.

Quand ils quittèrent la pièce, Balbine les suivit. Elle tournait dans le couloir, aimantée par leurs voix au loin, lorsqu'elle buta contre quelqu'un.

— Oh, pardon ! Je…

Elle reconnut alors l'une des visiteuses.

— Vous cherchez quelque chose ? Puis-je vous aider ?

Habile préambule avant d'évoquer Maric Lambert.

— Vous êtes bien Balbine de Joinville ?

— Oui, en effet, répondit la dame hospitalière, surprise.

— C'est donc bien vous que je cherche. Je suis censée être aux latrines, je ne dispose pas de beaucoup de temps, ajouta la religieuse avec un sourire amusé. Je suis sœur Adélaïde. Tenez, de la part de Maric Lambert ! ajouta-t-elle avec brusquerie.

Sans façon, elle s'était emparée de ses mains dans lesquelles elle avait déposé une lettre ainsi qu'un paquet. Son visage se rembrunit.

— Hélas, maître Lambert est mort des suites d'un accident de coche dans une rue de Paris. Ses blessures étaient nombreuses et graves, il a trépassé durant la nuit, à l'hôtel-Dieu, auprès de nous. Nous n'avons pas pu prévenir sa famille à temps. Ses enfants ont hérité de ses biens. Néanmoins, nous avons retrouvé cette missive et ce paquet dans sa chambre… Désolée, nous avons dû la lire… mais nous n'avons pas ouvert le paquet, je vous l'assure. Maître Lambert désirait vous faire ce legs. J'ai bien pensé vous l'envoyer à Beaune mais j'avais peur qu'il ne se perde. Aussi, quand s'est présentée l'opportunité de visiter les hospices, j'en ai profité pour vous l'apporter en mains propres.

— Quand ce drame est-il survenu ?

La voix autoritaire de la religieuse se fit plus douce.

— Il y a fort longtemps : sept ans.

— Sept ans ! s'écria Balbine en vacillant sous le choc. Mais il est mort peu de temps après son arrivée à Paris !

— Hélas… Dieu a voulu le rappeler vite à lui.

Balbine baissa la tête, anéantie. Elle n'avait même plus envie de découvrir le contenu du présent.

Sœur Adélaïde se vit contrainte de rejoindre ses collègues. Balbine la remercia sans même songer à lui en demander davantage sur Maric. Je l'ai envoyé à la mort ! pensait-elle, assaillie par la culpabilité et les remords.

Dissimulant tout ce qui lui restait de Maric sous son uniforme, elle se réfugia au sein de sa cellule pour laisser libre cours à son désespoir. Les sanglots l'étouffaient. Ainsi, les nombreuses fois où elle avait pensé à Maric après son départ, quand elle l'avait imaginé exerçant sa science à l'hôpital, donnant des soins, alliant la compétence à la sollicitude tel qu'il l'avait toujours fait aux hospices de Beaune, il n'était déjà plus de ce monde ! Un besoin de crier sa douleur s'emparait de la dame hospitalière. Elle savait pourtant que ce dérivatif lui était interdit en ce lieu. Elle aurait voulu être ailleurs pour pouvoir hurler et pleurer sans se contenir. Son seul refuge serait la prière, mais auparavant elle devait satisfaire le vœu posthume de Maric.

Séchant ses larmes et se composant un visage neutre au cas où quelqu'un viendrait, Balbine déplia la lettre qu'elle se mit à lire, le cœur en lambeaux.

Ma chère Balbine,

Je ne suis que depuis quelques semaines à Paris et déjà je me mets en devoir de vous écrire. Mais cette missive, je ne vous l'enverrai jamais. Quelqu'un s'en chargera à ma place et, quand elle sera sous vos yeux, cela signifiera que je serai moi-même sous d'autres cieux, les éternels.

La vie à Paris me semble à dix mille lieues de celle que j'ai menée à Beaune. Tout n'y est que bruit, foule, turbulence… J'ai peur de m'y perdre corps et âme. L'idée m'est donc venue, s'il m'arrivait malheur, de vous adresser cette ultime preuve de mon amour le plus vif et le plus sincère. Avec le risque que ce message ne tombe entre de mauvaises mains. J'en suis conscient. Je prends ce risque comme, je crois, vous l'auriez pris.

Vous trouverez donc, en plus de cette lettre, un parchemin résumant mes recherches durant ces dernières décennies. Non content de soigner, parfois de guérir, j'ai toujours voulu avancer. C'est pourquoi, j'ai entrepris diverses expériences, à l'apothicairerie en particulier, dont vous déchiffrerez les résultats, clairement traduisibles, dans ce grimoire qui me fait penser un peu à votre cahier des simples.

J'espère que cette lecture vous plaira et, peut-être même, vous aidera dans votre quotidien aux hospices. J'ai toujours pensé que, si les femmes y avaient été autorisées, vous auriez pu être médecin.

Ma chère Balbine, ma mie, sachez que vous me manquez tellement. Je ne vous oublierai jamais, je vous aime de toute mon âme.

Maric

Avant qu'un nouveau flot de larmes la submerge, Balbine ouvrit le paquet et découvrit des feuillets sur lesquels courait l'écriture stylisée du seul homme qui eût jamais compté dans sa vie. Il y était question de plantes, bien sûr, mais aussi d'expériences sur des cadavres. Maric avait été bien imprudent, toutefois il n'imaginait pas mourir si vite. De toute façon, Balbine se moquait d'être accusée de sorcellerie à son âge. Elle lirait avec attention, avec dévotion même, ce témoignage de toute une vie dédiée à la science et au désir ardent d'apporter du soulagement aux malades. Sœur Adélaïde avait dit avoir pris connaissance de la lettre et, visiblement, elle n'en avait pas pour autant été choquée. Sans doute tenait-elle le médecin en haute estime. Sans doute était-elle de ces esprits éclairés qui ne voient pas le diable partout. Balbine pouvait lui faire confiance.

Jamais elle ne se séparerait de ce cahier. Non seulement, il pouvait lui être très utile dans sa profession mais il demeurait l'unique souvenir qu'elle conservait de Maric Lambert.

L'hôtel-Dieu se portait mal depuis plusieurs années. Les donations et les aumônes devenaient plus rares en raison des lourds impôts pesant sur les gens aisés et qui serviraient à financer les fortifications de Beaune. En 1478, la disette avait même régné et des miséreux avaient forcé les portes des hospices pour réclamer de la nourriture. Les pauvres étaient affamés et n'écoutaient pas les conseils des soignantes, à savoir manger peu et lentement pour commencer. Elles leur avaient distribué des denrées qu'ils avalaient aussitôt comme des ogres. Leur organisme ne résistait pas à ce traitement brutal et beaucoup moururent étouffés par la nourriture. D'autres de douleurs atroces d'estomac. Pour ne rien arranger, un incendie se déclara en 1499, au sein de la cuisine, brûlant une partie de la charpente sans provoquer de victimes. Balbine se trouvait dans cette pièce quand le feu avait pris. Tous les tissus qu'elle avait en sa possession avaient servi à lutter contre les flammes avant l'arrivée de seaux d'eau providentiels. Déjà, en 1459, la salle avait subi l'effondrement de son plafond, remis depuis en état.

A la fin de ce siècle, l'hôpital eut l'honneur de recevoir le jeune roi Charles VIII, fils et successeur de Louis XI. Il dormit dans la chambre de la Croix, celle-là même où séjournait Nicolas Rolin. Située au premier étage, à l'angle nord-ouest, la pièce prit désormais le nom de chambre du Roi en hommage au gracieux souverain qui laissa une aumône de cent francs.

L'an 1500 avait mal commencé avec l'émergence d'une épidémie en Bourgogne. Les hospices furent bientôt remplis de malades qui souffraient de violents maux de tête avant que la douleur s'attaque aux reins, à l'estomac puis aux jambes, accompagnée de fièvres qui pouvaient aller jusqu'au délire. La mystérieuse pathologie finit par être endiguée grâce au dévouement des soignantes parmi lesquelles Balbine qui se montra la plus opiniâtre en dépit d'une fatigue constante et des divers maux de la vieillesse qui l'accablaient.

Cette même année vit la mort de Gabriel, atteint par la dague d'un brigand qu'il tentait d'arrêter au nom du roi. A l'exception de Balbine, personne n'avait jamais su qu'il avait soustrait Jeanne à la justice, la sauvant du gibet. Aussi la dame hospitalière éprouva-t-elle un grand chagrin à cette nouvelle. Elle se promit de prier tous les jours pour le repos de son âme, regrettant qu'il se soit éteint avant elle qui était si lasse et devait cacher ses douleurs de peur de ne plus pouvoir travailler. Elle avait l'impression qu'un immense vide se creuserait devant elle si elle cessait son œuvre aux hospices.

La peine d'Alix fut aussi intense. Comme Balbine, elle la camouflait, nul n'étant au courant des tendres et charnels liens qui l'avaient unie au défunt – sinon Balbine depuis le trépas d'Hermione. Avec la disparition de Gabriel, c'était tout un pan de son existence qui s'effritait comme une roche friable. Elle fut étonnée par la force de son chagrin jusqu'à ce qu'elle comprenne qu'elle pleurait surtout sa jeunesse perdue et sa beauté enfuie.

Quelques mois après ce deuil, Balbine fut invitée à Meursault pour fêter la nouvelle grossesse d'Alix. Sitôt arrivée, elle considéra le buffet avec écœurement. Cette accumulation de denrées dont elle n'était pas coutumière heurtait ses principes de pondération en toute chose.

Chez Alix et Conrad, qu'ils soient trois ou quinze convives, la nourriture abondait. Après les charcuteries, saucisses, andouilles, jambons salés, servis avec des salades, vint toute une palette de viandes, poulets bouillis, porc, mouton, veau, bœuf, accompagnées de potages d'herbes où le safran dominait. De nouvelles viandes, rôties cette fois-ci, constituèrent le troisième service, puis du poisson, truites et brochets, des écrevisses, fèves et pois cuits. L'« issue » était composée de fromages et de desserts : tartes, riz au lait, et toutes sortes de fruits. On terminait par des confitures et la « dragée » comportant du fenouil, de l'anis et de la coriandre confits dans du sucre. Les domestiques remplissaient les gobelets de différents vins, privilégiant bien sûr ceux de Beaune.

— Et dire que, la dernière fois que j'ai eu le plaisir de te rendre visite aux hospices, tu m'as recommandé de manger peu afin de conserver la santé ! ironisa Alix, repue, les joues rouges et luisantes de chaleur et de bonne chère.

— Cela est vrai pour les malades, souligna Conrad qui, en dépit des embarras engendrés par une crise de goutte, avait fait honneur au banquet. Les bien-portants doivent au contraire en profiter tant que cela leur est possible.

— Je réitère mon conseil, déclara Balbine qui picorait dans son écuelle.

Elle n'avait jamais vu un amoncellement aussi important de denrées dont, selon elle, la moitié serait gâtée en raison des quantités extravagantes exigées par le couple. Elle observait en particulier les échafaudages, sculptures et architectures de sucre, représentant des scènes mythologiques et s'apparentant à des œuvres d'art qu'il serait dommage de détruire en les mangeant. Et que dire de ces *ollas podridas*, ces pyramides et enchevêtrement fumants de volailles, viandes, abats, charcuteries, légumes, fruits, épices, herbes, cuits dans le même pot, selon une coutume venue d'Espagne, en vogue dans les milieux élégants et aisés... mais pas dans son monde à elle et encore moins à l'hôtel-Dieu !

Une innovation la stupéfiait, même si elle convenait de son bien-fondé : chaque convive disposait de son assiette, sa cuiller, son couteau et son verre, ce qui mettait un terme à la promiscuité d'antan, quand la vaisselle était mise en commun. Calquant ses manières sur celles des illustres personnages qui l'entouraient, Balbine utilisa avec quelque difficulté dans les débuts ce qu'on lui désigna comme étant une fourchette chargée de s'emparer des aliments et de les mener jusqu'à la bouche. Comble du raffinement, une serviette individuelle en lin, d'un mètre sur un mètre et pliée de façon à reproduire le profil d'un lévrier, était à la disposition des invités, leur épargnant de s'essuyer doigts et bouche à la nappe. La sœur nota aussi que les bancs avaient été remplacés par des ployants, ces sièges pliants aux pieds en forme de X. Toutes ces transformations coûteuses la troublaient.

Grosse de sept mois, Alix était pourtant en beauté ce soir-là. Elle arborait une robe de cour évasée dont l'ouverture frontale laissait admirer un second vêtement au tissu chatoyant. Une chaîne précieuse se balançait sur sa taille épaissie. Son surcot s'ornait d'une fraise au goût du jour. Elle portait une toque sur sa chevelure, semblable à celle des hommes, que Balbine trouva surprenante car elle n'était pas encore au fait de cette récente tendance. Elle ignorait aussi qu'Alix importait ses toilettes principalement d'Italie et que les sommes nécessaires à son vestiaire prenaient des proportions qui faisaient sourciller Conrad. Néanmoins, il reconnaissait que tenir son rang sans déchoir impliquait de s'endetter.

Durant le trajet, Balbine avait été exposée à un soleil trop ardent et, à présent, la nourriture abondante et grasse lui soulevait le cœur. Ce dernier palpitait comme celui d'un animal pris au piège, ses joues étaient rouges de trop de bonne chère selon ses critères, même si Alix lui avait reproché de ne pas faire honneur au banquet, additionnée de plusieurs sortes de vins. La fièvre avait pris possession de son corps. La tête lui tournant, cela faisait un moment qu'elle ne participait plus à la conversation, concentrée sur les signaux que lui envoyait son organisme en détresse. En face d'elle, les convives remuaient les lèvres sans qu'elle saisisse le sens des phrases qu'ils prononçaient ; seuls, quelques mots surnageaient telles des épaves à la surface de l'océan. La fournaise régnait dans la salle, malgré les fenêtres ouvertes, en raison du nombre d'invités qui s'y tenaient et de la chaleur dispensée par les mets dans l'air d'été déjà très doux.

Balbine était paralysée par l'appréhension. Son expérience de dame hospitalière lui disait qu'un malaise était possible et elle craignait de gâcher la soirée dédiée à Alix par ses faiblesses de grand-mère. Si elle en avait eu la force, elle aurait demandé à se retirer dans une chambre pour se reposer mais elle se sentait tout bonnement incapable de se lever sans tomber.

— Par Dieu, Balbine, que se passe-t-il ?

Alix dut répéter plusieurs fois sa question avant que la sœur ouvre des yeux écarquillés par la peur et la stupéfaction.

— Veuillez m'excuser, je…

Sa cousine la considérait avec inquiétude de même que toute l'assemblée frappée de mutisme. Un silence lourd de craintes pesait sur ces gens si insouciants la minute précédente. C'était la voisine de Balbine qui avait donné l'alerte et Alix s'était aussitôt levée pour accourir auprès de la soignante.

— Je t'en prie, réponds-moi !

Balbine cilla. Elle réussit à s'exprimer d'une voix qui peinait à trouver les mots :

— Mon enfant… Il faudrait… il faudrait que je m'en retourne aux hospices… vite !

Dès que les appels d'Alix retentirent à l'entrée de l'hôtel-Dieu, deux sœurs se précipitèrent pour secourir Balbine qui, trop faible, ne parvenait pas à marcher seule. Depuis la mort de Bérénice le mois dernier, elle était la plus âgée des dames hospitalières exerçant encore, et elle se laissa volontiers soutenir par les soignantes plus jeunes qui n'éprouvèrent aucune difficulté à guider son corps lourd et épuisé vers une couche propre.

Elle se demanda ce qu'elle aurait ressenti si Maric Lambert l'avait auscultée. Au lieu de quoi, Léon Leroy se présenta et commença à lui palper le ventre d'un air soucieux tandis qu'elle gémissait. Puis il lui prit le pouls et observa sa langue, la mine désapprobatrice. Elle avait l'impression qu'il la jugeait comme une enfant qui aurait commis quelque sottise.

— Un lavement, une saignée et du repos, préconisa-t-il tandis que Balbine ne pouvait s'empêcher de grimacer.

Elle avait toujours éprouvé de la compassion pour ses malades mais elle comprenait mieux les variations de leur humeur à présent qu'elle se trouvait à la merci de l'homme de l'art qui avait tout pouvoir sur elle avec ses pratiques et ses remèdes embarrassants ou déplaisants. De ses yeux brillants de fièvre, elle suivait ses gestes et la moindre expression qui se jouait sur ses traits. Il finit par s'en apercevoir et se composa un visage neutre.

— Sœur Suzanne va vous donner une potion calmante.

En proie maintenant à des tremblements incoercibles, Balbine sentait le désarroi s'emparer d'elle. Se pouvait-il que son heure soit venue ? Dans ce cas, elle se devait d'être forte avant de se laver de ses péchés et d'accéder au paradis. Elle avait beaucoup menti en cachant le viol puis l'existence de Jeanne, néanmoins elle se disait, non sans discernement, qu'une existence vouée au bien-être des malades rachetait une bonne partie de ses fautes. Elle espérait que la fièvre, qui empirait, lui laisserait assez de conscience pour dire adieu à ses proches.

Cependant, son esprit dériva vite loin de ces préoccupations. Sa gorge asséchée réclamait de l'eau. La migraine pointait. La fièvre épuisait son cœur déjà bien fatigué. Au terme de deux longues heures interminables, elle sombra enfin dans un sommeil perturbé par de brusques réveils durant lesquels, assoiffée, elle suppliait qu'on lui apporte un gobelet d'eau fraîche. Une sœur lui passait un linge mouillé sur le front sans pour autant apaiser la fournaise qui la consumait. La mère supérieure avait déjà décidé d'avertir Alix de Lanvalle à Meursault que sa cousine était au plus mal si, au matin, sa température n'était pas retombée.

L'état de Balbine s'étant aggravé, Alix fut vite prévenue et se rendit le jour même au chevet de sa parente. Elle se sentait coupable, ayant l'impression que la soirée à laquelle elle avait convié la vieille dame lui avait été fatale. Mais quand elle s'en ouvrit à sœur Suzanne, celle-ci lui répondit avec un certain détachement que c'était la volonté de Dieu.

Adèle, Flore, Bérénice, toutes ces soignantes de la génération de Balbine ou plus âgées s'étaient éteintes. Restaient des dames hospitalières plus jeunes, toutes douces et dévouées mais qui ne partageaient pas les mêmes souvenirs que Balbine, la plus ancienne. Non que celle-ci, Suzanne, ait voulu se montrer irrespectueuse. Néanmoins, n'ayant pas connu la jeune fille pleine d'espérances qui s'était présentée aux hospices pour y devenir novice, elle se permettait une distance dont n'auraient pas fait preuve les proches de Balbine.

Si Alix en fut choquée, elle n'en laissa rien paraître. Sans répondre, elle s'assit près du lit et pétrit la main de la malade qui lui sourit.

— Je suis si heureuse que tu sois venue ! Même si cela signifie que je ne me rétablirai pas.

— Personne n'en sait rien. Gardons espoir.

— Par Dieu, ce ne sera pas un drame ! Mon heure est venue et elle est venue tard. Ce qui est grave, c'est de mourir jeune, comme ton père Guillaume, ou d'endurer une tragédie comme Jeanne. Et puis, tu attends un enfant, c'est cela le renouveau !

Balbine ne parlait jamais de Guillaume. Au seuil de la mort, peut-être avait-elle envie de se tourner vers le passé, de convoquer les défunts qu'elle avait chéris ? Il eût été facile d'essayer d'en apprendre davantage sur ce mystérieux père alors que sa cousine, en position de faiblesse, pouvait oublier d'être prudente et discrète, mais Alix répugnait à se conduire ainsi.

Et puis l'esprit de Balbine semblait en pleine déroute.

— Où est Jeanne ? articula-t-elle.

— Jeanne ? Je l'ignore. Tu sais bien que c'est toujours elle qui vient à nous. Il n'y a aucun moyen de la prévenir de la situation. Tu désires la voir ?

— Oui.

Alix était contrariée de ne pas donner satisfaction à une mourante. Elle n'avait pas la moindre idée de l'endroit où se cachait la brigande.

— Je vais me renseigner, mentit-elle pour calmer Balbine qui s'agitait sur sa couche.

— Merci. Tu comprends, c'est Jeanne !

Alix acquiesça, pensive. Elle avait un temps soupçonné sa servante d'être la fille de Balbine. Cela lui paraissait pourtant bien extravagant. Le subit intérêt de la dame hospitalière à l'agonie pour celle qui était devenue une exclue ravivait ses doutes.

— Il est temps pour moi de disparaître, se mit à monologuer Balbine. Je suis trop vieille et d'un autre monde. Quand je pense à ma jeunesse, à La Rochette…

Elle prit une pénible inspiration et poursuivit :

— A présent, la noblesse s'évertue à ôter de ses belles demeures tout ce qui se rattache au caractère défensif des temps anciens et est considéré sans grâce : tours, courtines, fossés, et même donjon ! Quel ouvrage, que de folles dépenses ! Nos châteaux sont démantelés, réduits à l'état de loques. Cela me déchire le cœur de voir tant de souvenirs s'en aller sous les pieux des démolisseurs. A chaque pierre qui s'écroule, je prends une année de plus ! Il n'y a qu'aux hospices que je me sente encore chez moi mais je regrette que mes chères amies ne soient plus à mes côtés : Adèle, Flore, Bérénice…

Trop épuisée pour continuer, Balbine ferma les yeux et s'endormit.

Alix demeura quelques minutes près d'elle avant de se lever pour se dégourdir les jambes dans la cour. Quelle ne fut pas sa surprise de tomber sur Jeanne qui y pénétrait.

— Jeanne ! Tu es là par hasard ?

— Non. J'ai appris pour Balbine…

— Je viens de lui parler. Elle t'a réclamée. Mais comment as-tu deviné ?

Jeanne eut un sourire presque moqueur.

— Je résidais en ville. Et rien ne m'échappe quand je suis à Beaune. J'ai mes informateurs.

Alix frissonna et ne posa pas davantage de questions.

— Je t'accompagne.

Si Alix, de par sa position, avait autrefois dominé Jeanne, les choses étaient différentes à présent. Jeanne vivait dans un monde qui, à la fois, fascinait et révulsait l'aristocrate. Elle en avait peur autant qu'elle était attirée par lui. Et sa domestique d'antan s'était transformée en une créature douée d'un pouvoir que la richissime Alix ne posséderait jamais. Elle était comme nimbée d'une aura fatale. Elle avait vécu des choses aussi rares et démesurées qu'atroces auxquelles Alix n'aurait jamais accès. Certes, elle en était soulagée mais Jeanne, la marginale, n'en devenait que plus mystérieuse et impressionnante à ses yeux, à l'image d'une personne d'exception.

Balbine ne dormait plus quand elles firent irruption près de sa couche. Alix fut témoin du bonheur indicible de la vieille femme à la vue de Jeanne. Elle se sentit de trop et préféra quitter la pièce pour les laisser seules.

Balbine était encore assez lucide pour reconnaître Jeanne et se réjouir de sa présence. La fin était imminente mais la présence de sa fille la rendait plus douce. Elle ignorait si Jeanne concevait des soupçons sur ses origines et elle n'avait pas la moindre envie d'en parler avec elle alors que sa vie s'en allait. Fidèle au secret qu'elle avait gardé depuis tant de décennies, elle éprouverait des scrupules à bousculer ses principes sous prétexte qu'elle comparaîtrait bientôt devant Dieu. Le père spirituel l'entendrait sous peu en confession, cela suffirait à libérer son âme du fardeau qu'elle portait depuis trop longtemps. Inutile de bouleverser Jeanne avec les détails du viol si elle ne se doutait de rien. A l'inverse, si elle avait effleuré la vérité, elle pouvait l'évoquer, Balbine répondrait sans se dérober à ses questions. Mais Jeanne garda le silence sur le sujet et sa mère fit de même. Elles ranimèrent le passé, la famille, l'affection qui les unissait. Puis sentant que l'attention de la malade commençait à dériver dans les limbes de l'inconscience, Jeanne se retira à pas feutrés.

Quelques minutes plus tard, Alix conversait avec Jeanne dans la cour d'honneur des hospices, songeant à Balbine, pas certaine de la revoir vivante le lendemain. Au moment où toutes deux s'éloignaient, Léon Leroy les interpella. Il tenait le livre des simples de Balbine qu'il avait promis de transmettre à ses proches si la dame hospitalière n'en avait plus la force. Même si Alix n'était pas sûre de son utilité, elle s'inclina, heureuse de posséder cette relique écrite de la main de sa cousine. Elle conserverait le parchemin dans un coffre de sa chambre, se servant de certaines recettes pour des maux bénins. Et elle le léguerait plus tard à ses enfants.

— Merci, maître.

Le médecin toussota d'un air gêné.

— A vrai dire, Balbine a demandé qu'il vous revienne à vous, Jeanne.

Cette dernière accepta d'emblée le présent sans manifester de surprise. Elle savait qu'elle en tirerait à nouveau profit à bon escient. Et puis, elle considérait qu'elle devait bien encore en disposer. Cela faisait longtemps qu'elle avait compris que Balbine était sa mère.

— Pourquoi ne me l'a-t-elle pas remis en mains propres ?

— Elle est très faible…

Jeanne réfléchit : en réalité, Balbine avait peut-être eu peur que ce geste soit par trop révélateur et ne fasse exploser la vérité ?

— Il n'y a pas que ce cahier des simples, ajouta le médecin, de plus en plus troublé.

Il présenta à Jeanne une masse de feuillets couverts d'une écriture qui n'était pas celle de Balbine.

— Voici les recherches de mon prédécesseur aux hospices, maître Maric Lambert. Je ne sais pas la raison pour laquelle cela s'est retrouvé dans les affaires de sœur Balbine mais elle désirait qu'il vous revienne. Ne le montrez pas à n'importe qui, conclut-il d'une voix sévère car il avait lu quelques passages et jugeait qu'ils étaient à la lisière de la sorcellerie ; par exemple, comment le médecin avait-il osé disséquer des cadavres ?

Léon Leroy repartit vers son exigeant labeur et Alix marqua sa surprise.

— Quel legs étonnant ! remarqua-t-elle d'un ton acerbe.

— Pas tant que cela, tempéra Jeanne. Balbine savait que j'en ferais meilleur usage que vous qui n'êtes pas passionnée par les simples. Et je l'ai eu très jeune en ma possession. Il m'a aidé à distinguer les plantes. Je l'ai rendu ensuite à Balbine lors de mon séjour aux hospices. Et le revoici chez moi…

— Très juste, convint Alix en affichant une mine conciliante.

Elle songeait pourtant à la bizarrerie du second carnet ayant appartenu à Maric Lambert. Néanmoins, l'instant ne se prêtant pas aux mesquineries, elle renonça à polémiquer.

Jeanne avait eu l'intention de parler de son avenir à Alix, cependant elle préféra se taire après cette scène désagréable et futile. Elle avait en effet pour projet de se retirer aux hospices, après avoir vendu la maison de Paris. Elle détenait encore assez de biens pour être en mesure de s'offrir une chambre confortable où passer ses jours jusqu'au dernier. Dire qu'elle avait l'intention de s'amender semblerait presque comique après toutes les turpitudes dont elle s'était rendue coupable… Jeanne aspirait simplement à une vie plus calme, retirée du monde, loin des dangers et des vices de celle qu'elle avait connue depuis son enlèvement. Quel endroit pouvait concurrencer l'hôtel-Dieu où sa mère avait officié presque toute son existence ? Son souvenir serait vivace en ces lieux tant que Jeanne y vivrait, elle comptait bien l'entretenir avec une foi ardente. La fille de Balbine désirait aussi faire don d'une partie de sa fortune aux hospices en espérant que ses instances acceptent cet argent mal acquis. Elle tenterait, dans la mesure du possible, de leur cacher son origine. Là encore, Jeanne ne cherchait pas à se faire pardonner ses crimes, trop nombreux et atroces pour lui éviter les flammes de l'enfer, même si elle ne croyait plus guère en Dieu ni diable. Elle avait vieilli, changé. Un mauvais destin l'avait chassée du droit chemin, elle ne se jugeait qu'à demi fautive. Pour autant, elle ne souhaitait pas s'éteindre en mécréante, les mains toujours tachées de sang. Les tentations abondaient trop à l'extérieur. Ici, elle retrouverait la paix de l'âme. Son corps fatigué l'exigeait aussi. Les hospices seraient le cadre d'une retraite, sinon sereine, du moins apaisée.

Un homme pénétra alors dans la cour, précédant une carriole chargée de bois destiné à l'âtre de la cuisine, aux fours où l'on cuisait le pain et aux nombreuses cheminées pourvoyant les salles en chauffage. L'hôtel-Dieu bénéficiait du privilège de l'abattage du bois de feu et du ramassage des brindilles mortes pour le confort des malades, tâche s'exécutant au sein des forêts de Borne et de Champjarley. Très vite, il fut remisé dans une pièce où il pourrait sécher de longs mois. L'organisation sans faille de l'hôpital permettait aux souffreteux d'y séjourner aussi bien que possible compte tenu de leur état.

Alix et Jeanne ne se faisaient pas de souci pour Balbine qui, jusqu'à son ultime souffle, recevrait soins et réconfort des dames hospitalières. Leurs yeux exprimaient nostalgie et mélancolie. Alix se secoua afin de les en chasser. Avisant le cocher sur le trottoir, elle lui fit signe et regagna sa voiture dans un silence encore empli d'affliction ; il n'était pas aisé d'accepter la perte d'un être cher, de tout un pan de vie dont les souvenirs s'évanouiraient dans le sillage de la disparue. Elle toucha son ventre proéminent en regrettant que Balbine ne soit pas présente pour la naissance. Puis Alix fit un dernier signe à Jeanne qui s'enfonçait à pied dans le dédale des rues de Beaune où son antre, resté secret, devait l'attendre.

Sachant, avec la certitude de l'expérience, que la fin de Balbine était imminente, les dames hospitalières avaient fait quérir le prêtre des hospices qui l'entendit brièvement en confession ; elle était trop faible pour bien articuler mais l'homme d'Eglise pressentait que ses péchés seraient bénins. Aussi fut-il stupéfait de l'entendre évoquer un viol dont elle aurait été victime dans le passé puis une fille cachée ; il crut à un délire de son imagination enfiévrée et lui administra rapidement les derniers sacrements. La mère supérieure envoya alors un messager à Meursault dans l'espoir d'avancer la visite d'Alix afin qu'elle puisse revoir sa parente vivante.

En proie à une profonde agitation, Alix, presque échevelée et certainement pas vêtue comme les circonstances l'exigeaient, surgit dans la chambre et se précipita au chevet de Balbine comme si elle désirait recueillir ses derniers mots. Mais confrontée une nouvelle fois à la mort toute proche, elle esquissa un sourire forcé destiné à donner le change puis un sanglot lui échappa.

Elle se souvint alors de certaines paroles d'Hermione :

— Tu ne peux pas deviner le rôle capital qu'a joué Balbine dans mon existence. Je me rappelle encore la jouvencelle qui est arrivée à La Rochette un soir, à la fois pleine d'innocence et nourrissant la volonté de s'élever dans la société. Sa capacité à emmagasiner le savoir a été prodigieuse. Le père Henriot lui a enseigné la science des plantes, il était sous le charme. Nous l'étions tous, même ceux qui n'auraient pas dû l'être…

Hermione s'était tue, consciente que le moment, empreint de tristesse et de solennité, risquait de l'entraîner à trop dévoiler d'un sombre passé qu'Alix ne devait pas connaître.

— Elle a suivi sa vocation et a eu la vie qu'elle voulait, murmura sœur Suzanne en fixant Balbine.

Celle-ci avait fermé les yeux mais sa poitrine se soulevait légèrement, prouvant qu'elle résistait encore à l'appel des ténèbres.

— J'essaie de m'en persuader tous les jours, répondit Alix en contemplant à son tour le visage de Balbine qui soudain se contracta et se figea dans une paix éternelle.

La soignante plaça un petit miroir devant ses lèvres et tomba en prière. Balbine avait rejoint ses parents, Guillaume, Nicolas Rolin, Guigone de Salins, et tant d'autres, dans l'au-delà. Balbine de Joinville avait tiré sa révérence.

Durant des décennies, les dames hospitalières avaient été actives aux hospices. L'hôtel-Dieu demeurait, intangible, bâti pour durer. Il allait poursuivre l'œuvre de ses fondateurs durant cinq siècles. Les demoiselles de Beaune passaient et s'en retournaient.

Vous souhaitez en savoir plus sur les livres et les auteurs
de la collection Terres de France ?

Retrouvez toutes les informations sur le site
www.collection-terresdefrance.fr
et abonnez-vous à notre lettre d'information.

Suivez-nous également sur notre page Facebook
et sur notre fil Twitter.

Club des Amis de Terres de France
12, avenue d'Italie
75627 Paris cedex 13

MIXTE
Papier issu de sources responsables
FSC™ C003309
www.fsc.org

Composition et mise en pages
Nord Compo à Villeneuve-d'Ascq

Imprimé en Espagne par Cayfosa
Dépôt légal : avril 2017